Ilse Gräfin von Bredow
Ich und meine Oma und die Liebe
Benjamin, ich hab nichts anzuziehn

## Zu diesem Buch

Voller Liebenswürdigkeit, aber mit gewohnt spitzer Feder erzählt Ilse Gräfin von Bredow aus dem Leben gegriffene Geschichten zum Fest der Liebe, die mal von unglaublichen Geschehnissen an Heiligabend handeln, mal mitmenschliche Schwächen aufs Korn nehmen. Da ist die adrette, lebenslustige Oma, die ihrer Enkelin am vierten Advent das schönste Geheimnis der Welt verrät. Da ist die Familie Helms, deren Schwiegersohn in spe für ein richtiges Weihnachtsfest sorgt, und das kleine Mädchen Madeleine, für das die besten Geschenke nichts gegen den ein wenig vergilbten Plüschaffen des Lieblingsonkels sind. Und was passiert, wenn eine leicht verkalkte Mutter ihre Söhne an Heiligabend nicht mehr auseinanderhalten kann? Ein vergnüglicher Weihnachtsdoppelband mit neunzehn Geschichten der großen Erzählerin – für alle, die zum Fest der Liebe auch was zu lachen haben wollen.

*Ilse Gräfin von Bredow* wurde 1922 in Teichenau / Schlesien geboren. Sie wuchs im Forsthaus von Lochow in der märkischen Heide auf und besuchte später ein Internat. Während des Krieges war sie im Arbeitsdienst und musste Kriegshilfsdienst leisten. Seit Anfang der fünfziger Jahre des letzten Jahrhunderts lebte Gräfin Bredow als Journalistin und Schriftstellerin in Hamburg und veröffentlichte zahlreiche erfolgreiche Bücher. Ilse Gräfin von Bredow verstarb im April 2014 in Hamburg.

Ilse Gräfin von Bredow

# *Ich und meine Oma und die Liebe*
# *Benjamin, ich hab nichts anzuziehn*

Weihnachtsgeschichten

**PIPER**
München Berlin Zürich

*Mehr über unsere Autoren und Bücher:*
*www.piper.de*

Von Ilse Gräfin von Bredow liegen im Piper Verlag vor:
Kartoffeln mit Stippe
Adel vom Feinsten
Das Hörgerät im Azaleentopf
Ich und meine Oma und die Liebe
Benjamin, ich hab nichts anzuziehn
Hansemann, geh du voran
Nach mir die Sintflut
Ein Bernhardiner namens Möpschen
Deine Keile kriegste doch
Und immer droht der Weihnachtsmann
Glückskinder
Mein Körper ist so unsozial
Bei uns zu Haus

Taschenbuchsonderausgabe
Piper Verlag GmbH, München / Berlin
1. Auflage November 2011
5. Auflage Oktober 2016
© Scherz Verlag, Bern, München, Wien 1998 und 2003
Mit Genehmigung der S. Fischer Verlag GmbH, Frankfurt am Main
Umschlaggestaltung: Cornelia Niere, München
Umschlagmotiv: Gerhard Glück
Druck und Bindung: CPI books GmbH, Leck
Printed in Germany   ISBN 978-3-492-27347-3

# Ich und meine Oma und die Liebe
Weihnachtsgeschichten

PIPER

# Inhalt

1 Die Nußhörnchen   7

2 Liebe lud mich ein   24

3 Der Zwischenraum   38

4 Ich und meine Oma und die Liebe   58

5 Einer zuviel   77

6 Ihr Kinderlein kommet   97

7 Jugendliebe   127

8 Fast ein Held   151

9 Das Überraschungsgeschenk   174

# 1  Die Nußhörnchen

«Und ich erst!» rief Gesa ins Telefon. «Ich ärgere mich doch darüber noch viel mehr!» Sie hustete und hielt sich die Nase zu, damit ihre Nichte ihr die Erkältung glaubte. «Höchstwahrscheinlich habe ich Fieber. Jedenfalls ist mir so danach. Und die Knochen tun mir scheußlich weh. Ich wäre nur eine Last für dich, und anstecken würde ich euch womöglich auch. Wirklich zu dumm. Ausgerechnet am Heiligabend. Aber, was soll's.» Sie stieß einen resignierten Seufzer aus. «Es gibt Schlimmeres. Mach dir keine Sorgen. Vorräte hab ich reichlich. Ich werde ins Bett gehen, ein bißchen fernsehen und an euch denken. Feiert schön.» Sie legte den Hörer auf. «Uff, das wäre geschafft.»

Merkwürdigerweise spürte sie plötzlich ein vages Bedauern. Wahrscheinlich war das, was sie sich vorgenommen hatte, eine ziemliche Schnapsidee. Aber eins war sicher: Anna und ihre Familie würden über ihre Absage nicht gerade in Schwermut versinken. Gesa sah sie vor sich, wie sie am Mittagstisch saßen vor der für den Heiligabend obligatorischen Kartoffelsuppe, und hörte Anna sagen: «Zu ärgerlich, jetzt habe ich das Bett im Gästezimmer ganz unnötig bezogen. Tante Gesa hat Grippe», eine Mitteilung, die in dem üblichen allgemeinen Durcheinandergerede – «Hat jemand die Autoschlüssel gesehen?» – «Schlürf nicht so!» – «Der Hund müßte dringend mal raus!» – unterging. Der einzige, der ihre Absage ehrlich bedauerte, war vielleicht Ulrich. Annas Sohn hatte vor ein paar Tagen den Führerschein gemacht und die Mutter bestimmt überredet, ihn doch die Tante abholen zu lassen. Im übrigen würde das Weihnachtsfest wie immer nach demselben Ritual verlaufen, wozu nicht nur das Vorlesen der Weihnachtsgeschichte gehörte, sondern auch ein Mordskrach, bei dem der Gast jedesmal inständig hoffte, nicht zum Schiedsrichter aufgerufen zu werden. Und dann, gleich nach der Bescherung, würden Hausherr und Kinder wieder zur Tagesordnung übergehen und sich ihren jeweiligen Lieblingsbeschäftigungen hingeben, am Computer sitzen, fernsehen, lesen oder telefonieren, den bunten Teller stets in greifbarer Nähe, den Gesa übrigens auch sehr schätzte, vor allem die von Anna selbstgebackenen Nußhörnchen. Der Hausfrau war es dann überlassen, sich um den Gast zu kümmern.

Die gute Anna. Wie ein Schäferhund seine

Herde umkreiste sie unermüdlich die Familie, um sie zusammenzuhalten. «Einmal am Tage muß eine Familie um den Tisch versammelt sein», pflegte sie zu sagen. Sie liebte Unter-vier-Augen-Gespräche. «Britta, komm doch bitte mal, ich möchte dich kurz unter vier Augen sprechen.» Unter vier Augen mochte das Gespräch bleiben, unter vier Ohren bestimmt nicht, bei der Lautstärke, mit der die vierzehnjährige aufmüpfige Tochter ihrer Mutter die Antworten entgegenschleuderte. Denn die Regel, mit der Gesa noch aufgewachsen war, «Kinder sieht man, aber hört man nicht», war längst außer Kraft gesetzt.

Annas Mann Wolfgang, von einer gewissen lärmenden Herzlichkeit, dozierte vor Gästen gern über die Offenheit als Instrument der Mitarbeiterführung, schätzte diese Eigenschaft bei seiner eigenen Familie jedoch weniger. Da liebte er es, noch wie in Großvaters Zeiten umschmeichelt zu werden, wenn man bei ihm ans Ziel kommen wollte. Britta gelang dies ohne Schwierigkeiten: «Ach, Papilein, du bist mal wieder megageil», ihrem Bruder Ulrich aber weniger gut. Der trat oft gewaltig ins Fettnäpfchen, so auch mit der lässig hingeworfenen Bemerkung: «Willkommen im Familienhotel», als sein Vater von einer Geschäftsreise zurückkehrte. Wolfgang war so gekränkt, daß er von sich aus Gesa anrief, was er sonst nie tat. Für wen ackerte er sich eigentlich so ab, setzte sich dem ständigen Streß auf der Autobahn aus? Doch nur für Frau und Kinder. Und da war er ja wohl niemandem Rechenschaft darüber schuldig, daß er nach einer anstrengenden geschäftlichen Besprechung in Rom noch eben mal für einen Tag nach Venedig fuhr. «Und dann, stell dir vor, sagt doch mein Sohn ganz gönnerhaft zu seiner Mutter: ‹Vertrauen schenken heißt laufenlassen, auch wenn der Untergebene mal einen anderen Weg einschlägt, als man für richtig hält.› Eine Frechheit, so was!» Gesa hatte sich die Bemerkung «Deine Worte» lieber verkniffen.

Aber auch wenn Wolfgang gelegentlich mit seinem Sohn zusammenrasselte, war er doch sehr stolz auf Ulrich, der stinknormal durch die Schule ging und als einzige Macke zwei straßbesetzte winzige Ringe in den Augenbrauen trug. Und auch Britta, trotz ihrer brandrot gefärbten Haare und der Angewohnheit, hinter jeden Satz ein «geil» zu setzen, benahm sich sonst kaum als Bürgerschreck.

Anna und Gesa waren nur entfernt verwandt. Als die kleine Familie vor fünf Jahren in ihre Stadt gezogen war und Anna die Anfangszeit noch ohne Wolfgang verbringen mußte, hatte sie die Tante ausgegraben. Es entwickelte sich für beide eine lose, aber nützliche Verbindung.

Sie telefonierten häufiger, besuchten sich gegenseitig ab und an, und Anna sah nach ihr, wenn mal Not am Mann war. Dafür hütete Gesa ihnen im Urlaub das Haus. Ihr eigener Freundeskreis war im Lauf der Jahre sehr zusammengeschmolzen. Es gab nur noch wenige Gleichaltrige darunter, und die lebten außerhalb der Stadt, waren in ein Seniorenheim gezogen, ständig auf Reisen oder mit Kindern und Enkelkindern beschäftigt. So hatte es sich allmählich eingebürgert, daß Gesa Weihnachten bei Anna verbrachte, obwohl die inzwischen längst mit anderen jungen Ehepaaren Freundschaft geschlossen hatte, so daß es für sie nicht gerade die Krönung des Heiligabends sein konnte, sich eine schon ziemlich taube Achtzigjährige aufzuladen, die sich immer auf den falschen Platz setzte und aus Versehen den Hund trat, daß er jaulte.

Wahrscheinlich hing die Einladung mit christlicher Nächstenliebe zusammen, die sich zum Heiligabend ja überall mit der Pracht einer Nachtkerze entfaltete. Jedermann war um diese Zeit darauf aus, Freude zu schenken, egal in welcher Form und auf welche Weise. Gesa erinnerte sich wieder einmal daran, wie sich diese plötzliche Menschenliebe in dem Waisenhaus ausgewirkt hatte, in dem sie eine Zeitlang als Sekretärin beschäftigt gewesen war. Anscheinend hatten eine Menge Leute plötzlich nichts anderes im Sinn, als Kinderaugen glänzen zu sehen. Jedenfalls klingelte das Telefon von früh bis spät, und es hagelte geradezu Einladungen für die armen Geschöpfe. Dabei wußte sie aus langjähriger Erfahrung nur zu gut, daß Mitgefühl und Hilfsbereitschaft schneller an Reiz verloren als eine Tanne Nadeln und daß bereits ein Wochenende später sich von all diesen netten Tanten und Onkeln, von denen die Waisen mit Freundlichkeiten und Geschenken überschüttet worden waren, kaum noch jemand ein zweites Mal im Waisenhaus blicken ließ.

Auch die Bettler hatten um diese Jahreszeit Hochkonjunktur. Und nicht nur sie. Wie ihr von einem Vetter erzählt wurde, gehörte es auch bei wohlsituierten Mitgliedern des Lions Clubs, der Rotarier und anderer Männervereine, die sonst von ihren Frauen nur schwer dazu zu bewegen waren, ein hinfällig und somit uninteressant gewordenes Familienmitglied zu besuchen, zum guten Ton, den Samariter zu spielen. Geschäftig eilten sie mit stärkenden Getränken und Süßigkeiten oder Blumen in Pflegeheime und Krankenhäuser und gaben sich redlich Mühe, aufmunternd zu wirken – «Hübsch haben Sie's hier» –, was den Patienten, der in einem winzigen Dreibettzimmer dahinkümmerte, eher verwirrte. Kinderchöre sangen Weihnachtslieder auf den Fluren, und in Gesas Kirche, in der sich der junge Pastor normalerweise ein wenig deplaziert vorkam, weil er seine brillanten Reden an ein paar alte Frauen wie Gesa verschwenden mußte, konnte er endlich einmal in einer brechend vollen Kirche vor all den schicken jungen Ehepaaren und ihrem Nachwuchs zeigen, was er auf dem Kasten hatte.

Aber das Fest aller Feste forderte seinen Tribut, und es war nicht immer ganz leicht, sich dem energischen Griff christlicher Fürsorge zu entziehen. Sogar in den Medien war man ständig auf Jagd nach den Mühseligen und Beladenen und strengte sich an, sie wenigstens einmal im Jahr ans Licht zu zerren. Jedesmal, wenn Gesa sich so eine Sendung ansah, stellte sie mit einer gewissen Befriedigung fest, daß sie Gott sei Dank so ein Krepel noch nicht war. Was sie betraf, sie konnte noch gut allein zurechtkommen. Natürlich hatte sie auch so ihre Zipperlein und brauchte sehr viel längere Zeit als früher, die kleine Wohnung in Schuß zu halten. Aber sie fühlte sich durchaus noch kräftig genug, in diesem Jahr dem ganzen Brimborium einmal die Stirn zu bieten und den Heiligabend nach ihrem Gusto zu verbringen.

Sie stand auf und ging in die Küche, um sich ihr Mittagessen zuzubereiten. Während sie mit Geschirr, Kochtöpfen und Bestecken hantierte, erinnerte sie sich geradezu mit Wollust an so manchen schiefgegangenen Weihnachtsabend, an dem sie wirklich besser daran getan hätte, einfach zu Haus zu bleiben. Etwa den mit der frischgeprägten Witwe, zu der sich eine weitere gesellte. Der ganze Abend hatte überwiegend darin bestanden, daß beide sich in der Lobpreisung ihrer verstorbenen Männer zu übertrumpfen versuchten. Gesa hatte die Herren gut gekannt, aber die Farben, in denen sie jetzt von ihren Frauen geschildert wurden, mußten aus einem völlig anderen Tuschkasten stammen. Sie war froh und dankbar, nach einer gewissen Anstandsfrist die beiden «Schwestern im Leid» sich selbst überlassen zu können.

Ebensowenig erfreulich war das Weihnachtsfest gewesen, bei dem sie wohl hauptsächlich als Katalysator dienen sollte, weil einer der Partner bereits auf dem Sprung war, die Familie zu verlassen, und man nur der Kinder wegen das Fest noch gemeinsam feierte. Daran änderten auch ein hervorragendes Essen, die liebevoll für sie ausgesuchten Geschenke und ein Weihnachtsbaum wie aus dem Bilderbuch nichts. Bereits beim Nachtisch begann das Ehepaar, wenn auch mit Rücksicht auf die Kinder in liebenswürdigem Ton, die Klingen zu kreuzen, und Gesa war so bald wie möglich unter einem fadenscheinigen Vorwand geflüchtet.

Gerechterweise mußte sie zugeben, daß sie in früheren Jahren alles darangesetzt hatte, gerade Weihnachten nicht allein zu sein, vor allem im Krieg. Da hatte man es dringend nötig, diesen Tag mit den Angehörigen oder Freunden zu verbringen, und war schon voller Dankbarkeit, wenn das Fest nicht durch eine erneute Todesbotschaft, die wie ein Damoklesschwert über jeder Familie hing, belastet wurde. Gelegentlich hatte sie mit Anna darüber gesprochen. «Man hat im Alter einfach nicht mehr so das Bedürfnis nach Geselligkeit», sagte Gesa. Anna lachte. «Das redest du dir nur ein.»

Einen Adventskranz oder einen Weihnachtsbaum hatte Gesa sowieso schon lange nicht mehr, sehr zum Befremden der Nachbarn, die ihre Wohnung in der Weihnachtszeit schmückten, als könnte ein Engel persönlich bei ihnen auftauchen und die Botschaft von Christi Geburt verkünden. So brauchte sie wenigstens keine Angst zu haben, daß irgend etwas in Brand geriet, und mußte sich nicht hinterher mit einer nadelnden Tanne abplagen.

Nachdem sie gegessen hatte, spülte sie das Geschirr ab und beschloß, sich noch ein Weilchen hinzulegen. Es war noch eine Menge Zeit, bis sie ihren Plan ausführen konnte.

Sie wurde von lebhaften Geräuschen im Treppenhaus geweckt. Die Älteren unter den Mietern schienen sich auf den Weg zu ihren Kindern zu machen oder wurden von ihnen abgeholt. Sie hoffte nur, daß auch Frau Voß dazugehörte. Lange Zeit hatte sie gedacht, daß die mit ihrem Sohn wirklich gut dran war, denn nach ihren Schilderungen kümmerte er sich in rührender Weise um sie. Aber als sie diese Fürsorge einmal vor ihrem gemeinsamen Hausarzt rühmte, zog der nur die Augenbrauen hoch und sagte: «Der Sohn? Das ist mir neu.»

Der Arzt war ein noch junger Mann und klapperte auf Holzschuhen und in ausgefransten Jeans die Flure entlang. Die alten Patienten, die er regelmäßig einmal in der Woche besuchte, versuchten ihn ein bißchen zu bemuttern. «'ne neue Jacke könnten Sie sich nun wirklich mal leisten, Herr Doktor.» Er mochte anscheinend alte Menschen und packte sogar hin und wieder einen seiner Patienten, um den sich sonst niemand kümmerte, ins Auto und fuhr mit ihm in sein kleines Bauernhaus am Rande der Stadt. Ein weißer Rabe unter seinesgleichen? Dieses Vorurteil konnte Gesa ebensowenig bestätigen wie die Meinung, die Jungen scheren sich einen Dreck um die Probleme der Alten. Der Student, der ihr das Mineralwasser brachte und neben seinem Studium auf einer Sozialstation arbeitete, berichtete ihr jedesmal ganz erschüttert über das, was er so bei seiner Arbeit erlebte.

«Und immer heißt es Tempo, Tempo. 'n alter Mensch ist doch keine Vase, die ich abstaube.» Ihre Generation war da eigentlich härter. Natürlich hatte man sich zwangsläufig in Krieg und Nachkriegszeit gegenseitig beigestanden. Aber als man für einen hinfällig gewordenen alleinstehenden Onkel, den sie sehr mochte, endlich einen Platz im Altersheim gefunden hatte, gaben sich die Angehörigen nicht gerade die Klinke in die Hand, wofür die schlechten Verkehrsverbindungen in diesen Jahren ein gutes Alibi boten, auch für sie.

Sie zog sich an und ging zum Fenster. Draußen war es jetzt fast schon dunkel. Die Glocken hatten angefangen zu läuten. Es war ein Heiligabend, wie er gern in den Weihnachtsgeschichten geschildert wird, mit klarem Frost, einer leichten Schneedecke und einem glitzernden Sternenhimmel, genau das richtige für das, was sie sich vorgenommen hatte. Sobald auf den Straßen Ruhe eingekehrt war, wollte sie mit der U-Bahn bis zum nahegelegenen Naturschutzgebiet fahren. Dort konnte man zwischen moorigen Wiesen, Birken und Erlen unter einem weiten Sternenhimmel die so kostbar gewordene totale Stille noch genießen.

Der Gedanke daran hatte sie schon seit einigen Wochen zu diesem Ausflug verlockt. Aber erst heute fand sie den Mut, sich vor Annas

Einladung zu drücken. Mein Gott, was bist du doch für ein Feigling, dachte sie einen Augenblick zerknirscht. Aber wäre es nicht sehr verletzend gewesen, einfach so mit der Wahrheit rauszurücken? Zumindest hätte es für die eher prosaische Anna einfach verrückt geklungen. Und das war es ja auch. Aber ihr war nun mal danach zumute, auch auf die Gefahr hin, sich womöglich in einem Karnickelloch den Knöchel zu verknacksen und den Rest der Nacht auf einem Baumstamm verbringen zu müssen. Denn daß noch irgendein anderer Mensch auf die Idee käme, dort den Heiligabend zu verbringen, war kaum anzunehmen. Das nötige Licht würde ihr der zunehmende Mond geben. Außerdem sah sie noch recht gut im Dunkeln. Schließlich war sie noch mit Petroleumlampen und Kerzen aufgewachsen. Und sie fand sich in dem Naturschutzgebiet durchaus zurecht. Schon im voraus kostete sie dieses wundervolle Gefühl aus, dort zwischen Wiesen und Schonungen herumzustapfen und die Natur ganz für sich allein zu haben, eingehüllt von einer Stille, die eine große Ruhe in einem auslöste und einem gleichzeitig das Gefühl gab, nur ein Staubkorn zu sein. Schon als Kind war es ihr so gegangen. Bevor die Kerzen auf dem Weihnachtsbaum angezündet wurden und die Bescherung begann, war sie noch einmal aus dem Haus gelaufen bis zu einer Koppel außerhalb des Dorfes und hatte diese Empfindung ausgekostet, bis der Frost ihr Beine machte. Ihr Ausflug war niemandem aufgefallen, und sie sprach auch nie darüber.

Inzwischen hatten sich allerdings die Zeiten sehr geändert. Vielleicht war es ja wirklich etwas leichtsinnig, so spät abends noch allein unterwegs zu sein. Aber dann beruhigte sie sich damit, daß Missetaten am Heiligabend als besonders verabscheuungswürdig galten und daher strafverschärfend. Man konnte nur hoffen, daß Mörder und Diebe sich rechtzeitig daran erinnerten. Sogar im Kriege schwiegen die Waffen, wie es so schön hieß, was allerdings nicht verhindern konnte, daß zwar der Heiligabend von Luftangriffen verschont blieb, aber dafür die am Tag davor abgeworfenen Zeitbomben zur Weihnachtsbescherung explodierten. Doch an den Krieg wollte sie nun wirklich nicht denken.

Zwei Stunden später machte sie sich auf den Weg. Keine Menschenseele weit und breit, genau so, wie sie es sich vorgestellt hatte. Vorsichtig stieg sie die Treppe zur U-Bahn-Station hoch. Auch hier herrschte völlige Ruhe. Die Schienen glänzten im Mondlicht. Sie sah auf den Fahrplan. Enttäuscht stellte sie fest, daß sie mindestens noch zwanzig Minuten warten mußte. Ein Zug war wohl gerade abgefahren. So marschierte sie den langen Bahnsteig auf und ab, und mit jeder Minute verflüchtigte sich ihre hochgespannte Erwartung. Der Bahnsteig war nun nicht mehr leer. Zwei wenig vertrauenerweckende Männer kamen auf sie zu und sprachen sie an. «Oma, haste mal 'ne Mark?» Als sie den Kopf schüttelte, machten sie eine unflätige Geste. Dann kam endlich der Zug wie eine funkelnde Lichterschlange herangekrochen. Der vor ihr haltende Waggon war menschenleer. Sie stieg ein, doch als sie sich umdrehte, sah sie in die Gesichter der beiden Männer mit dem finanziellen Engpaß. Schreckensbilder stiegen in Sekundenschnelle in ihr auf: Knüppel auf den Kopf, schwerer Sturz auf den harten Boden, gebrochener Oberschenkel, Handtasche weg. Sie lief durch den Waggon, und es gelang ihr, ihn wieder zu verlassen, ehe sich die Türen schlossen. Die beiden Männer sahen sie verdutzt an, als sie an ihr vorbeifuhren.

Da stand sie nun wie eine Idiotin und haderte mit ihrer Feigheit. Andere Frauen ihres Alters durchquerten noch allein die Wüste oder trampten in einem Campingwagen quer durch Mexiko und nahmen in Kauf, überfallen und beraubt zu werden. Als sie die Treppe hinunterging, wäre sie fast ausgerutscht, und als sie wieder in ihre Wohnung zurückgekehrt war, stellte sie fest, daß sie vergessen hatte, im Schlafzimmer das Kippfenster zu schließen. Es herrschte eine eisige Kälte. Zu allem Überfluß gab auch noch die Glühbirne in ihrer Stehlampe den Geist auf, und sie konnte keinen Ersatz finden. Die Deckenbeleuchtung tauchte den Raum in ein fahles, ungemütliches Licht, und die Stille im Haus und in der Wohnung hatte jetzt etwas Bedrückendes.

Sie zog den Mantel aus und ließ sich in einen der kleinen Sessel fallen. Stille Nacht, heilige Nacht. Danach war ihr im Moment wirklich nicht zumute. Dafür ging ihr die Arie des Florestan aus «Fidelio» durch den Kopf: «Gott, welch Dunkelheit, welch grauenvolle Stille.» Das einzige Geräusch war der tropfende Wasserhahn. Anna las jetzt wahrscheinlich gerade die Weihnachtsgeschichte: «Und es waren Hirten auf dem Feld, die fürchteten sich sehr.» Gesa fürchtete vor allem, nun wirklich eine Erkältung zu bekommen. In ihrem Hals begann es bereits zu kratzen. Kein Wunder, so durchgefroren wie sie zurückgekehrt war.

Das Schrillen der Klingel an der Wohnungstür ließ sie zusammenfahren. Wer konnte das jetzt noch sein? Hoffentlich nicht Frau Voß. Zur Zeit fühlte sie sich deren Lobpreisungen über den entzückenden Sohn nicht gewachsen. Aber im Flur rührte sich nichts. Es war also die Haustür. Sie drückte auf die Taste der Sprechanlage.

«Ja, bitte?»

«Ich bin's, Tantchen.»

«Ulrich, du?» Automatisch drückte sie den Summer, und ehe ihr viel Zeit zum Nachdenken blieb, stand er schon an der Wohnungstür. Sie öffnete sie völlig überrumpelt.

«Wo kommst du denn her? Ich denke, ihr sitzt jetzt gemütlich im Weihnachtszimmer und habt die Kerzen angezündet.»

«Haben wir auch. Aber Mami hat gesagt, ich soll mal schnell nach dir sehen und dich, wenn du dich wieder besser fühlst, gleich mitbringen. Und das tust du ja wohl auch. Oder warum bist du sonst tipptopp angezogen und liegst nicht im Bett?» Er sah sich im Zimmer um. «Kalt hast du's hier. Und dann diese Beleuchtung!»

«Die Birne von der Stehlampe ist durchgebrannt», erklärte Gesa, während sie hastig ein paar Sachen zusammenpackte. «Und ich hab vergessen, mir Ersatzbirnen zu kaufen.»

«Kein Problem, davon hat Mami sicher reichlich. Und sie gibt dir welche mit, wenn ich dich wieder nach Haus bringe. Bist du fertig?» Sie nickte. Er half ihr in den Mantel. «Also dann, let's go.»

Gesa zog die Wohnungstür hinter sich zu und schloß ab.

«Hat deine Mutter wieder Nußhörnchen gebacken?» fragte sie, während sie die Treppe hinuntergingen.

«Klaro», sagte Ulrich. «Und ich hab mächtig aufgepaßt, daß Britta dir noch welche übriggelassen hat. Du ißt sie doch so gern.»

«Bist ein kluges Kerlchen», lobte ihn Gesa.

«So ist es, Tantchen.»

Sie waren inzwischen am Wagen angekommen. «Und nun zeig ich dir mal, was in der Karre steckt.» Er öffnete die Wagentür, und die beiden Ringe in seinen Augenbrauen funkelten im Licht der Straßenlampe wie zwei kleine Sterne.

## 2  Liebe lud mich ein

Am ersten Advent passierte Margret endlich etwas, worauf ihre Familie schon lange vergeblich gewartet hatte: Nach einem Kinobesuch verliebte sie sich in einen jungen Mann, der ihr in der U-Bahn gegenübersaß. Vielleicht war es das Schicksal des «englischen Patienten» auf der Leinwand, von dem ihr Herz berührt worden war, oder die vorweihnachtliche Stimmung in der Stadt: kein Schaufenster, das nicht wenigstens einen auf dem Schlitten sitzenden Nikolaus, den Stall von Bethlehem oder zwischen Schuhen und Handtaschen hervorlugende Engel zeigte. Alles strahlte, spiegelte und blendete, so daß man sich in das Innere einer teuren Parfümerie versetzt fühlte, wenn man die Straßen entlangbummelte, in denen sich das Läuten der Kirchenglocken mit Weihnachtsliedern ohne Ende mischte. Vielleicht war es einfach nur das knackige Aussehen des jungen Mannes, der sie so fröhlich anblinzelte und mit einem «Hoppla!» gerade noch verhinderte, daß ihr sämtliche Einkaufstüten vom Sitz rutschten.

Was immer der Grund gewesen sein mochte, ihre Eltern waren jedenfalls erleichtert. Sie hatte nun endlich, worauf ihre ganze Umgebung lauerte – einen Mann an ihrer Seite, so daß sich sämtliche versteckten Anspielungen und Andeutungen von Nachbarn, Freunden, Onkeln und Tanten, die nur auf die Frage zielten: «Hat sie einen Freund?», erübrigten. Denn in Margrets Alter immer noch solo, das war doch wirklich merkwürdig, wenn auch Margrets Mutter sie jedesmal damit verteidigte, daß für ihre Tochter der Beruf unheimlich wichtig sei. Man nickte verständnisvoll, ließ aber durchblicken, daß es da vielleicht auch noch andere Probleme gebe, wobei sich die Generation der Großmütter besonders hervortat. Sie schienen völlig vergessen zu haben, daß zu ihren Zeiten so manche Braut längst auf die Dreißig zumarschiert war. Herr Helms fand das Ganze absurd. Seine wirklich ansehnliche Tochter warf sich eben nicht jedem an den Hals. Er empfand ihr Zölibat als höchst angenehm, wohl weniger, weil er von väterlicher Eifersucht geplagt war, als vielmehr, weil er sich noch sehr gut an die Liebesdramen seiner älteren Tochter Inga erinnern konnte, die sich noch dazu kurz hintereinander abspielten, so daß man gar nicht zum Verschnaufen kam und er diese Unholde ständig durcheinanderbrachte. Nun war sie endlich verheiratet und er Großvater einer niedlichen Enkeltochter, deren Kosenamen dauernd ausgewechselt wurden, mal Gurke, mal Fröschchen, mal Püppi. Er kannte sich da nicht mehr so genau aus.

Aber auch Margrets Liebesdramen waren in seinem Gedächtnis haftengeblieben. Beim ersten Mal war sie gerade fünf gewesen, und sie hatten eine Kindervorstellung von Schneewittchen besucht. Da traf sie mitten in der Aufführung die Liebe. Sie stand auf und rannte ohne jede Ankündigung auf die Bühne, wo sie sich mit ausgebreiteten Armen auf den kleinsten Zwerg stürzte. Er war höchstens ein Jahr älter als sie und erschrak derart, daß er heulend die Flucht ergriff. Margret konnte von dem Inspizienten nur mühsam daran gehindert werden, ihm bis hinter die Bühne zu folgen.

Beim zweiten Mal war sie zehn, da wurde der junge Briefträger ihr Opfer. Auf ihrem Fahrrad folgte sie ihm durch die ganze Stadt bis ins Postamt, trotz seiner Bemühungen, sie abzuschütteln. Nach einer Woche warfen sich die Kollegen bedeutungsvolle Blicke zu, und der Vorsteher des Postamts bat ihn zu einem Gespräch unter vier Augen, was den Briefträger wiederum veranlaßte, Margrets Eltern um ein Gespräch unter vier Augen zu bitten. Margret zeigte sich so uneinsichtig, daß sie zu ihrer achthundert Kilometer entfernt wohnenden Großmutter verbannt wurde, wo sie allmählich wieder zur Besinnung kam.

Mit fünfzehn nahm sie nicht etwa, wie man bei diesem Alter vermuten sollte, einen Schlagersänger aufs Korn, sondern einen Sanitäter von der Johanniter-Unfallhilfe, dem sie beim Schützenfest zugesehen hatte, wie er einem Kind das zerschrammte Knie verband. Sie fand ihn unheimlich süß, und er fand sie unheimlich nervig. Jedenfalls war das Herrn Helms' Eindruck. Würde Margret sonst nicht wenigstens einmal ihn selbst und nicht immer nur den Anrufbeantworter erwischen, obwohl sie es täglich bis zu dreißigmal versuchte? Es dauerte seine Zeit, bis sie ihre Liebe als hoffnungslos abhakte.

Danach erlosch ihr Interesse an jungen Männern, aber sonst war sie ein völlig normales junges Mädchen und kaum von anderen zu unterscheiden. Sie zerrte sich endlos mit der Mutter über nicht gemachte Schularbeiten, verweigerte jede Hilfe im Haushalt, benutzte mit großer Selbstverständlichkeit sämtliche Kleidungsstücke ihrer Mutter, die ihr gefielen, und gab muffige Antworten auf harmlose Fragen. Sie beendete die Schule, ließ sich zur Reisekauffrau ausbilden und war nun in einem großen Reisebüro die vielgepriesene rechte Hand des Chefs, der sich ebenfalls gelegentliche Anspielungen auf ihre Enthaltsamkeit nicht verkneifen konnte.

Doch damit war es nun vorbei. Im ersten Augenblick empfand Herr Helms sogar fast etwas wie einen Schock, als ihm seine Frau, bevor Margret singend das Haus betrat, ins Ohr flüsterte, daß seine Tochter nun endlich, endlich kein Single mehr war.

«Und weißt du, wo sie ihn kennengelernt hat? In der U-Bahn.»

«Wie romantisch», sagte Herr Helms gequält, der unruhige Zeiten auf sich zukommen sah. «Womöglich ein Kontrolleur von der Hochbahn. Wahrscheinlich hat sie mal wieder die Monatskarte vergessen.»

«Kontrolleur? Ich bitte dich.»

«Immer noch besser als ein Ausländer!» rief Herr Helms voll düsterer Vorahnungen. «Muß ich mich jetzt etwa daran gewöhnen, meine Tochter nur noch mit Kopftuch und auf einem Teppich knien zu sehen?»

«Er ist bei der Bundeswehr», erklärte Frau Helms.

«Einer dieser Mörder in Uniform», murrte Herr Helms, bei dem gelegentlich der Achtundsechziger noch zum Vorschein kam.

«Du machst es uns wirklich schwer», sagte Frau Helms, sich sogleich mit ihrer Tochter solidarisierend. «Warte doch erst mal ab.» Aber auch sie sah etwas bänglich aus. Denn Margret hatte ihr angedeutet, daß ihr neuer Freund ein sehr, sehr häuslicher Typ sei und, im Gegensatz zu anderen Altersgenossen, ganz versessen darauf, ihre Eltern kennenzulernen. Und wie sehr er sich auf gemeinsame Wochenenden mit ihnen freue, besonders jetzt in der Vorweihnachtszeit, was Frau Helms einerseits sehr schmeichelhaft fand, was andererseits aber auch befürchten ließ, daß womöglich ihre Talente als Hausfrau wieder mehr gefragt waren.

Margrets Heinerle erwies sich als ein wohlerzogener Junge, ein sportlicher Typ mit dichten blonden Haaren und treuherzigem Blick. Wie sich herausstellte, war er in einem Waisenhaus aufgewachsen und beneidete daher jeden, der eine Familie besaß.

Als beide Töchter noch im selben Ort wohnten, hatte sich Frau Helms oft darüber erregt, daß sie nur Gebrauch von ihrem Elternhaus machten, um die Wäsche waschen zu lassen, ihren eigenen Kühlschrank mit den Vorräten ihrer Eltern aufzufüllen und sich das Auto ihrer Mutter auszuborgen, aber dafür gern an Geburtstagen und Feiertagen durch Abwesenheit glänzten. Doch der Ärger war nur von kurzer Dauer. Sehr schnell begann das Ehepaar es zu genießen, endlich mehr Zeit für sich selbst zu haben. Auch als Inga nach ihrer Heirat in eine andere Stadt zog, bedauerten sie das weniger, als das junge Paar angenommen hatte. Es reichte ihnen vollkommen, Gurke-Fröschle-Spätzlein-Püppi nur alle paar Wochen zu sehen.

Von nun an reisten sie mehr, ließen alte Freundschaften wieder aufleben, und Herr Helms bereitete sich auf seine Frühpensionierung vor, während Frau Helms fleißig die Volkshochschule besuchte, um ihr Schulenglisch aufzufrischen. Die Hausarbeit spielte für sie nur noch eine untergeordnete Rolle. Kein Gedanke mehr daran, so was wie Unterwäsche zu bügeln. Die Küche wurde zu einem Ort degradiert, in dem man nur noch Schnellgerichte in den Kochtopf schüttete, und da sich allmählich eingebürgert hatte, daß Herr Helms für diese Tätigkeit zuständig war, gab es um die Kosten des Auswärts-essen-Gehens keine Diskussionen mehr. Auch der ganze Weihnachtsrummel fand nicht mehr statt. Das Ehepaar verreiste jetzt gern über die Feiertage und ließ es sich in guten Hotels wohl sein.

Aber nun passierte etwas, womit sie nicht gerechnet hatten: Margrets Freund erquengelte sich mit sanfter Beharrlichkeit die Wiedereinführung der vorweihnachtlichen und weihnachtlichen Sitten und Gebräuche. Nun, einen hübschen Adventskranz ließ sich Frau Helms ja noch gefallen, und reichlich Pfefferkuchen zum

Sonntagskaffee war ein leicht zu erfüllender Wunsch. Aber daß sie darüber hinaus auch den Nikolaus spielen sollte und einen vor der Zimmertür stehenden blankgeputzten Militärstiefel ihres Gastes mit Süßigkeiten füllen mußte, fand sie doch etwas albern. Aber seine geradezu kindliche Freude darüber versöhnte sie wieder. Er war ja nun wirklich ein netter Kerl, den sie mehr und mehr in ihr Herz schloß. Und seinen Beruf nahm er sehr ernst. Außerdem tat er Margretchen gut, die sich, aufgeplustert vor lauter Gefühlen, angewöhnt hatte, jedermann um den Hals zu fallen. Sie blieb jetzt häufig mit ihrem Heinerle übers Wochenende im Elternhaus und konnte deshalb auch dem Klempner die Tür öffnen, der, wie es sich für einen anständigen Handwerker gehört, selbstverständlich nicht zur festgelegten Zeit erschien, sondern am Sonnabend um acht vor der Haustür stand und sich außerordentlich ungehalten darüber zeigte, daß er für dieses Opfer nicht die gebührende Aufmerksamkeit fand und mehrfach klingeln mußte. Margret umarmte ihn mit dem Jubelschrei: «Da sind Sie ja!», worauf er ausgesprochen frostig reagierte. «Wohl gestern abend 'n bißchen lange gefeiert», sagte er und schob sie unwillig von sich. «Zeigen Sie mir mal lieber das Badezimmer.»

Dank Heinerles Begeisterung hielt nun aller

Schnickschnack, der längst auf den Boden verbannt worden war, wieder Einzug ins Wohnzimmer: Adventskalender, leicht angekokelte Transparente, eine Weihnachtspyramide, ein grimmig aussehender, dickbäuchiger Nußknakker, Papierservietten, auf denen Engelchen Ringelreihen tanzten, eine mit Sternchen und Weihnachtsbäumchen bestickte Weihnachtsdecke und natürlich alles, was eine Tanne schmückt: bunte Kugeln, Lametta, Kerzenhalter und ein Weihnachtsstern. Auch die bürgerliche Küche kam wieder zu ihrem Recht. Denn Heinerle ging nichts über ein üppiges sonntägliches Essen, wozu auch der anschließende lange Verdauungsspaziergang mit Margret und Herrn Helms gehörte.

Zunächst nahm Frau Helms nur ihrer Tochter zuliebe dieses Kreuz auf sich und war bereit, wieder in ihre Hausfrauenpuschen zurückzuschlüpfen und sich an den Herd zu stellen. Doch dann mußte sie bei allem Seufzen und Stöhnen insgeheim zugeben, daß es ihr auch Spaß machte, von den beiden Männern so viel Lob einzuheimsen und mit entzückten Ausrufen wie «Riecht es nicht einfach herrlich?» belohnt zu werden. Aber gleichzeitig verwilderten auch alle guten Sitten im Haus, vor allem was die Ordnung betraf. Und so blieb es nicht aus, daß die Weihnachtszeit nach langer, langer Zeit wieder zu einem richtigen Familienstreß ausartete, zumindest was die Vorbereitungen betraf. Dafür war alles so perfekt und stimmungsvoll, als hätte man eine Weihnachtsgeschichte aus einem alten Schulbuch kopiert. Das ganze Haus glänzte, funkelte und strahlte, und die um das Festmahl versammelte Familie schlürfte wohlig die mit vielen Kräutern angerichtete Bouillon, schmatzte die mit allerlei Köstlichem gefüllte Pute in sich hinein und verschlang den mit Schokoladenkrümeln und Sahnehäubchen verzierten Nachtisch.

Heinerle war selig. Er ließ Spätzchen, das nun wieder Püppi hieß, auf seinen Knien reiten, sang dazu «Hoppe, hoppe Reiter» und rief: «Margret, deine Mutter ist wirklich spitzenmäßig!» Ein Lob, dem sich zu Frau Helms' Zufriedenheit auch ihre Familie anschloß. Und so nahm sie es gelassen hin, daß sie mal wieder allein in der Küche stand, weil alle verschwunden waren, und daß jeder sich erst zur Kaffeetafel pünktlich wieder einfand.

Im Laufe des neuen Jahres ließen sich Margret und Heinerle nicht mehr ganz so häufig blicken, was Frau Helms einerseits ganz recht war, sie andererseits aber auch ein wenig beunruhigte. Aber als die beiden dann in ihrer Gegenwart weitreichende Zukunftspläne schmiedeten, verschwand ihre Sorge. Sie empfand bei aller wachsenden Sympathie für ihren, wie es ja nun schien, zukünftigen Schwiegersohn sogar eine gewisse Erleichterung, als die beiden ihnen mitteilten, daß sie diesmal das Weihnachtsfest mit einem Skiurlaub verbinden und nach Österreich fahren wollten. Dafür beschloß das Ehepaar, zu Haus zu bleiben, obwohl auch Püppi nicht in Sicht war, weil ihre Eltern ebenfalls verreisen wollten.

Zunächst machte Herr Helms den zaghaften Versuch, dieses wundervolle Weihnachten vom vorigen Jahr, wenn auch nur zu zweit, wieder aufleben zu lassen, vor allem was das Essen betraf. Aber damit biß er auf Granit, und so fügte er sich darein, seine Frau, wie früher auch, in ein edles Restaurant auszuführen. Ein Weihnachtsbaum war das Äußerste, was Frau Helms ihm zugestand. Selbstverständlich hatte er ihn auszusuchen und zu schmücken. Sogar die Süßigkeiten und die kleinen Schweinereien wie Gänseleberpastete oder Lachs mußte er selbst besorgen. Auch im Haushalt war seine Hilfe wieder Pflicht. Aber er war ein verständnisvoller, einsichtiger Mann, und so herrschte am Heiligabend volle Harmonie. Das Gespräch plätscherte zwischen «Frau Holle», einer Reportage über das Weihnachtsfest in den neuen Bundesländern, der Ansprache des Bundeskanzlers und «Schlafe, mein Prinzchen, schlaf ein» friedlich dahin. Frau Helms unterhielt sich mit ihm über Püppi, die nun Mäusle gerufen wurde und deren Intelligenz mit der keines anderen Kindes vergleichbar war, und Herr Helms sprach von den Sielgebühren, die jedes Jahr teurer würden. Während er dabei mit der Fernbedienung durch die Programme zappte und gerade Schlittengeläut zu hören war, klingelte es an der Haustür.

«Das werden die Nachbarn sein», sagte Herr Helms und erhob sich. «Sie wollen uns ein frohes Fest wünschen.» Er ging zur Tür. Aber es waren nicht die Nachbarn. Es war Heinerle, und er sah ziemlich mitgenommen aus.

«Mein Gott, Junge, was ist denn passiert?» rief Frau Helms, die ihrem Mann gefolgt war, erschrocken.

Er schüttelte stumm den Kopf.

«Nun laß ihn doch erst mal reinkommen», sagte Herr Helms.

Sie brauchten Heinerle nicht lange zu bedrängen. Es sprudelte nur so aus ihm heraus. Margret hatte ihn Knall auf Fall verlassen, mit einem Hotelgast, von einem Tag auf den anderen. «Nur einen Zettel hat sie mir hinterlassen, und da stand etwas ganz Merkwürdiges drauf.»

«Um Himmels willen, was denn?» riefen die Helms'.

«Liebe lud mich ein.»

Margrets Eltern sahen sich an. «Nur dieser eine Satz?»

Heinerle nickte, und Herr Helms erinnerte sich plötzlich wieder, daß ihn seine Tochter mit diesem Zitat, das sie aus irgendeinem Gedicht hatte, schon bei dem Briefträger und dem Sanitäter von den Johannitern halb wahnsinnig gemacht hatte. Frau Helms wollte wissen, wohin Margret gefahren war. Vielleicht würde sie sich ja in den nächsten Stunden bei den Eltern melden.

«Das glaube ich kaum», sagte Heinerle resigniert. «Sie ist nach Ägypten geflogen.» Er tat einen tiefen Seufzer und blickte Frau Helms ebenso unglücklich wie vertrauensvoll an. «Hättest du vielleicht eine Kleinigkeit für mich im Kühlschrank? Ich hab seit heute früh nichts mehr gegessen.»

Frau Helms strich ihm tröstend über das Haar. «Schauen wir mal», sagte sie mitleidig. Merkwürdig vergnügt ging sie in die Küche, drapierte Schinken und Wurstscheiben säuberlich auf einer Platte, schnitt Käse, garnierte ihn mit Radieschen und Weintrauben und summte leise vor sich hin, während aus dem Fernseher eine Stimme zu hören war, die die Weihnachtsgeschichte vorlas. «Und der Engel sprach zu ihnen: ‹Fürchtet euch nicht, siehe, ich verkündige euch große Freude.›» Herr Helms war in die Küche gekommen und sah ihr etwas säuerlich zu, wie sie das Butterstück in ein Kunstwerk aus Röschen, Ornamenten und Treppchen verwandelte.

«Gibst dir ja viel Mühe», bemerkte er spöttisch. «An Margret denkst du wohl gar nicht.»

«Soll sie doch in einem Harem landen.» Seine Frau blitzte ihn an. «So einen netten Jungen hat sie gar nicht verdient.»

«Ein kleines Steak wär vielleicht auch nicht schlecht!» rief Heinerle aus dem Nachbarzimmer, und es hörte sich an, als habe ein Entenküken nach langem Umherirren endlich ein Paar Flügel gefunden, unter die es schlüpfen konnte.

## 3   Der Zwischenraum

Die Vorfreude auf Weihnachten wurde Vater regelmäßig von zwei Ärgernissen vergällt: Seine Auftraggeber ließen sich besonders viel Zeit mit dem Architektenhonorar, und Tante Berta kam zu Besuch. Sie bestand nun einmal unerbittlich darauf, das Weihnachtsfest in ihrem geliebten Elternhaus zu verbringen. «Warum fährt sie nicht mal woanders hin oder bleibt einfach wie andere Leute zu Haus?» räsonierte Vater.

«Sie hat eben einen ausgeprägten Familiensinn», nahm Mutter ihre Schwester in Schutz, «und hängt an diesem Haus, vergiß das nicht.»

«Wie könnte ich», sagte Vater verbittert, der darunter litt, daß er nicht gerade zu den erfolgreichsten Architekten zählte, so daß meist Ebbe in der Kasse herrschte und an das Traumhaus, das er uns so gern gebaut hätte, nicht zu denken war.

Mutter versuchte, die Wogen zu glätten. «Ohne Berta hätten wir uns vielleicht nie kennengelernt.» Vater war mit Tante Bertas Mann,

Onkel Philipp, befreundet und sein Trauzeuge gewesen.

Vater reagierte nicht so charmant, wie Mutter es hätte erwarten können. «Dann wäre mir wenigstens diese Nervensäge erspart geblieben», grummelte er.

Mutter gab zu, daß ihre Nichte Klein-Doro tatsächlich etwas anstrengend war, und das wollte für unsere herzensgute Mutter was heißen, die, wie Freunde und Nachbarn uns immer wieder versicherten, die großzügigste, hilfsbereiteste, selbstloseste, geduldigste Person war. Ständig krabbelten, schnüffelten oder jammerten fremde, von ihren Müttern bei uns abgeladene Gören durchs Haus und scheuten nicht davor zurück, bis in Vaters Arbeitszimmer vorzudringen, von wo er sie nur mit dem Lineal verjagen konnte. Dazu gesellten sich mickrige, klagend herumstreichende Katzen, Goldfische in stinkenden Aquarien, aufgeregt kreischende Wellensittiche und im Käfig herumflatternde Kanarienvögel, die mit ihrem ewigen Gepiepse zu fragen schienen: «Wo bin ich hier, wo bin ich hier?» Auch eine Schildkröte gehörte häufig dazu, über die man dauernd stolperte – und Onkel Heinrich aus der Rosenstraße. Seine Tochter schickte ihn uns kurzerhand zum Mittagessen, wenn sie ihn für eine Weile los sein wollte. Er war ein rüstiger alter Herr, nannte unsere Mutter «mein Mädchen» und begann jeden dritten Satz mit «als ich in eurem Alter war»: «Als ich in eurem Alter war, mußte ich aber mehr ran.» Und es folgte die übliche Aufzählung der damaligen Pflichten eines Kindes: Herd heizen, Wasser holen, Briketts im Keller stapeln. Dann nahm er dreimal von dem Obstsalat, den ich morgens in aller Frühe zubereitet hatte, statt mich noch im Bett zu räkeln, denn ich mußte erst eine Stunde später in die Schule. Ingrimmig hatte ich Apfelsinen und Äpfel geschnitten, Kirschen und Pfirsiche entkernt, Nüsse gehackt, alles nur, um Mutter zu entlasten, die trotz einer heftigen Migräne, den Eisbeutel mit der linken Hand auf dem Kopf festhaltend, Frühstück für uns machte.

Natürlich hätte Mutter nie etwas von uns verlangt, nie auch nur mit einem Wort angedeutet, daß sie sich miserabel fühlte. Aber die Art, wie sie anfing, durch die Räume zu taumeln, ja sich geradezu aufzulösen schien, tiefe Schatten unter den Augen bekam, wie ihre Stimme nur noch ein Hauch war und sie uns geistesabwesend zuhörte, sprach für sich. Was blieb da meiner Schwester und mir anderes übrig, als, mit dem Schicksal hadernd, ihre voreilig gegebenen Versprechungen und Zusagen einzulösen, damit ihr Image, ein einmalig guter Mensch zu sein, nicht gefährdet wurde.

Ehrlich gesagt, insgeheim hätten wir oft nichts dagegen gehabt. Wir fanden, Mutters Wohltätigkeit ging reichlich auf unsere Kosten. Und einmal platzte mir tatsächlich der Kragen. Das war, als ich an einem herrlichen Sommertag, anstatt meine Freizeit mit anderen aus meiner Klasse in der Badeanstalt zu verbringen, die häßliche Promenadenmischung unserer Nachbarin, umkreist von lästigen Rüden, Gassi führen mußte. Unter ständigem Rufen: «Wirst du wohl!», «Hau ab, du Köter!», «Weg mit dir!» versuchte ich mich ihrer vielen leidenschaftlichen Verehrer zu erwehren und rannte, sie hinter mir herzerrend, wütend die Straße entlang. Als ich dann auch noch erfuhr, daß mein Schwarm Rüdiger, blondgelockt, muskelstark, wenn auch ziemlich o-beinig, sich herabgelassen hatte, in meiner Abwesenheit anzurufen, verflog das Mitleid mit meiner leidenden Mutter endgültig. Ich machte ihr eine fürchterliche Szene und rief anklagend: «Du bist auch nicht besser als Tante Berta!»

Damit hatte ich den Nagel auf den Kopf getroffen. So verschieden sie sonst waren, aber die Kunst, ihren Willen durchzusetzen, beherrschten sie beide perfekt. Mutter hatte auf ihre sehr subtile Weise die Familie unterm Daumen. Bei Tante Berta waren es mehr die Männer, die nach ihrer Pfeife tanzten. So hatte sie das Kunststück fertiggebracht, den attraktiven und charmanten Onkel Philipp zu heiraten, ohne dabei den zweiten, sie heftig umwerbenden Verehrer völlig zu entmutigen, den sie statt dessen als Hausfreund behielt, in allen Ehren natürlich. Wenn man den guten Onkel Ekkehard so sah, ein wenig kurz geraten, mit seinem gedrungenen Hals, bei dem es ihm Mühe machte, die Krawatte anständig zu binden, war es ihr bestimmt nicht schwergefallen, sich für Onkel Philipp zu entscheiden. In ihrem Abschiedsbrief an Onkel Ekkehard hatte es jedoch etwas anders geklungen. Da war mehr davon die Rede gewesen, daß Philipp ihr mit Selbstmord gedroht habe, wenn sie ihn nicht erhöre. Philipp nannte Ekkehard einen netten Burschen und partizipierte nicht ungern an seinen vielen großzügigen Gefälligkeiten, wobei er besonders sein Domizil in Südfrankreich schätzte, das er dem Ehepaar, wann immer sie wollten, zur Verfügung stellte. Es war ein langgestrecktes, klassizistisches Landhaus, das Vater immer wieder aufs neue entzückte, wenn er die Fotos sah. Onkel Philipp lobte denn auch den «getreuen Ekkehard» in höchsten Tönen und ermunterte ihn sogar, sich während seiner Abwesenheit um seine Frau zu kümmern. Vater gegenüber verwunderte er sich allerdings gelegentlich, daß Ekkehard nicht die Konsequenz aus ihrer Heirat gezogen hatte und Berta weiter anhimmelte, als gäbe es noch eine Chance. Er ahnte natürlich nichts von der dramatischen Rolle, die sie ihm in ihrem Abschiedsbrief an Ekkehard zugeteilt hatte, wogegen Ekkehards Sekretärin den Brief heimlich las und heiße Tränen über diese tragische Liebesgeschichte vergoß. Dabei war Philipp nicht besonders scharf darauf gewesen, sein Junggesellenleben so schnell aufzugeben. Aber seine zukünftigen Schwiegereltern machten ganz schön Druck, und er sah schließlich ein: Frauen wollten nun mal irgendwann geheiratet werden und sich ein Nest bauen. Und er war viel zu träge, um sich dem lange zu entziehen.

Dafür stand Tante Berta, nachdem sie erreicht hatte, was sie wollte, alles doch wie ein Berg bevor, und sie war froh, daß Ekkehard weiterhin mit Rat und Tat zur Stelle war und sogar später in schwierigen Situationen, wie zum Beispiel kleinen Schulden hier und da, von denen Philipp nichts wissen durfte, ritterlich einsprang. Eine Schönheit war Onkel Ekkehard zwar nicht, und er hatte noch dazu die Angewohnheit, sich wie sein eigener Großvater zu kleiden, aber er war, wie Mutter, eben ein guter Mensch, und jeder Gedanke, daß Berta ihn vielleicht ausnutzen könnte, lag ihm fern. Diese bezaubernde Person brauchte ihn. Und war es nicht das schönste Gefühl überhaupt, gebraucht zu werden? Wenn

Mutter unserem Vater mit dieser Begründung kam, sagte Vater jedesmal: «Na, vor allem braucht sie sein Geld.» Mit Philipps Gehalt allein könne sie nicht so große Sprünge machen.

Im Gegensatz zu unserem Vater mochten wir Tante Berta ganz gern. Sie war immer fröhlich, gestattete uns großzügig, den Inhalt ihres Schminkköfferchens zu benutzen, und genoß sichtlich unsere Bewunderung, wenn sie, wohlfrisiert und wohlduftend, in einem ihrer Modellkostümchen ihren Auftritt hatte. Das Urteil über ihre Mitmenschen fällte sie in wenigen Worten, je nachdem, wie sich die betreffende Person ihr gegenüber verhielt. Wer sich ihrem Charme nicht entziehen konnte und ihr selbstlos zu Diensten war, wurde mit dem Lob «rührend» bedacht, wer ihre Winke ignorierte, bekam das Prädikat «recht simpel». Mit dem, der sich nach einiger Zeit ihren Wünschen zu entziehen versuchte, «war auch nicht mehr viel los», und wer womöglich jede Hilfe direkt verweigerte, wurde als «Krämerseele» bezeichnet, wobei die Krämerseele bei einigem guten Willen durchaus die Chance hatte, zu einem «rührend» zu avancieren. Nur Onkel Ekkehard blieb konstant, was er ja nun wirklich auch war: «Zu rührend.» Insofern fand Vater, sie könne das Weihnachtsfest ja auch mal in Ekkehards Landhaus verbringen.

«Will sie aber nicht», sagte Mutter.

«Ich weiß, ich weiß, die Reise. Obwohl Ekkehard den beiden bestimmt die erste Klasse spendiert und es in diesem wundervollen Landhaus einen Haufen Personal gibt.»

«Familie bedeutet ihr eben viel.» Mutter hatte es nicht gern, wenn Vater auf ihrer Schwester herumhackte. «Irgendwie rührend.»

«Bitte nicht dieses Wort», sagte Vater. «Na ja, dann müssen wir in den sauren Apfel beißen und noch mehr zusammenrücken.»

Das mußten wir wirklich. Denn am ersten Feiertag pflegte auch noch Onkel Ekkehard aufzukreuzen, so daß, wie Vater sich ausdrückte, die Bude wirklich voll war. Acht Personen quetschten sich in das kleine Haus mit dem einen Bad, und ich mußte Kusine Doro mein Bett abtreten und mit meiner Schwester ein Mansardenzimmer teilen. Die Gäste blockierten das Badezimmer und marterten Vater mit ihren aufgeregten Stimmen. «Müssen wir uns das antun?» fragte er grimmig, ehe er sich schließlich in sein Schicksal ergab.

Und so wurde Jahr für Jahr dasselbe Theaterstück aufgeführt mit demselben Bühnenbild und denselben Dialogen. Als erstes zeigte sich Mutter als Opferlamm. Sie behauptete, ihr mache es nichts aus, länger aufzubleiben, um Tante Berta und Onkel Philipp in Empfang zu nehmen, was eine glatte Lüge war, denn Mutter stand gern früh auf und ging dementsprechend früh ins Bett.

«Kommt überhaupt nicht in Frage», sagte Vater. «Trotzdem wird man ja wohl fragen dürfen, warum diese Herrschaften immer erst kurz vor Mitternacht bei uns eintrudeln anstatt zu vernünftiger Zeit.»

«Weil dann die Autobahn nicht so voll ist», sagte Mutter. «Das ist doch jedes Jahr so.»

Natürlich mußte es für die hungrigen Reisenden noch zu später Stunde einen kleinen Imbiß geben, und so wartete Vater am Dreiundzwanzigsten abends mißgelaunt mit Mutter auf ihre Ankunft.

Ein weiteres Ärgernis war, daß Tante Berta Mutters mit viel Liebe eingerichtetes Gastzimmer in eine qualmende Höhle verwandelte, die hübsche Tischdecke bereits zwei eingebrannte Löcher aufwies und der flauschige Teppich im Badezimmer mit Nagellack besprenkelt war. Noch Tage nach ihrer Abreise hing der kalte Rauch in allen Zimmern, und solange sie da waren, weckte uns nachts oft Bertas trillerndes Lachen und der laute Ruf: «Mein Teddybär!»

«Mein Teddybär war wohl heute nacht wieder sehr aktiv», pflegte Vater dann gähnend beim Frühstück zu sagen, das wir meist ohne unsere Gäste einnahmen, denn Tante Berta und Onkel Philipp schliefen gern bis in die Puppen. Schließlich war Weihnachten, und sie hatten die Ruhe dringend nötig. «Vor allen Dingen», bemerkte Vater sarkastisch, «euer Onkel, wo er doch so hart arbeitet.» Der Onkel war nämlich in irgendeiner Kommission tätig, deren Hauptaufgabe darin bestand, durch die Lande zu reisen und in teuren, in schönen Gegenden gelegenen Hotels zu tagen.

«Teddybär», wiederholte Vater gedankenverloren. «Philipp ist wirklich ein Gemütsmensch. Ich für meine Person könnte gut darauf verzichten, Bertas Teddybär zu sein.»

«So, so», sagte Mutter, «das Liebesleben meiner Schwester scheint dich ja sehr zu beschäftigen.»

«Nicht so sehr wie unsere Nichte Klein-Doro. Ich habe sie mitten in der Nacht im Haus herumraschdeln hören und mich gefragt, was sie eigentlich sucht.»

«Sie ist eben immer die erste auf den Beinen.»

Meine Schwester und ich lachten. Die Frühaufsteherin, die jedem, der es hören wollte, mit tragischer Stimme mitgeteilt hatte, sie werde bestimmt eines Tages Zucker bekommen und sterben, sie habe schon überall Pickel und das sei ein sicheres Zeichen für diese Krankheit, war wahrscheinlich auf der Suche nach Süßigkeiten gewesen.

«Kinder, kuckt mal, ob die Marzipanbrote noch im Geschirrschrank liegen», bemerkte Mutter, während sie nach einem verlegten Geschenk suchte.

«Keine Marzipanbrote», meldeten wir.

«Hab ich's mir doch gedacht. Gott sei Dank, hier ist es.» Sie zog erleichtert ein kleines Päckchen hinter einem Sofakissen hervor.

Der Heiligabend selbst verlief immer recht harmonisch. Wir sahen großzügig darüber hinweg, daß auf den bunten Tellern die Marzipanbrote fehlten, daß Klein-Doro ständig mit einer Wunderkerze vor unseren Gesichtern herumfuchtelte und Vater, der ein schlechter Verlierer war, beim Kartenspiel behauptete, wir mogelten. Düster ließ er den Blick über die Familie schweifen. «Einfach zu viele Frauen hier, Philipp, findest du nicht? Ich denke, wir lassen die Damen mal unter sich und besuchen mein Refugium.» Sein Refugium war ein kleiner Weinkeller, und Onkel Philipp zeigte sich hocherfreut über diesen Vorschlag.

Sie blieben fast eine Stunde weg, kehrten aber dafür gutgelaunt zu uns zurück und waren sogar bereit, Tante Bertas endlose, weder einen rechten Anfang noch ein Ende aufweisende Geschichten über sich ergehen zu lassen, die eines gemeinsam hatten, nämlich daß Tante Berta darin die Hauptrolle spielte.

«Eure Tante ist der Mittelpunkt der Welt und steht damit allen im Wege», pflegte Vater zu sagen. Doch davon abgesehen, war es schwierig, ihren sprunghaften Gedankengängen zu folgen. Fand man sich eben noch im Keller ihres Hauses, war man im nächsten Satz schon am Nordseestrand, wo Tante Berta fürchterlich von einer Qualle zugerichtet worden war.

«Mein Gott, tat das weh! Und mein Bein sah aus, als hätte ich es gegrillt! Aber der Rettungsschwimmer, dieser rührende Mensch, verließ seinen Posten, um in der Apotheke etwas Kühlendes für mich zu holen. Und ich mit mindestens vier Koffern! Ich war verzweifelt!»

«Wie kamen denn die an den Strand von Norderney?» Vater, der die Geschichte schon auswendig kannte, spielte den Verwirrten.

«Wieso Norderney? Ich spreche von meiner Reise nach Frankreich. Da stand ich nun mit meinem Gepäck und meinem quengelnden Liebling. Und das alles nur, weil Philipp, anstatt mir zur Seite zu stehen, mal wieder mit seiner dämlichen Kommission unterwegs war und erst später nachkommen wollte. Ihr kennt doch mein Reisefieber, immer die Angst, den Zug zu verpassen oder keinen Sitzplatz zu bekommen oder die Tür nicht rechtzeitig aufzukriegen. Sicher, ich hätte mir ein Taxi nehmen können, aber Taxifahrer sind so eine Sorte für sich. Mit denen ist meistens nicht viel los. Da ist mir glücklicherweise noch rechtzeitig mein Masseur eingefallen. Der rührende Mensch hat seine Praxis im Stich gelassen und ist sofort gekommen, um mich zum Bahnhof zu bringen.» Dann, zu Mutter gewandt: «Erinnerst du dich noch, wie er mir immer unauffällig die Lösung der Matheaufgaben ins Ohr geflüstert hat? Glatt die Stellung hätte ihn das kosten können. Wirklich eine Ausnahme unter den Lehrern. Seine Kollegen waren ja eher etwas simpel, vor allem der Direktor.»

«Jetzt verstehe ich überhaupt nichts mehr!» rief Vater. «Vielleicht klärt mich mal jemand auf. Der Masseur war also dein früherer Mathelehrer!»

Berta sah ihn ärgerlich an. «Das ist doch wieder eine ganz andere Geschichte! Du hörst nie richtig zu!»

Vater entschuldigte sich hastig. «Du hast recht. Ich bringe alles durcheinander. Ich bin eben auch ein wenig simpel.»

Wir lachten, und Tante Berta kuckte pikiert. «Wie schön, daß ich euch alle so erheitert habe.» Sie sah auf ihre noble, mit Brillanten besetzte Armbanduhr, eins von Onkel Ekkehards kleinen Geschenken, und sagte: «Ich für meine Wenigkeit gehöre jetzt ins Bett. Die lange Fahrt gestern war doch recht anstrengend, und mit Philipps Fahrkünsten ist auch nicht viel los.»

«Erlaube mal», sagte Onkel Philipp. Aber sie war zu sehr damit beschäftigt, ihre in den Anblick ihrer Pickel vertiefte Tochter von unserem hübschen Barockspiegel wegzubekommen, nicht ohne darauf hinzuweisen, daß der Spiegel eigentlich ihr gehöre, aber sich wirklich an diesem Platz sehr gut mache.

«Ich komme gleich nach!» rief Philipp und goß sich noch schnell von dem aus dem Keller heraufgebrachten Rotwein ein. Er sah Vater betrübt an. «Ich wäre gern noch ein bißchen geblieben. Aber du kennst ja Berta. Sie braucht nun mal ihren Schönheitsschlaf, und wenn ich später komme, beklagt sie sich wieder, daß ich sie geweckt habe.»

«Das läßt sie sich doch von dir ganz gern», sagte Vater. «Jedenfalls haben wir so den Eindruck.»

Der Onkel lächelte etwas verlegen, leerte hastig sein Glas und verließ uns.

«Endlich, endlich sind wir mal allein!» rief Vater und riß sämtliche Fenster auf, um den Zigarettenrauch zu vertreiben.

«Pscht!» warnte Mutter. «Man kann dich ja bis in den Flur hören.»

Danach wurde es so richtig gemütlich. Mutter zauberte plötzlich jede Menge Marzipanbrote hervor, Vater zündete noch einmal die Kerzen am Weihnachtsbaum an, und dann zeichnete er jedem von uns ein herrliches Haus; unseren individuellen Wünschen waren keine Grenzen gesetzt. Ich bekam natürlich mein Schloß Manderley aus Daphne du Mauriers Roman «Rebecca» mit seinen Zimmerfluchten, den kreisenden Tauben über dem Dach und einem riesigen Park, in dem Vater Strich für Strich die von Rhododendren gesäumten, verwinkelten Pfade hinunter zum Meer markierte. Doch statt Maxim de Winter im schnittigen Cabriolet knatterte mein Schwarm aus der Schule mit seinem Mofa den Kiesweg zum Schloß hinauf.

Meine Schwester war bescheidener als ich. Für sie zeichnete Vater lediglich ein schmuckes Fachwerkhaus auf dem Lande mit einer Tenne, Balken aus Eiche und einem Strohdach. Pingelig, wie sie war, wollte sie dauernd etwas geändert haben, was Vater gehorsam tat. Mutter wünschte sich nur einige Verbesserungen an unserem Haus. Ein zweites Badezimmer zum Beispiel, einen vernünftig ausgebauten Keller, einen Wintergarten, eine kleine Terrasse, ja, vielleicht sogar ein zusätzliches Zimmer für sie ganz allein. «Kein Problem», beteuerte Vater und machte sich ans Werk. Mutter sah ihm dabei über die Schulter.

Doch nachdem die Rotweinflasche fast leer war, folgte er seinen eigenen Träumen und machte sich mit der üblichen Begeisterung über Onkel Ekkehards Landhaus in Frankreich her. Es gab ja da noch so viele Möglichkeiten zum Verbessern.

Mutter gähnte verstohlen. «Wunderbar, wunderbar», sagte sie schließlich. «Aber nun, glaube ich, gehen wir auch ins Bett. Ausschlafen können wir nicht.»

«Richtig.» Vater legte bedauernd den Zeichenstift weg. «Onkel Ekkehard steht uns ja schon in aller Herrgottsfrühe auf der Matte.»

«Mehr mir als euch», sagte Mutter. Und so war es dann auch. Während wir noch schliefen, bereitete Mutter bereits das Frühstück für ihn.

Onkel Ekkehard traf pünktlich ein. Seine mit hoher Stimme vorgebrachten Klagen über die unglaublichen Zustände deutscher Schlafwagen durchdrangen unseren Morgenschlaf und ließen sogleich herrliche Phantasien von wunderbaren Geschenken erstehen: sprechende Puppen, Perlenohrringe oder bezaubernde Figürchen aus Glas, die wir sammelten. Bis Tante Berta die Bühne betrat, begleitete er unsere Mutter auf Schritt und Tritt, um ihr sein Herz auszuschütten. Nicht einmal vorm Badezimmer machte er halt, so daß Mutter ihm erst vorsichtig zu verstehen geben mußte, daß dieser Ort vielleicht für ein gemeinsames Gespräch nicht ganz passend sei.

Bei dem durch vieles Kommen und Gehen sich hinstreckenden Frühstück ließ Vater seinen Blick über Gäste und Familie schweifen und sagte wie immer: «Seid mir gegrüßt, ihr Völkerscharen.» Onkel Ekkehard murmelte verschämt etwas von gütiger Gastfreundschaft, und dann beherrschte Tante Berta wieder die Szene. Ekkehard, dessen Redefluß Mutter noch eine halbe Stunde zuvor kaum hatte bremsen können, verwandelte sich nun in einen aufmerksamen Zuhörer, der hingerissen Bertas Platitüden lauschte und an den richtigen Stellen herzlich lachte. Unsere Tante war gut in Form. Sie funkelte und strahlte und roch ebenso gut wie unser Weihnachtsbaum, so daß sogar Vater seinen Blick wohlwollend auf ihr ruhen ließ. Onkel Philipp nahm es nachsichtig zur Kenntnis. Er hatte es nicht ungern, seine Frau im Mittelpunkt zu sehen. So herrschte eine aufgeräumte Stimmung, nur Mutter sah aus, als habe sie wieder dringend einen Eisbeutel nötig. Anschließend schlug Vater als guten Appetitanreger für die bevorstehende Pute einen ordentlichen Spaziergang vor, an dem Mutter selbstverständlich nicht teilnehmen konnte, denn das brutzelnde Tier mußte ständig begossen werden.

So verlief das Fest programmgemäß, bis die Gäste am zweiten Feiertag abfuhren.

Ein Jahr später änderte jedoch das Schicksal die Regie, was sich allerdings erst zum Schluß des Stückes bemerkbar machte. Zunächst schien alles wie immer, außer daß Onkel Ekkehard etwas schlanker geworden war und vielleicht etwas zerstreuter als sonst. Jedenfalls mußte er bei der Auswahl der Geschenke nicht so ganz bei der Sache gewesen sein. So bekam ich mit meinen dreizehn Jahren einen Schulranzen, einen Gegenstand, den ich schon lange nicht mehr trug, wenn auch aus feinstem Leder, meine ein Jahr jüngere Schwester, in der Lektüre inzwischen bei Liebestragödien angelangt, ein Buch von Karl May, Mutter etwas, woran im Haus kein Mangel herrschte: Serviettenringe, Tante Berta, der schon ein Gang in die Küche wie ein Berg bevorstand, ein Kochbuch, Vater, der eingefleischte Nichtraucher, eine kostbare Pfeife und der grundsätzlich nur Pyjamas tragende Teddybär Philipp ein knöchellanges Nachthemd. Auch schenkte er Tante Berta zum ersten Mal nicht die gewohnte Aufmerksamkeit. Er hockte viel mit Vater zusammen und ließ sich von ihm auf dem Papier alle Wünsche erfüllen, um das edle Landhaus in Südfrankreich noch schöner herauszuputzen. Vater war ganz in seinem Element und gestand Onkel Ekkehard zum ersten Mal, wie fasziniert er von diesem herrlichen Stück Architektur sei und was für ein Brillant Ekkehard sozusagen in den Schoß gefallen war, der natürlich nur hier und da noch ein bißchen Schliff vertragen konnte. Er entwarf und zeichnete und redete, und Mutter zitierte Morgenstern: «Es war einmal ein Lattenzaun, / mit Zwischenraum, hindurchzuschaun. / Ein Architekt, der dieses sah, / stand eines Abends plötzlich da – / und nahm den Zwischenraum heraus / und baute draus ein großes Haus.»

Onkel Philipp lachte, Tante Berta jedoch verzog etwas säuerlich das Gesicht, wahrscheinlich weil ihr Onkel Ekkehard diesmal nicht genug Beachtung schenkte, und meinte nur: «Papier ist geduldig», zeigte sich aber später Mutter gegenüber ungewohnt besorgt: «Hoffentlich hat der Gute keine finanziellen Probleme und muß das Haus womöglich verkaufen.»

Die beiden Männer machten lange Spaziergänge durch die Winterlandschaft, und Vater erklärte und zeichnete im Schnee weiter.

An diesem denkwürdigen Feiertag hielt Onkel Ekkehard beim Mittagessen zum ersten Mal eine Rede. Er bedankte sich in rührenden Worten für unsere jahrelange Gastfreundschaft, die er eigentlich gar nicht verdient habe. Und es kam uns vor, als hätte er Tränen in den Augen.

Zwei Monate später gab es den getreuen Ekkehard nicht mehr. Er war ganz allein gestorben, ohne jemanden mit seinem Tod zu behelligen. Wie sich bei der Testamentseröffnung herausstellte, ging das gesamte Vermögen an eine Stiftung. Tante Berta erbte lediglich ein wertvolles Kollier und Vater etwas, mit dem niemand gerechnet hatte: das Landhaus in Südfrankreich!

Bald darauf sagte sich Tante Berta bei uns an. Vater murmelte sogleich etwas von einer unumgänglichen Geschäftsreise, und Mutter sagte sehr bestimmt: «Die wird sich sicher verschieben lassen», womit dieses Thema vom Tisch war.

Tante Berta erschien allein. Blaß und in sich gekehrt saß sie beim Abendbrot, ohne das Testament nur mit einem Wort zu erwähnen. Plötzlich sprang sie auf und verließ schluchzend das Zimmer. Mutter folgte ihr mitfühlend.

Tante Berta saß weinend auf dem Bett im Gästezimmer, die Kopie ihres Abschiedsbriefes an Ekkehard in der Hand. Mit bebender Stimme las sie ihn Mutter Satz für Satz vor, nicht wissend, daß dank Ekkehards Sekretärin bis auf den ahnungslosen Teddybären jedermann in der Familie darüber informiert war. Als sie ihn beendet hatte, seufzte sie tief. «Ach, wenn du wüßtest, wie sehr ich ihn geliebt habe! Ohne ihn steht mir mein Leben wie ein Berg bevor.» Und Mutter glaubte ihr aufs Wort.

## 4  Ich und meine Oma und die Liebe

Ich und meine Oma wissen, wie das Leben ist, nämlich spannend. Aber Mama macht aus dem Wort gleich wieder was Unerfreuliches. Sie sagt «gespannt»: «Ich bin ja nun wirklich mal gespannt, wann du lernst, pünktlich zu sein, dich an deine Schularbeiten setzt und endlich deine Dankbriefe für die Geburtstagsgeschenke schreibst.» Aber noch mehr gespannt ist sie, ob Oma in diesem Leben noch vernünftig wird.

«Glaubst du an ein Leben nach dem Tode?» fragt Papa.

Mama sieht ihn verdutzt an. «Wieso?»

«Weil du von diesem Leben sprichst.»

Ich und meine Oma sind mächtig viel rumgekommen. Sogar in Ägypten waren wir schon, wo doch Maria und Josef hingeflohen sind mit dem kleinen Jesus, und ich durfte sogar auf einem Kamel reiten. Im Hotel war es allerdings doof. «Das habe ich mir nun wirklich ganz anders vorgestellt», hat Oma gesagt. «Die Pyramiden brauchen wir ja nun nicht mehr. Hier sitzen genug Mumien rum.»

Aber dann haben wir einen Herrn kennengelernt, der sah noch recht lebendig aus, und Oma hat gefragt: «Wie findest du den?»

«Mittelprächtig», habe ich gesagt.

Oma hat gelacht. «Mittelprächtig. Du redest schon wie deine Mutter. Na ja, seine Zähne sind vielleicht ein bißchen groß.»

«Und seine Füße auch», sagte ich. «Außerdem hat er Löcher in den Socken.»

«Was du so alles siehst.»

Aber er war dann eigentlich doch sehr nett und hat uns überall rumgefahren, auch in die Wüste. So viel Sand, man glaubt es kaum. Und wir in seinem Auto mittendrin. Aber dann muß er meiner Oma plötzlich dumm gekommen sein. Das, sagt Oma immer, ist typisch für Männer, irgendwann kommen sie einem dumm. Was genau sie damit meint, weiß ich nicht, aber sie hat das immer voll im Griff. Und als sie gesagt hat: «Wir wollen doch nicht albern werden», da wußte ich, es war wieder soweit.

Er hat angehalten und gesagt: «Benzin ist alle, gnädige Frau. Was machen wir jetzt?»

«Na, dann holen Sie eben welches», hat Oma gesagt. Und er ist tatsächlich losmarschiert mit einem Kanister, weiter und immer weiter, bis er nur noch ein Punkt war. Inzwischen ist Oma auf den Fahrersitz gerutscht, hat auf das Armaturenbrett gekuckt, das Auto kurz angelassen und gesagt: «Hab ich mir's doch gedacht!» Dann hat sie sich die Haare gekämmt, den Lippenstift rausgeholt, sich im Spiegel bekuckt und mich beruhigt: «Keine Bange, der kommt schon wieder. Er will uns bestimmt nur einen Schreck einjagen.»

Oma hatte recht. Zehn Minuten später war er wieder zurück, hat uns angegrinst und gesagt: «Kleiner Scherz. Hab die Damen hoffentlich nicht erschreckt.»

«Überhaupt nicht.» Oma hat den Zündschlüssel rumgedreht und Gas gegeben. Und er stand da, völlig verdattert, den Kanister in der Hand. Oma hat dann angehalten, und er ist wieder auf uns zugestapft. Aber kaum war er beim Auto, hat sie wieder Gas gegeben. Das hat sie so zwei-, dreimal gemacht, bis er endlich rein durfte. Und sie hat ihn angelächelt. «Kleiner Scherz. Wir hoffen, wir haben Sie nicht erschreckt.»

Gesagt hat er nichts, nicht einmal protestiert, daß Oma ihn nicht mehr ans Steuer ließ. Aber zum Platzen wütend war er. Ich habe deshalb angefangen zu singen, um wenigstens etwas für Unterhaltung zu sorgen. Das hat ihn noch wütender gemacht. Er hat sich umgedreht und gesagt: «Ach, halt die Klappe!» Und Oma hat gesagt: «Genau das tust du nicht!» Und zu ihm: «Wir wollen doch hier nicht gewöhnlich werden.» Dann hat sie den Motor singen lassen, und wir sind nur so durch die Wüste gebraust. Es war wundervoll.

Als wir wieder zurück waren und ich gleich ins Bett mußte, hat sie mich gefragt: «War es spannend?»

«Sehr», hab ich gesagt.

Sie hat den Finger auf den Mund gelegt. Finger auf den Mund heißt: Mama nichts erzählen. Ich habe genickt und meine Oma doll liebgehabt. Meine Oma, die viel schöner ist als die Barbie-Puppe von Karolin, der dummen Nuß, mit der sie mich nie spielen läßt. Und wenn ich sie nur anfasse, kreischt sie gleich los: «Du machst sie kaputt, du machst sie kaputt!»

Am nächsten Tag hat sich der mittelprächtige Herr nicht mehr blicken lassen. «Wo ist er denn geblieben?» habe ich Oma zugeflüstert. Sie hat gelacht. «Verduftet.»

Ja, meine Oma und ich, wir sind viel rumgekommen. In Mallorca waren wir, in Rom, ja sogar in Walsrode, wo es den Tierpark gibt, und in Paris. Überall haben sich Herren gefunden, die Oma unbedingt beschützen wollten. Erst fand Oma das auch immer ganz schön. Aber dann hat sie nach einer Weile gesagt: «Ich kann gut allein auf mich aufpassen.» Es waren auch richtig nette Herren darunter, die sind uns nicht dumm gekommen. Jedenfalls durften sie bei Oma im Zimmer frühstücken, das hätte sie sonst nie erlaubt. Nicht mal ich durfte das. Ich mußte immer runter ins Restaurant. Einer hat mir sogar Disneyland gezeigt und ein anderer mir eine Barbie-Puppe gekauft. Aber da hat Oma gemeint, die sollte ich besser nicht mit nach Haus nehmen. Ich könnte ja mit ihr spielen, wenn ich sie besuchte.

Ich erlebe so viel mit Oma, und ich kann es Mama nicht erzählen. Papa schon eher. Aber der hat nie Zeit und hört nie richtig zu. Er behauptet, was ich erzähle, hat keinen Anfang und kein Ende, und alles ist wie Kraut und Rüben durcheinander. Er kapiert jedenfalls immer nur die Hälfte. Oma findet das auch. «Dein Vater versteht nur, was er will.» Und das stimmt. Mama hat zum Beispiel mit meiner Gesundheit echt einen Knall. Dauernd muß ich mir die Hände waschen, Süßigkeiten kriege ich kaum, und an Pommes frites und Hamburger darf ich nicht mal denken. Vitamine! Vitamine! Mama kauft sie tonnenweise. Überall steht das Zeugs rum. Dauernd macht sich Mama Sorgen: «Das Kind ist zu dünn, das Kind ist zu dick, das Kind hält sich schlecht, das Kind hat eine Bronchitis nach der anderen, das Kind sackt sich alles auf und ist von Bakterien und Viren bedroht, das Kind muß eine Brille tragen, und an eine Zahnspange müssen wir auch mal denken.»

Ich beklage mich bei Papa. Der lacht nur und

sagt: «Soll ich Mama umtauschen?» Nein, umtauschen soll er sie nicht. Nur, er soll mal mit ihr reden. Leider tut er das Gegenteil, er predigt mich an: Jedes andere Kind würde vor Freude weinen, so eine Mutter zu haben, die sich Sorgen macht, es so gut mit mir meint. Nie läßt sie mich allein, obwohl sie doch manchmal Besseres zu tun hätte, als dauernd auf mich aufzupassen, wo sie doch so jung und hübsch ist und alle Männer sich nach ihr umdrehen. Immer denkt sie nur an das Kind, Tag und Nacht. «Mehr als an dich?» frage ich. Und Papa seufzt: «Da könntest du recht haben.»

«Ist ja wirklich spannend», sage ich. Und er kuckt mich ganz merkwürdig an und sagt: «Na, das finde ich nun wirklich nicht.»

Ein Vater, meint er immer, sollte die Hauptperson sein, das kann er schließlich verlangen, wo er doch dafür sorgt, daß wir nicht verhungern müssen. Und überhaupt, was wir ihn kosten, kaum zu sagen. Das Schwimmbad, der Garten, Mamas und meine Klamotten. «Deine nicht?» frage ich, und er wirft mir einen unfreundlichen Blick zu. «Soll ich vielleicht in meiner Stellung in Anzügen aus irgendwelchen Ramschläden rumlaufen?»

Ich kuschle mich an ihn. «Papa, sind wir reich?»

«Es geht», sagt er. «Wirklich reich ist nur

deine Großmutter.» Und dann erzählt er mir wieder die Geschichte, wie es so gelaufen ist mit meiner Oma und meinem verstorbenen Opa, der sie so wahnsinnig geliebt haben soll. Und ich frage wie immer: «Was war denn mein Opa?»

«Genau genommen ein Spekulant.»

Das Wort zergeht mir auf der Zunge und erinnert mich an Pfefferkuchen.

«Was tut ein Spekulant?» frage ich, wie es zum Spiel gehört.

«Er macht gefährliche Geschäfte.»

Ich nicke. «Spannende?»

«Spannend sind sie bestimmt. Man kann von heut auf morgen arm dabei werden.»

«Oder reich.»

«Oder reich», bestätigt Papa. «Und das ist ja dein Opa dann auch geworden. Deine Mama ist als Kind rumgelaufen wie eine Prinzessin.»

«Und ein Chauffeur mußte sie zum Kindergarten bringen.»

Papa nickt. «Deswegen haben sie die anderen Kinder auch so oft verdroschen.»

«Aber nicht lange», sage ich. «Mama ist stark. Aber du bist stärker.» Ich befühle seine Muskeln. «Wenn du willst, kannst du jeden zu Mus schlagen.»

Er lacht vergnügt. Das gefällt ihm. «Wenn du meinst.» Papa sieht nämlich nicht nur klasse aus, sondern spielt auch klasse Tennis, läuft Ski und ist ein Meister im Tauchen. Und dann kommt wieder die Geschichte von dem halben Kind, das Oma gewesen sein soll, und Mama auch, als sie geheiratet hat. «Das liegt eben in der Familie», sagt Papa, und ich sehe Mama, nicht größer als Karolins Barbie-Puppe, ganz in Weiß in die Kirche gehen und höre die Hochzeitsgäste flüstern: «Unglaublich, ein halbes Kind!»

Dann fängt Papa wieder davon an, was wir doch für teure Damen sind und wie wir sein Geld zum Fenster rausschmeißen. Das sage ich gleich Mama. Die ist empört. «Das ist ja wohl die Höhe! Trag ich etwa mein Scherflein nicht dazu bei?» Und dann erzählt sie mal wieder, wie strapaziös diese Stadtrundfahrten sind, die sie als Fremdenführerin begleitet, dreimal in der Woche. Ich streichle sie und sage: «Arme Mama.» Und dann sage ich noch, wie doll lieb ich sie habe, damit sie gute Laune kriegt. Denn an diesem Adventssamstag will ich unbedingt zu meiner Oma. Die wird nämlich bestimmt einen Stadtbummel mit mir machen und mir tolle Sachen kaufen. Das tut sie meist. Aber Mama sage ich besser davon nichts, wo sie doch so schwer arbeiten muß und immer behauptet, Elinor, wie sie Oma nennt, ist diejenige, die das Geld mit beiden Händen zum Fenster rauswirft, und daß das Leben nicht dazu da ist, sich pausenlos zu amüsieren. Es gibt auch Pflichten gegenüber den Mitmenschen. Und Elinor sollte sich besser um die Probleme der sozial Schwachen kümmern und sich als grüne Dame einem Krankenhaus zur Verfügung stellen oder der Telefonseelsorge. Ach, es gibt so viel, was Elinor tun könnte. Eigentum verpflichtet, sagt sie, das weiß doch jeder.

«Oma ist reich», sage ich andächtig.

Mama lacht, aber freundlich klingt es nicht. «Das kannst du laut sagen.»

Aber das möchte ich lieber nicht. Womöglich wird sie sonst überfallen, und jemand haut ihr auf den Kopf, auf die Rübe, wie Papa immer sagt. Und da liegt sie dann in ihrem Blut. Oder sie wird womöglich entführt, und der arme Papa muß Lösegeld bezahlen, das ich dann den Entführern überbringe, denn das verlangen sie, nur diese Kleine, sonst niemand. Dann fahren sie mich zu einem verwahrlosten Haus mit zerschlagenen Fensterscheiben und rausgebrochenen Türen, und es ist ganz dunkel, und ich tapere mit einer Taschenlampe herum und lege dann den Umschlag mit dem vielen Geld in einen kaputten Kinderwagen. Und ein paar Stunden später kommt Oma angehumpelt, schließt mich in die Arme und sagt, wie stolz sie auf mich ist. Natürlich kriegt Papa das Lösegeld von ihr wieder und noch einiges dazu. «Und ich», sage ich, «was kriege ich?»

«Ich werde dir gerade verraten, was du zu Weihnachten kriegst», sagt Mama, und ich merke, daß ich mal wieder laut gedacht habe, und sage schnell: «War ja nur 'ne Frage. Darf ich jetzt zu Oma gehen?»

«Meinetwegen», sagt Mama milde gestimmt, weil ich sie doch so doll liebhabe. «Aber iß nicht wieder alles durcheinander und stopf dich voll, und ich habe dann wieder die Bescherung.»

So ein Christmarkt ist das Schönste, was man sich denken kann. Ich und meine Oma nehmen uns Zeit. Wir bleiben an jedem Stand stehen, schnuppern gebrannte Mandeln und gebratene Würstchen, sehen einem Goldschmied zu, der aus Silberdraht Ringe und Armbänder formt, kaufen Lose für einen wohltätigen Zweck, und meins gewinnt sogar. Den Gewinn können wir gleich abholen. Es sind, wie üblich, Leibniz-Kekse. Und Oma kauft mir Zuckerwatte, Salmiakstangen, Karamelbonbons, Nüsse und Rosinen. Und ich kaue und lutsche, bis mein Magen die Meldung gibt: Aufhören, sonst passiert was!

Dann will Oma unbedingt in ihre Lieblingsparfümerie. Dort begrüßt man sie, als sei sie die Oma von allen. «Wie schön, gnädige Frau lassen sich auch mal wieder blicken mit der Kleinen. Gehst du schon zur Schule?» Oma kauft und kauft, Nagellack, Wimperntusche, Creme für die Haut in der Nacht, für die Haut am Tage, Parfüm in winzigen Fläschchen, die, wie Mama immer sagt, ein Vermögen kosten. Und ich bekomme jede Menge Proben. Eine Verkäuferin besprüht mich wie Mama ihre Wäsche. Wenn Mama das sehen würde! Oma bezahlt, aber abholen wird sie die Tüten erst später. Sie will mir noch was zeigen. «Was denn?» frage ich. «Verrate ich nicht», sagt sie. Oma ist heute irgendwie anders. Sie kuckt so merkwürdig durch die Gegend, und in der Parfümerie hat sie sich auf einen von den vergoldeten Hockern gesetzt. Das tut sie sonst nie.

«Bist du okay?» frage ich.

«Mehr als das», sagt sie. Und dann bleibt sie stehen, direkt vor einer Kirche. «Da gehen wir jetzt rein.»

Ich bin baff. «Das haben wir ja noch nie getan!»

«Dann eben jetzt.»

Die Kirche ist schon für Weihnachten geschmückt, mit einem Tannenbaum neben dem Altar. In den spitzen Fenstern gibt es bunte Bilder zu sehen. Männer und Frauen in komischen Kleidern, die mal ernst, mal freundlich in die Gegend kucken. Es ist fast leer. Nur ein paar alte Frauen sitzen herum. Wir bleiben stehen und hören der Orgel zu, die Weihnachtslieder spielt. Mir wird langweilig, und ich zupfe Oma am

Ärmel. «Laß uns gehen.» Statt dessen sucht sie sich einen Platz in einer Bank. Was bleibt mir anderes übrig, als mich neben sie zu setzen. Mir wird kalt, und ich kuschle mich an sie. Sie riecht so gut. Und dann sehe ich sie mir von der Seite an. Meine Oma sieht fabelhaft aus, keine andere kann ihr das Wasser reichen, jedenfalls nicht die von den Kindern aus meiner Klasse. Die haben große Busen, weißes Haar, sind frisiert wie ein Kohlkopf und haben Rheuma und Gicht oder sonst irgendwas. Niemand dreht sich nach ihnen um. Aber nach meiner Oma jeder, egal, wo wir sind. Papa findet das auch. Mama schüttelt ungläubig den Kopf. «Jeder? Das möchte ich nun wirklich bezweifeln.»

«Na, na», sagt Papa, «ist hier jemand eifersüchtig?»

«Ich bitte dich!» Mama knallt den Deckel der Tiefkühltruhe zu, daß die gefrorenen Hühner anfangen, Ballett zu tanzen. «Ich finde nur, Elinor könnte langsam anfangen, nicht mehr wie ein Teenager in Minirock und diesen engen Jeans rumzulaufen.»

«Was stört dich denn daran?» will Papa wissen.

«Ich find's einfach würdelos. Was sollen bloß die Leute denken?» Mama hat es immer mit den Leuten. Was sollen die Leute denken, was sollen die Leute sagen.

Sollen sie reden – Oma ist das ganz egal. Auch, daß ich mich jetzt langweile. Die Turmuhr schlägt die volle Stunde, und wir sitzen immer noch hier rum. Vielleicht ist irgend etwas mit ihr passiert, daß sie nicht mehr laufen kann, daß sie auf einmal gelähmt ist. Das soll's geben. Was mache ich dann? Ich werde aufstehen, zum Altar gehen, mich dort hinstellen und rufen: «Meine Oma ist krank, sie kann nicht mehr aufstehen. Bitte helft mir!»

Oma schreckt richtig hoch. «Wobei denn?» fragt sie verwundert. Dann steht sie auf, und ich bin heilfroh, daß sie wieder laufen kann, und so schnell, daß ich kaum hinterherkomme. «Kind, beeil dich, es ist schon spät! Sicher warten deine Eltern schon.»

Das tun sie wirklich. Mama kriegt wieder diesen gewissen Blick und sagt: «Ich bin gespannt, Elinor, wann du dich endlich mal an Absprachen hältst. Das Kind hat um sechs zu Haus zu sein.»

«Ich und Oma waren in der Kirche», erkläre ich schnell.

«In der Kirche?» Mama wird ganz blaß. «In der Kirche warst du?» Und sie sieht Oma scharf an. «Wie vor drei Jahren?»

Oma wird ein bißchen verlegen. «Das war was anderes.»

«Na, hoffentlich», sagt Mama. Die beiden werfen sich einen ganz komischen Blick zu, und ich denke, die haben mal wieder ein Geheimnis. Ich liebe Geheimnisse. Aber ich muß sie kennen.

Als Oma weg ist, seufzt Mama tief und sagt: «Es ist doch immer dasselbe mit Mutter. Erst die große Liebe, und dann hat sie den Salat und muß ins –»

«Ganz richtig», unterbricht sie Papa. «Das Kind muß dringend ins Bett.» Aber ich denke, vielleicht kriege ich jetzt endlich einen Opa. Das wäre toll. Schon sitzt er vor mir in Omas Kuschelecke auf dem Sofa mit dem roséfarbenen Bezug und freut sich gerade wahnsinnig, daß ich ihn besuchen komme. Ich denke, endlich habe ich einen neuen Opa, wo Papas Eltern doch lange tot sind und ich nicht mal einen Onkel und eine Tante habe. Er hat mir auch versprochen, mit mir zu der Mini-Playback-Show zu fahren, in der ich so wahnsinnig gern auftreten würde. Dafür hat nämlich niemand Verständnis, nicht mal Papa. Als ich vor dem Flurspiegel rumgewirbelt bin, hat er nur gesagt, genauso stellt er sich eine tanzende Giraffe vor. Auch meine Oma kann sich für meinen Wunsch nicht erwärmen und sagt immer, ich soll lieber Ballettstunden haben. Aber bei meinem neuen Opa werde ich nicht bitten und betteln müssen. Fragt sich nur, wie lange ich ihn habe. Er wird aufstehen und weggehen, einfach so. «Opa, wo willst du hin?» rufe ich ihm nach.

Mama und Papa starren mich an. Und Mama sagt: «Das Kind ist mal wieder völlig überreizt. Ich hab mir's ja gleich gedacht, wenn Elinor sie auch so spät nach Hause bringt. Wenn es man nicht doch wieder –»

«Ab ins Bett», sagt Papa zu mir. Das ist das Beste vom Leben, behauptet er immer. Manchmal stimmt es. Wenn ich traurig bin, keine Lust auf die Schule habe und keinen Mund zum Reden, brauche ich niemanden zum Geschichtenerzählen. Mir fallen selbst genug ein. Und jetzt, wo es bald Weihnachten ist, mehr als sonst. Vom Weihnachtsmann, obwohl es ihn ja gar nicht gibt, der oben auf dem Schornstein sitzt und die Päckchen durch den Kamin schmeißt, von der Jungfrau Maria, die ich wieder mal nicht spielen darf beim Krippenspiel in der Schule. Es mußte natürlich wieder Frau Webers Liebling Karolin sein, die dumme Nuß. Und ich bin nur einer der Heiligen Drei Könige. Immer und immer Kaspar. Aber Papa sagt, einen farbigen ausländischen Mitbürger darzustellen ist eine große Ehre für mich. Darüber muß Mama lachen, sagt dann aber gleich, sie hat es nicht gern, wenn über dieses ernste Thema gewitzelt wird.

«Was heißt hier gewitzelt», sagt Papa. «Ich halte mich grundsätzlich nur an den üblichen Sprachgebrauch. Es gibt keine alten Menschen mehr, nur noch Senioren, und für Verbrecher, ganz gleich, was sie auf dem Kerbholz haben, ist jetzt der Polizist eine Bezugsperson.»

«Da ist was dran», sagt Mama und lacht wieder. «Aber grundsätzlich mag ich es nicht, wenn du ironisch wirst.»

«Grundsätzlich» ist auch eines ihrer Lieblingswörter, und als Papa noch einmal an mein Bett kommt, frage ich ihn: «Was ist eigentlich grundsätzlich?»

«Ein dummes Wort», sagt er und seufzt ein bißchen, «so ist nun mal deine Mutter. Es muß alles feste Regeln haben.» Als er sich zum Gutenachtkuß zu mir herunterbeugt, sehe ich auf die Kuckucksuhr, die gegenüber von meinem Bett hängt, und mir fällt ein, daß es im Fernsehen jetzt gleich einen wundervollen Film von einer bösen Hexe gibt, die kleine Kinder in Mäuse verwandelt. Ich habe ihn schon zweimal gesehen. Er ist einfach wunderbar.

«Papa», sage ich beschwörend.

«Kommt nicht in Frage, was immer es auch im Fernsehen gibt», meint Papa.

Ich staune. «Woher weißt du, was ich sagen will?»

Er kitzelt mich ein bißchen. «Ich seh's dir an der Nasenspitze an.» Dann legt er seine Hand über meine Augen. Und als ich sie aufmache, steht meine Mutter vor dem Bett und sagt:

«Los, los, du kommst sonst wieder zu spät zur Schule.»

Den vierten Adventssonntag darf ich bei Oma verbringen, obwohl es deswegen viel Gezerre gegeben hat. «Grundsätzlich», sagt Mama zu Papa, «hab ich nichts dagegen. Aber wenn dieser merkwürdige Mensch bei Elinor herumhockt, möchte ich meine Tochter nicht dazwischen haben.»

Sie hat natürlich mal wieder keine Ahnung. «Onkel Jobst ist nicht mehr da», sage ich.

«Ein Glück», sagt Mama, und es klingt richtig erleichtert. Ich finde das nun gar nicht. Ein Glück wäre es für Oma, wenn er noch nicht ausgezogen wäre. Und für mich auch. Er hat mit mir den Flohwalzer gespielt und das Kamel in der Wüste. Oma war allerdings mehr für den Flohwalzer: «Du weißt doch, von Kamelen und Wüste haben wir nun genug.» Und sie hat mir zugezwinkert. Jobst ist ein Student gewesen, und Oma hat gesagt, er ist bis zu seinem Examen ihr Gast. Aber nun ist er nicht mehr da. Ich hätte ihn gern als Opa gehabt und Oma ja vielleicht auch. Jedenfalls war sie echt traurig, als er auszog. «Du bist mein einziger Trost», hat sie zu mir gesagt und mich ganz fest an sich gedrückt.

Ich darf also am vierten Advent zu Oma und klingle wie immer voller Vorfreude Sturm an der Haustür, renne durchs Haus und als erstes zu der porzellanenen Ente, die bei Oma auf der Kommode steht. Ich weiß, sie hat Süßigkeiten für mich im Bauch. Und Oma sagt wie immer mit verstellter Stimme: «Quak, quak, öffne mich.» Ich hebe den Deckel der Ente ab und finde neben Schokoladekringeln etwas in Seidenpapier verpackt: einen winzigen silbernen Schnuller. Ich freue mich riesig, und als ich Oma umarme, sagt sie, daß sie noch was viel Schöneres für mich hat, nämlich ein Geheimnis, und ich werde es als erste erfahren. «Was für ein Geheimnis?» Da erzählt sie es mir. Ich hopse herum vor Freude. Das ist das schönste Geheimnis der Welt. Nie, nie wird mir irgend jemand ein Wort darüber entlocken, auch nicht der freche Junge aus der Parallelklasse. Da kommt er schon die Straße entlang und sagt: «Du hast ein Geheimnis. Ich will es wissen. Jetzt gleich, auf der Stelle.» Aber ich schweige, ich schweige.

«Ich schweige.»

Oma lächelt. «Bin gespannt, wie lange.» Dann schickt sie mich mit einem Taxi zu den Eltern zurück.

Ich renne die Treppe rauf, reiße die Tür zum Wohnzimmer auf, wo die Eltern fleißig dabei sind, den Weihnachtsbaum zu schmücken. Mama sagt unwillig: «Du sollst doch nicht vor morgen ins Weihnachtszimmer.» Aber das Geheimnis ist so groß, daß es kaum noch Platz in meinem Mund hat.

«War's schön?» fragt Papa und Mama: «Hast du schon gegessen?»

Ich nicke und bleibe stumm auf jede Frage.

«He», sagt Papa, «was ist los mit dir?»

Und ich öffne den Mund, und da fällt es heraus, das große Geheimnis.

«Ich kriege einen Onkel!» rufe ich. «Einen ganz, ganz kleinen. Aber erst in einem halben Jahr!»

Mama sagt fassungslos: «Einen Onkel? Das ist ja dann mein Bruder. Mein Gott, mußte das sein? In der heutigen Zeit? Ist doch immer das gleiche mit Elinor.»

«Finde ich gerade nicht», sagt Papa. «Ich hätte nie gedacht, daß sie diesmal... daß ich noch mal einen Schwager bekomme.»

Mama sieht ihn an. «Und wie findest du das?»

«Mittelprächtig», sagt Papa und lacht.

## 5  Einer zuviel

Wir geben es zu und schämen uns nicht, daß wir uns so wenig darüber den Kopf zerbrechen, wer nun eigentlich unsere Rente zahlt und ob die Jungen unseretwegen mehr arbeiten müssen. Von Opferbereitschaft und «jeder trage des anderen Last» wollen wir nichts hören, nicht einmal zu Weihnachten. Da kann der Herr Bundespräsident uns noch so eindringlich in einer seiner schwungvollen Ansprachen Asylanten, Arbeitslose und Sozialhilfeempfänger ans Herz legen und darüber klagen, wie egoistisch unsere Gesellschaft geworden ist.

«Der Mann hat ja so recht.» Georg schenkt sich einen französischen Cognac ein, holt eine Scheibe Rosé-Schinken aus dem Kühlschrank und füttert damit seinen Liebling, den Hund des Nachbarn, der gerade mal wieder auf unsere Terrasse geschwänzelt kommt und uns seinen Hunger durch lautes Bellen kundtut. Dieser Hund ist der einzige Zankapfel zwischen Georg und mir. Meiner Meinung nach fühlt sich das Tier schon viel zu heimisch bei uns. Doch ehe wir uns deswegen richtig in die Haare kriegen, erinnere ich mich rechtzeitig daran, daß nicht nur er, sondern auch meine Tochter sich sehnlich einen Hund gewünscht hatte und ich strikt dagegen gewesen war. So sage ich nur ein wenig spitz: «Glaubst du, daß unser Bundespräsident damit gemeint hat, fette Hunde noch mehr zu mästen?»

«Auch ein Hund ist ein Mitglied unserer Gesellschaft, hat Jessica immer gesagt», verteidigt sich Georg. «Und wirkliche Fürsorge beginnt bei ihren schwächsten Mitgliedern vor der eigenen Haustür.»

Aber gerade denen öffnet sich unser Herz nicht, weil sie meist für Zeitschriften werben und dazu noch längst überholte Sprüche klopfen wie: «Ich bin bei Nacht und Nebel aus der DDR geflüchtet.» Aber auch für das traurige Schicksal ehemaliger Knastbrüder fühlen wir uns nicht zuständig. Wir schenken ihnen ebensowenig Aufmerksamkeit wie den vielen Briefen, die um eine kleine Spende bitten. Wir ärgern uns höchstens, daß sie unsere Briefkästen verstopfen. DRK und Unicef, das muß genügen und natürlich das Los für die Fernsehlotterie. Unseren Einwand, egal wieviel wir gäben, es sei immer nur ein Tropfen auf den heißen Stein, im Grunde profitierten nur Bank oder Post von den Spenden, ließ Jessica, als sie noch bei uns lebte, ebensowenig gelten wie unsere alljährliche Weihnachtsgans aus Polen am ersten Feiertag, mit der wir, wie sie behauptete, mehr die Korruption in diesem Land unterstützten als der notleidenden Bevölkerung halfen. Georg und sie gerieten deshalb jedesmal mächtig aneinander. Aber wir wollen uns nun mal nicht den Rest des Lebens mit dem Elend in anderen Ländern vermiesen. Katastrophen haben wir selbst genug erlebt. Und so picken wir uns lieber aus der Zeitung heraus, was so an Merkwürdigkeiten berichtet wird.

«Einbrecher kam nur zum Duschen», lese ich Georg vor. «Rate mal, was die Polizei auf seine Spur gebracht hat.»

«Keine Ahnung», sagt Georg.

«Er hat seinen Waschlappen liegenlassen.»

Oder: «Amore hinter den Gefängnismauern nun auch in Italien», «Kühlschrank aus der Steinzeit entdeckt». Dazu müssen wir erst das Lexikon befragen, was Mastodonten sind.

«Klingt irgendwie unanständig», sagt Georg, stellt dann aber fest, daß diese vier Tonnen schweren Rüsseltiere vor elftausend Jahren auf der Erde gelebt haben. Eines wurde, wie die Zeitung berichtet, von einem Jäger in einem Teich eingefroren. Jedenfalls hat man dort seine Knochen gefunden und zwar im US-Staat Michigan. Aber dann finde ich noch was viel Lustigeres:

«Neu gebaute Toilettenhäuschen, die sogar schußsicher sind.» Darüber müssen wir herzlich lachen, sehen uns aber gleich darauf schuldbewußt an und hören Jessica verächtlich sagen: «Wie kann man nur so primitiv sein! Macht ihr euch denn gar keine Gedanken darüber, wie schlimm es überall auf der Welt bestellt ist?» Und wir denken reumütig, ob wir uns die bewegenden Worte des Herrn Bundespräsidenten nicht doch mehr zu Herzen nehmen sollten, finden aber dann, daß wir unser Scherflein zum Gemeinnutz bereits reichlich beitragen. Wir verstopfen nicht wie andere mit einem Auto die Straße oder vergiften mit Auspuffgasen die kommende Generation, die da so fröhlich an den Händen ihrer Mütter über den Zebrastreifen trippelt. Wir wimmeln nicht alle paar Wochen durch die Flughäfen der Welt, schleppen keine bösartigen Krankheiten ins Land und sind nicht schuld, daß der ständig wachsende Flugverkehr das Ozonloch vergrößert. Wir leben nach der Devise: Bleibe im Lande und nähre dich redlich.

Unser kleiner Garten und das puppige Häuschen, Groschen für Groschen erspart, ist unser ein und alles. In seinem Umkreis fühlen wir uns am wohlsten, Georg noch mehr als ich. Es gab auch schon mal eine Zeit, da erlag ich der Versuchung, ihn in seinem festen Glauben, wir seien unzertrennlich, zu erschüttern. Aber auf meinen verzweifelten Ausruf: «Ich muß hier endlich mal raus, sonst werde ich noch verrückt!» reagierte er nur mit einem gleichmütigen «Mach, wie du denkst», deutete stolz auf seine Erdbeeren und fragte: «Haben sie nicht prächtig angesetzt?» Ich verließ das Haus, ohne ihm mein Reiseziel zu verraten, das sich nicht gerade durch seine weite Entfernung auszeichnete. Ich fuhr lediglich zu meinen Freundinnen, die mich oft genug herzlich eingeladen hatten, aber nun doch ziemlich überrascht waren, als ich so unverhofft auftauchte. Die von mir erwartete Freude blieb aus, und so kehrte ich schneller als geplant zu Georg zurück.

«Da bist du ja wieder», begrüßte er mich. Er servierte mir stolz die ersten Erdbeeren mit Zukker und Sahne, und ich war heilfroh, wieder zu Hause zu sein, wo es meiner Meinung nach ebensoviel Erstaunliches zu erleben und zu beobachten gibt wie beim Tauchen in der Karibik.

Ein Wunder sind schon allein die Gänseblümchen auf unserem Rasen. Zunächst pirschen sie sich in kleinen Gruppen vor, ob es sich auch für die anderen lohnt, ihre Köpfchen herauszustecken, und dann haben sie schon, wie durch Zauberhand, von ihm Besitz ergriffen, nicht ahnend, daß sie in Kürze Georgs funkelnagelneuem Mäher zum Opfer fallen werden. «Tapfere kleine Burschen», sagt Georg jedesmal gerührt, und dann rattert er über sie hinweg, so daß sie zusammen mit dem Gras durch die Luft wirbeln. Aber, o Wunder, ein paar Tage später ist bereits eine neue Generation nachgerückt. «Gartenbesitzer müssen manchmal grausam sein», sagt Georg. Ihr oder wir, heißt es da. Maulwürfe, Schnecken, Quecken, Brennesseln, Ameisen pfeifen auf humanes Getue. Ja, wir werden sogar das Gefühl nicht los, daß sie manches, was sie vertreiben soll, besonders anziehend finden. Jedenfalls reagierten die Maulwürfe auf die Schallwellen, die wir ihnen mit einem Elektrostab zukommen ließen, äußerst überraschend. Sie schienen das für einen Aufruf zu einer Art Techno-Party speziell für Maulwürfe zu halten. Jedenfalls hatte es in unserem Garten noch nie so viele Maulwurfshügel gegeben. Ähnlich war es mit dem Backpulver, das wir ausstreuten, um der Ameisen Herr zu werden. Jessica hatte darauf bestanden. Jede andere Art von Insektenvertilgung kam für sie einem Mord gleich. Doch der Strom über unsere Terrasse wandernder Ameisen schwoll gewaltig an, als riefen sie sich gegenseitig zu: «Hierher, kommt schnell, hier gibt es etwas Wunderbares!» Wir griffen heimlich zu einem bewährten, ähnlich aussehenden Giftpuder und fegten dann die kleinen Leichen schnell beiseite. «Na, seht ihr, es geht doch!» sagte Jessica.

Auch Stare und Amseln verhalten sich ausgesprochen unfair. Sie schenken dem Kirschbaum erst Beachtung, wenn wir uns mühen, sie mit Netzen, klappernden Gegenständen oder Böllerschüssen fernzuhalten. In Null Komma nichts fressen sie alles ratzekahl und lassen nur noch die nackten Kerne an den Stengeln übrig. Das uns, die wir so bemüht sind, ihnen die Katzen von den Nestern fernzuhalten! Wie oft springen wir von den Stühlen auf und machen «psch, psch», sobald eines von diesen Viechern über den Rasen schleicht.

Jessica kann unserem Glück im Winkel überhaupt keinen Geschmack abgewinnen. «Der Mensch ist nicht dazu geboren, auf einer Stelle zu hocken», sagt sie. Sie ist schon überall gewesen, ich glaube, sogar am Nordpol. Im Gegensatz zu ihr genießen Georg und ich jede der Jahreszeiten in unserem kleinen Reich und lassen sie bestimmte Erinnerungen in uns wecken. Im Frühjahr, wenn der Garten sich vor Eifer fast überschlägt, um seine ganze Blütenpracht zu zeigen, reden wir über unsere Kindheit, die gar nicht so selig gewesen ist, wie es immer heißt. Der schwere Duft des blühenden Weißdorns erinnert Georg daran, wie ihn auf dem Schulweg der Tiefflieger jagte und er sich gerade noch in letzter Sekunde unter eine Weißdornhecke rollen konnte, aus der er dann, als alles vorüber war, von den Dornen ziemlich zerschrammt wieder hervorkroch. Und wie sein als vermißt gemeldeter Vater plötzlich wieder vor ihnen stand, ein Bein und die rechte Hand verloren, und daß die Mutter keineswegs vor Wiedersehensfreude und Rührung in Tränen ausbrach. Er erzählt und erzählt, der Frühlingswind streicht über die Terrasse, die Amsel auf unserer Satellitenschüssel plustert sich. Und ich sehe plötzlich wieder den Kinderwagen neben seinem Stuhl stehen, sehe, wie er sich hinunterbeugt und mit seiner Tochter schäkert, die glucksende Laute des Entzückens von sich gibt. Plötzlich sagt Georg, der, was mich betrifft, den sechsten Sinn hat, ohne Übergang: «Sie wollen ja zu Weihnachten kommen.» Für kurze Zeit herrscht Schweigen. Dann beteuern wir uns hastig gegenseitig, wie sehr wir uns freuen und was für ein Glück wir doch mit unserem Schwiegersohn haben.

Im Sommer, wenn es so richtig knackigheiß ist, genießen wir die angenehme Kühle im Haus, verbringen die lauen Nächte bei einer leichten Erdbeerbowle auf der Terrasse, vom Duft der blühenden Linden umfächelt, und erinnern uns an unsere Jugend, mit der auch nicht gerade viel los war. Die ganze Zeit dachte man eigentlich nur ans Essen und überlegte dauernd, wie man sich Lebensmittel verschaffen konnte. «Ist noch von der Nußtorte da?» fragt Georg jedesmal nach so einem Gespräch. Ja, es waren magere Zeiten. Dafür essen wir jetzt im Alter nur noch, was uns schmeckt. Da sparen wir nicht, egal, was der Lachs oder der Rosé-Schinken mit dem Rand aus Walnüssen kostet. Auch daß Lehrjahre damals wirklich keine Herrenjahre waren, fällt uns wieder ein, wie Georg, statt sich im Kontor des Getreidehändlers mit Buchführung und Korrespondenz zu beschäftigen, beim Säckeschleppen helfen mußte, wenn Not am Mann war. Kein Gedanke an Abitur und Studium, wie es für Jessica selbstverständlich gewesen ist.

Im Herbst sind wir weniger mit der Vergangenheit als mit unseren Zipperlein beschäftigt, die sich um diese Jahreszeit mehr als sonst melden, wobei wir nie aufhören zu betonen, daß es im Grund um unsere Gesundheit noch sehr gut bestellt ist. «Und überhaupt, was hilft's», sagt Georg, «der Garten ruft», zwängt sich ächzend aus seinem Sessel und humpelt hinaus, um alles winterfest zu machen. Das Häuschen genießen wir jetzt doppelt. Wenn der Regen gegen die Scheiben prasselt, machen wir es uns so richtig gemütlich, spielen Karten, legen ein Puzzle und stellen den Fernseher nicht nur für die Nachrichten an. Die von Jessica so verabscheuten Quizsendungen sehen wir am liebsten und stellen dabei fest, daß wir es durchaus mit den Kandidaten aufnehmen können. Wir drehen die Heizung hoch und fühlen einen angenehmen Schauer, wenn wir an die Zeiten denken, als wir noch widerborstige Öfen mit nassem Holz in Gang setzen mußten.

Und dann die Weihnachtszeit. Wir schmücken das Haus adventlich mit Tannengrün und Weihnachtssternen, und Georg läßt es sich nicht nehmen, die schönste Tanne nach Haus zu schleppen, was ihm ohne Frage jedes Weihnachten gelingt. Während ich, von ihm assistiert, Pfefferkuchenplätzchen backe oder wir den Baum gemeinsam schmücken und des aromatischen Duftes wegen ab und zu ein Tannenzweiglein in eine brennende Kerze halten, fördert unser Gedächtnis lang zurückliegende heitere Begebenheiten aus der Weihnachtszeit zutage. Etwa, als Georg und ich frisch verlobt den Heiligabend in der Zweizimmerwohnung seiner Eltern verbrachten. Während ich auf einem reichlich kurzen Sofa fast unter dem Weihnachtsbaum kampierte, war der arme Georg auf ein amerikanisches Feldbett in die Küche verbannt worden, für das selbst sein damaliges Fliegengewicht noch zu schwer war, so daß es sich bei jedem Umdrehen über ihm zusammenfaltete. So bat er schließlich bei mir um Quartier, und ich gestattete es ihm gnädig, wohlgeschützt von meinem zukünftigen Schwiegervater, der seine umtriebige Frau, die unbedingt dauernd sehen wollte, ob der arme Junge in der Küche auch zurechtkam, mit scharfer Stimme zurückrief: «Marie-Luise, du gehst jetzt nirgendwohin, auch nicht mehr ins Badezimmer!» Und Georg sagt dann jedesmal: «Bei Jessica hätte sich meine Mutter das nicht getraut. Die hätte ihr was gehustet.»

Dann die erste gemeinsame Wohnung, in unseren Augen über alle Maßen luxuriös, mit Warmwasserversorgung direkt aus der Leitung und Zentralheizung. Georg war so begeistert darüber gewesen, daß er, ungeachtet meines Einspruchs, in Windeseile seine Sachen auszog und sich ein Bad gönnte, wobei ihm erst hinterher einfiel, daß es in der leeren Wohnung weder ein Handtuch noch Gardinen gab und daß die Räume sich nicht nur im ersten Stock befanden, sondern auch den Blick auf einen gegenüberliegenden Spielplatz freigaben. Dort waren zwei kleine Mädchen gerade dabei, einen mickrigen Schneemann zu bauen. Sie starrten ihn an, und eine rief: «Kuck mal, da, der Weihnachtsmann!» Ich lache jedesmal über Georg, der nach so vielen Jahren bei dieser Geschichte immer noch ein verlegenes Gesicht macht und schnell zu einer anderen übergeht: das erste Weihnachtsfest gemeinsam mit einem befreundeten Ehepaar in den Bergen in einem Hotel. «In einem sündhaft teuren», bemerkt er und befestigt einen Kerzenhalter an der Tanne. Dummerweise fiel die Heizung aus, und wir hockten frierend zu viert auf dem Bett in unserem Zimmer, das notdürftig mit einem elektrischen Öfchen geheizt wurde. Wir köpften eine Flasche Rotwein nach der anderen, was bald zu gewissen Verfallserscheinungen der guten Sitten führte, weshalb es am nächsten Tag einige Verstimmungen gab. Jedenfalls von meiner Seite.

«Warum warst du bloß so sauer auf mich?» sagt Georg, wie es das Ritual verlangt, obwohl wir schon hundertmal darüber geredet haben. Und ich tue ihm den Gefallen und spiele die nach wie vor Entrüstete. «Wie dich Susanne beim Frühstück angehimmelt hat, war einfach unerträglich!»

Aber diesmal ist Georg nicht ganz bei der Sache und sagt, anstatt die passende Antwort darauf zu geben, an sich heruntersehend: «Hab in der letzten Zeit ganz schön zugenommen. Das wird Jessica nicht gefallen.»

«Wahrscheinlich wird sie uns als erstes auf Diät setzen», sage ich und habe gleich wieder ihr scharfes, vorwurfsvolles «Mutter!» im Ohr. «Ich freue mich auf die beiden.»

Georg nickt zustimmend: «Ich auch.» Aber es klingt nicht sehr überzeugend. «Wie lange wollen sie denn bleiben?»

«Zehn Tage bestimmt.»

«Zehn Tage kein Fernsehen, nur gute Gespräche», murmelt Georg. Und dann versichern wir uns gegenseitig, was uns das Schicksal doch für einen wundervollen Schwiegersohn beschert hat, als wir schon fast die Hoffnung aufgegeben hatten. Und wem verdanken wir dieses Glück? Einer simplen Maus. Wenn wir das jemandem erzählen, hält der uns glatt für verrückt.

«Sie war so ein Wonneproppen», sage ich schwermütig.

«Die Maus?»

«Die vielleicht auch», sage ich trübe. «Ich meine Jessica. Weißt du noch, wie die Nachbarn sie immer lobten: ‹Was für ein nettes Kind Sie doch haben›, wenn sie ihren Knicks vor ihnen machte? Und du hast jeden Abend an ihrem Bett gesungen: ‹Schlaf, Kindchen, schlaf, die Jessica war brav.› Und dann, fast muß man sagen, von heut auf morgen, diese Wandlung! Nicht mehr wiederzuerkennen.»

«Besonders nicht ihr Zimmer», sagt Georg. «Die eine Wand schwarz, die andere gelb. Und dieses dauernde Herumgemäkel!»

Ich nicke traurig. Plötzlich verlangte sie von mir, daß ich nur noch Gerichte kochte, die Georg haßte, chinesisch, griechisch, indisch und wer weiß was sonst noch. Egal, was wir sagten, sie sah uns jedesmal an, als seien wir von heute auf morgen schwachsinnig geworden.

«Den halben Tag brachte sie allein damit zu, sich zu schminken», sagt Georg anklagend.

«Davon verstehst du nichts», nehme ich sie in Schutz. «Daß ein junges Mädchen sich hübsch machen will, ist doch ganz normal. Immer noch besser als rumzulaufen wie eine Chinesin im Reisfeld, wie sie es tat, als sie diesem buddhistischen Meister diente.» Damals waren wir in Sorge um sie. Aber es ging ihr anscheinend wirklich nur um den Funken der Erleuchtung, den sie sich von seinen Lehren erhoffte.

«Leider ohne Erfolg», sagt Georg trocken.

Dann begann sie uns einzureden, daß wir unter sexuellen Defiziten litten, aber nach dem Studium wollte sie plötzlich überhaupt nichts mehr von Männern wissen, die allerdings anscheinend auch nichts von ihr, denn es ließ sich höchst selten einer bei uns blicken. Natürlich gab sie uns die Schuld, nannte unser Häuschen einen spießigen Alptraum und sagte, allein Georgs geliebte Gartenzwerge seien Grund genug, um jeden Menschen mit ein bißchen Geschmack für immer abzuschrecken.

«Warum baut sie sich dann nicht ihr eigenes Nest?» hatte Georg gesagt. «Alt genug dafür ist sie schließlich, auch verdienen tut sie gut.» Und halblaut hatte er hinzugefügt, was mir einen Stich ins Herz gab: «Kinder sind auch nicht immer das Wahre.»

Die männerlose Zeit dehnte sich, wie es mir als Mutter vorkam, reichlich lang. Ich begann langsam, mir ernsthafte Sorgen um Jessicas Zukunft zu machen, zumal sie nun einem Verein beitrat, der sich heimatloser Tiere annahm, ein Begriff, den Jessica auf ihre Weise auslegte.

«Weißt du noch, der Frosch?» fragt Georg und müht sich ab, die Tanne am Kippeln zu hindern.

«Und ob», sage ich und lache.

Jessica brachte ihn von einem Spaziergang mit. Wir kannten ihn schon. Er lebte in einem Tümpel nicht weit von unserem Haus und versuchte unermüdlich, einen Gefährten oder eine Gefährtin heranzuquaken. Eine Zeitlang hüpfte er ziemlich unglücklich auf unserer Terrasse herum und verschwand dann mit einem kühnen Satz, ehe ihn unsere Tochter, wie sie sich vorgenommen hatte, zu Artgenossen in den Zoo bringen konnte. Ihr nächstes Opfer war ein Amseljunges. Jessica schleppte es ins Haus, ungeachtet des verzweifelten Piepsens seiner Mutter, die mit einem Regenwurm im Schnabel suchend auf dem Rasen herumhüpfte. Auch die Katze und der kleine Hund legten keinen Wert auf eine neue Heimat. Sie verschwanden nach ein paar Tagen, ohne sich von Jessica zu verabschieden. Erhalten blieb uns nur eine Maus. Sie mußte am Efeu hochgeklettert sein und befand sich nun überraschend in unserem Schlafzimmer.

«Und dann durften wir nicht mal eine Falle aufstellen», seufzt Georg, während er sorgfältig hier und da ein Zweiglein stutzt, um die vollendete Form der Tanne noch besser zur Geltung zu bringen.

«Aber sie hat dann doch eingesehen, daß Mäuse nun mal die Angewohnheit haben, sich sehr schnell fortzupflanzen», sage ich, Jessicas Partei ergreifend, «und daß das doch sehr lästig werden kann.» Was sie nicht daran hinderte, uns eine furchtbare Szene zu machen, weil ihr hirnloser Vater nun doch Fallen gekauft hatte.

«Ich finde, du hast dieses Problem glänzend gelöst», sage ich, «mit diesem raffinierten Gestell.» Er nickt wohlgefällig. Die Maus konnte nur über eine Art Wippe an den herrlichen Speck gelangen, und in dem Moment, wenn die Wippe nach unten ging, schloß sich die Falle. Wir fingen in kürzester Zeit zehn in Jessicas Augen allerliebste Mäusebabys mit langen Schwänzen. Jessica verstaute sie in einem Karton und radelte mit ihnen zum nahegelegenen Gehöft eines Bauern, wo sie sie aussetzte. Bald ließ sich keine Maus mehr im Haus blicken, und die Falle blieb unberührt. Bis kurz vor Weihnachten. Ich hatte ein Blech mit Pfefferkuchenplätzchen auf den Küchentisch gestellt und kam dazu, wie sich ein stattliches Tier daran gütlich tat, der Größe nach zu urteilen die Stammesmutter. Die Falle jedoch blieb unberührt. Ein Nachbar riet uns zu Nutella. Für moderne Mäuse sei das genauso lecker wie für Kinder. Er sollte recht behalten. Wir fingen die Maus. Und unverdrossen machte sich Jessica wieder auf den Weg, um für sie eine neue Heimat zu suchen.

Zur selben Zeit hatte sich endlich wieder ein junger Mann in ihre Nähe gewagt. Ein wenig stämmig, mit einem gutmütigen, runden Gesicht und einem Oberlippenbart. Er hatte sich anscheinend ernsthaft in sie verliebt. Doch Jessica war kratzbürstiger denn je und weit davon entfernt, sich den Spruch ihres Meisters «Benutzt die Liebe als Pfad» zu Herzen zu nehmen, so daß Georg und ich jede Hoffnung auf eine dauerhafte Freundschaft zwischen den beiden begruben. Ja, wenn da nicht Nutella, wie wir unsere Hausmaus nannten, gewesen wäre. Die nämlich kehrte sehr schnell wieder zu uns zurück. Daß sie es war, erkannten wir an einer weißen Stelle in ihrem Fell. Was sollten wir tun? Georg und ich klagten Werner, so hieß der junge Mann, unser Leid. Er lächelte verschmitzt. «Nun fangen wir sie erst einmal wieder, dann werde ich schon eine Lösung finden.»

Es klappte. Zwei Tage später steckte Nutella wieder in der Falle, und ohne auf den Protest unserer Tochter zu hören, ergriff Werner den Käfig, verstaute ihn in seinem Auto und fuhr davon. Zurück blieb eine zum ersten Mal sprachlose Jessica. Beeindruckt sahen wir ihm nach. Ein Mann der Tat.

Eine Stunde später kehrte er wieder zurück.

«Gnade dir Gott, wenn du sie umgebracht hast», kreischte Jessica, als er aus dem Auto stieg. «Dann brauchst du dich hier nie mehr blicken zu lassen!»

Aber Werner lächelte nur. Mit einem kleinen Karton unter dem Arm marschierte er ins Haus, öffnete die Schachtel und nahm Nutella heraus. Sie wirkte ein wenig benommen, war aber sonst recht zutraulich. Vorsichtig setzte er sie auf die Erde, und husch, verschwand sie unter dem Weihnachtsbaum. Wir starrten ihn an, und er sprach die erlösenden Worte: «Ich hab sie sterilisieren lassen.»

Das Gesicht unserer Tochter veränderte sich, der Ausdruck wurde weich und zärtlich. «Das muß belohnt werden», sagte sie mit sanfter Stimme, und der Kuß, den sie ihm gab, war so lang, daß Georg und ich taktvoll das Zimmer verließen.

Das ist nun fünf Jahre her. Das junge Paar lebt seitdem in Brasilien, wo Werner als Ingenieur bei einer deutschen Firma arbeitet. Georg und ich wissen Jessica bei Werner sehr gut aufgehoben, eine große Beruhigung für uns. So können wir uns unbesorgt ganz unserem gemütlichen Leben widmen.

Auf Enkel mußten wir bisher leider verzichten, und es sieht auch nicht so aus, als wenn es da viel Hoffnung gibt. Auf ihre Besuche einmal im Jahr freuen wir uns natürlich sehr. Werner wirkt immer so angenehm ausgleichend. In diesem Jahr werden sie Nutella nicht mehr vorfinden. Sie ist vor einigen Monaten friedlich in der Speisekammer entschlafen. Georg hat sich geweigert, sie zu begraben, und sie einfach in die Mülltonne geworfen. Ich hatte ein ungutes Gefühl dabei. Womöglich ein böses Omen.

Während wir das Weihnachtsmenü in der Küche besprechen und Georg wie immer auf seinem traditionellen Gänsebraten besteht, läutet das Telefon.

«Geh du», sage ich. Das Gespräch dauert nicht lange. Er ist schnell wieder zurück.

«Wer war's denn?» will ich wissen.

«Jessica.» Er macht so ein eigenartiges Gesicht, daß mir ganz bange wird.

«Ist sie etwa krank? Kommt sie nicht?»

«Doch, doch. Sogar für immer. Sie wollen sich

scheiden lassen.» Er läßt sich auf einen Küchenstuhl fallen.

Aber ich sage tapfer: «Du weißt doch, wo nie was ist, wohnt niemand.»

Georg starrt vor sich hin. «Einer zuviel ist schlimmer.»

## 6  Ihr Kinderlein kommet

Es ist jetzt drei Jahre her, daß Oma mich kurz vor Weihnachten mit ihrem Entschluß überraschte, in ein Seniorenheim zu ziehen, und mir, sozusagen als Weihnachtspräsent, ihren kleinen Hof überließ, auf dem sie immerhin fünfzig Jahre gelebt hatte. Zuerst wollte ich es nicht glauben. Oma hat mit ihren zweiundachtzig Jahren mehr Power als ich, und das Heim ist keins von der billigen Sorte. Weiß der Himmel, wie sie das von ihrer kleinen Rente bezahlt. Aber sie war schon immer ein Finanzgenie und hat wahrscheinlich im Lauf der Jahre eine Menge Kies auf die hohe Kante gelegt. Jedenfalls stand ihr Entschluß fest. Und so war ich – fünfundzwanzig Jahre, gelernter Einzelhandelskaufmann in der Textilbranche, vier Wochen Jahresurlaub, bescheidenes Gehalt und entsprechender Lebensstandard, Bankkredit für die Ausstattung einer Dreizimmerwohnung, die ich mit Lebensgefährtin Jutta teilte, gebrauchter Ford – plötzlich stolzer Besitzer eines Bauernhofs, das Häuschen, wie ich es meiner Freundin schilderte, natürlich Fachwerk, rosenumrankt und strohgedeckt, Stallungen und Nebengebäude vielleicht ein wenig verwahrlost, aber noch gut in Schuß. Jutta staunte. «Du bist ja ein richtiger Glückspilz!» rief sie, und ihre Stimme hatte nach langer Zeit wieder einmal diesen rauchigen Klang, der in den letzten Wochen so oft von einem eher nörgelnden Ton verdrängt worden war. «Bei den Renovierungen helf ich dir natürlich, ist doch Ehrensache!» Sie hängte sich sofort ans Telefon, um all ihren Freunden und Bekannten diese Neuigkeit mitzuteilen, wobei Haus und Hof allmählich das Aussehen von Objekten annahmen, die man in den Samstagsausgaben der Zeitungen in der Rubrik Immobilienmarkt für eine lockere Million angepriesen bekommt.

Am dritten Advent machten wir uns auf den Weg. Bei der Besichtigung meines zukünftigen Kleinods wurde Juttas Gesicht lang. Ich zog sie zärtlich an mich. «Bald werden wir es hier rasend gemütlich haben», flüsterte ich ihr zu, während in dem kleinen Wohnzimmer die Adventskerzen vor sich hin kokelten und Oma den Kaffeetisch deckte.

«Bist du sure?» flüsterte sie fröstelnd zurück, denn Omas Zimmer war mit knapp siebzehn Grad nicht übertrieben warm, und betrachtete angewidert die wirklich schon recht vergammelt aussehenden Hängeschränke in der Küche, den Küchentisch mit der abgeschabten Resopalplatte und das ausgetretene Linoleum. «Wird 'ne Menge Geld kosten.»

Aber ich sah alles durch eine rosarote Brille, und vor meinem geistigen Auge verwandelte sich die Einrichtung bereits in eine schnuckelige Bauernküche, wie man sie in Katalogen präsentiert bekommt, aus Holz und mit geschnitzten Herzchen in den Stühlen. Auch der von Jutta beanstandete dumpfe Geruch, den das Haus ausströmte, störte mich nicht. Unter der abgetretenen, mit Flecken verzierten Auslegeware in Omas Wohnzimmer schimmerten für mich schon die alten Dielen in honigfarbenen Tönen.

«Da haste aber 'ne Menge zu ackern», sagte Jutta. Sie sagte «du» und nicht «wir» wie bisher. Das hätte mich warnen sollen. Dann ließ sie sich in Omas abgewetzten Fernsehsessel fallen und trank mit Genuß, den kleinen Finger zierlich abgespreizt, Omas wirklich erstklassigen Kaffee. Doch bald drängte sie zur Heimfahrt und ließ mir kaum Zeit, einen Blick auf den Garten und die Stallungen zu werfen.

Oma grinste ein bißchen. Sie hatte bereits ihr Urteil gebildet und hielt, wie sie nun mal war, damit auch nicht hinterm Berg. «Das ist eine von der quirligen Sorte, mein Junge. Heute hier und morgen da.»

Auf dem Rückweg blieb Jutta schweigsam. Und als ich auf Omas Umzug zu sprechen kam, bei dem wir ihr unbedingt helfen müßten, sah sie mich nur kühl an. «Ich höre immer: wir. Du bist doch ihr Enkel!»

Ich reagierte gekränkt. «Und du profitierst davon.»

«Ich hab's nur so dahingesagt.» Jutta lenkte ein. «Im Augenblick ist nur so rasend in der Praxis zu tun. Der Doktor spart an allen Ecken und Enden und hat schon die zweite Arzthelferin entlassen.»

Ich bin kein nachtragender Mensch und erzählte ihr von den Heiligabenden meiner Kindheit, die ich oft mit meinen Eltern bei Oma verbracht hatte, ließ Bratäpfel im Kachelofen brutzeln, schilderte den leckeren Gänsebraten, den es am ersten Feiertag gab, natürlich mit Äpfeln und Kastanien gefüllt, und wie wir dann unter einem funkelnden Sternenhimmel durch glitzernden Schnee zur Kirche gestapft waren. «Wenn wir nach Hause kamen, zündete Oma die Weihnachtskerzen an und...» Ich verzichtete darauf, den Satz zu beenden. Jutta war längst eingeschlafen. Und ich erinnerte mich dunkel, daß es mit dem Schnee meist nicht sehr weit her war.

Im Laufe des Frühjahrs zog Oma um. Sie nahm ohne jede Wehmut Abschied von ihrem

Haus. «Vorbei ist vorbei, mein Junge. Man soll nie rückwärts schauen.» Das Heim war ja auch wirklich klasse. Sogar ein Schwimmbad gab es, und an Gesellschaft mangelte es ihr nicht. Fast ihr gesamtes Kaffeekränzchen war inzwischen dorthin übergesiedelt und zwitscherte nun in ihrem kleinen Apartment rein und raus, meist Witwen aus ihrer Gegend, die sie schon von der Schulzeit her kannte.

Nach Omas Umzug begab ich mich sogleich zu meiner Scholle. Sie präsentierte sich an diesem herrlichen Frühlingstag in bestem Licht. Die Katze des Nachbarn strich mir mit wohlwollendem Schnurren um die Beine, eine vorüberschwirrende Amsel setzte mir als Glücksbringer einen Klecks auf den Ärmel, der Flieder stand in voller Blüte, und das Haus wirkte mit seinen leergeräumten Zimmern heller und größer. Als erstes entrümpelte ich den Dachboden. Was hatte Oma nur alles aufgehoben! Jede Menge deckelloser Weckgläser und brüchiger Gummiringe, große und kleine Kartons, eine Schachtel voller Korken, ausrangierte Küchenutensilien, darunter schartige Messer und verrostete Gabeln, alte Schuhe von ihr und Stiefel von Opa, die mir aber später noch gute Dienste leisteten. Stapelweise alte Zeitschriften, henkellose Plastikeimer, an Schnüren hängende, völlig geschrumpfte Zwiebeln, Besenstiele ohne Besen, Reste der Auslegware und verfilzte Wolldecken. Aber es gab auch Entdeckenswertes: ein Spinnrad, eine kleine Windmühle, einen Brottrog und ein Butterfaß.

In der ersten Zeit gab sich meine Freundin redlich Mühe, mir behilflich zu sein. Während ich alte Tapeten abriß, Farbe rührte, Fenster und Türen strich und mich damit abquälte, die alte Auslegware zu entfernen, versuchte Jutta, gegen den Staub durch Kopftuch und Taucherbrille geschützt, die Lackfarbe von dem Geländer zum Dachboden mit einer Art Nagelfeile Millimeter für Millimeter abzuschmirgeln, um, wie sie sagte, die herrliche Maserung des jahrhundertalten edlen Holzes wieder zur Geltung zu bringen. Doch sie verlor schnell die Lust an dieser Sisyphusarbeit und legte sich lieber im Hof in die Frühlingssonne. Braun werden war jetzt ihr wichtigstes Ziel, das sie bald mit ihren Freunden teilte, so daß immer ein fröhliches Treiben herrschte. Man bewunderte meinen Fleiß, gab mir großzügig von den mitgebrachten Getränken ab und überließ mich dann wieder meiner Tätigkeit.

Mit Einbruch des Herbstes kamen die Freunde nur noch selten. Auch Jutta machte sich rar, und da ich meist von der Arbeit gleich zu meinem Häuschen fuhr, hatte sie die Wohnung praktisch für sich allein. Inzwischen hatte mir zu meiner Überraschung mein Chef gekündigt, übrigens als einzigem in der Firma. Er sprach von schlechter Konjunktur und Rationalisierung. Es falle ihm wirklich schwer, das könne ich ihm glauben. Aber ich hätte schließlich keine Familie wie die anderen und noch dazu einiges Kapital durch die Erbschaft. Ich bekam eine Abfindung, und da mir noch bezahlter Urlaub zustand, konnte ich gleich zu Haus bleiben. Jutta bedauerte mich sehr, nannte mich ein armes Schwein und teilte mir im selben Atemzug mit, daß sie sich von mir trennen wolle. Man sehe sich ja auch nur noch selten, und da ergebe es sich einfach so. Sie schlug vor, meine Wohnung zu übernehmen, denn ich würde ja nun durch die veränderte Situation sicher ganz in meine «Kate» ziehen. Und so fand ich, die Großstadtpflanze, zugegebenermaßen etwas unfreiwillig, wieder zur Natur zurück, und Natur gab es hier wirklich reichlich, vor allem in Form von Brennesseln.

Zu meiner Oma, die, wie ich gestehen muß, in den letzten Jahren von mir nicht gerade mit Besuchen verwöhnt worden war, hatte ich nun zwangsläufig wieder mehr Kontakt. Sie war, außer dem Briefträger und der mürrischen Frau im Dorfladen, von der man weiter nichts zu hören bekam als: «Haben wir nicht, führen wir nicht», der einzige Mensch, mit dem ich ein

Wort wechseln konnte. Das Auto hatte ich abschaffen müssen. Aber das Heim war bequem mit dem Rad zu erreichen, und wenn ich dort auftauchte, schien sich jedermann zu freuen. Die Heimleiterin drückte ein Auge zu, wenn Oma mich mit in den Speiseraum brachte, und ich muß sagen, das Essen dort schmeckte wesentlich besser als das, was ich mir selbst so zusammenrührte. Die Frauen waren in der Überzahl, und die Handvoll alter Männer schien sich vor ihnen und ihrer großen Betulichkeit zu fürchten. Jedenfalls rotteten sie sich immer irgendwo allein zusammen, und als sie mitbekamen, daß ich regelmäßig das Schwimmbad säuberte, um mich für die Mahlzeiten zu revanchieren, nickten sie sich vielsagend zu, und einer von ihnen sagte: «Sei wachsam, Kumpel! Laß dich nicht von denen abschleppen.» Darüber mußte ich ja nun herzlich lachen, denn Oma ließ mich fühlen, daß sie auf meine Besuche gut verzichten konnte. Jedesmal wenn ich kam, war sie im Rentnerstreß und sagte: «Ach du, Junge? Ich bin gerade auf'm Sprung, in die Stadt zu fahren.»

Aber so viel Zeit, sich mit mir gemeinsam zu überlegen, wie ich meine Finanzen aufbessern könnte, blieb meistens doch, denn Arbeit war nicht in Sicht, bis auf gelegentliche kleine Tätigkeiten im Heim. Der Hausmeister war seit

Wochen krank, und da gab es immer einiges zu tun wie quietschende Türen ölen, den Rasen mähen, Blumenrabatten durchhacken, kleinere Reparaturen und die Heizung kontrollieren. Dabei war ich meist umlagert von neugierigen alten Damen, die sich für mein Leben brennend interessierten, mich mit Schokolade und Obst füllten und sich um meine Gesundheit sorgten.

Oma gab mir den Rat, meine Kasse mit den Früchten aus Wald und Feld aufzubessern. Ich machte mich also schon vor Tau und Tag auf die Socken, um eventueller Konkurrenz zuvorzukommen, zerkratzte mir an den Sträuchern Arme und Hände und griff in den Koppeln mit Todesverachtung unter Kuhfladen, das Lieblingsversteck der Champignons. Die Ausbeute war beachtlich. Aber kaum war das Geschäft angelaufen, geisterten mal wieder die radioaktive Wolke von Tschernobyl und ihre verheerenden Folgen, die sich besonders an den Pilzen zeigen sollten, und der Fuchsbandwurm durch die Medien. Der Fuchsbandwurm war womöglich noch gefährlicher, und man konnte ihn beim Essen von Himbeeren und Brombeeren leicht erwischen.

Aber kein Gedanke daran, daß Oma mich wegen dieses Fehlschlags nun bedauert hätte. «Das ist nun mal so in der Landwirtschaft», belehrte sie mich. «Da trägst du das volle Risiko. Dafür bist du ein freier Mensch. Das sollte dir die Sorge wert sein.» Sie warf mir einen scharfen Blick zu. «Komm ja nicht auf die Idee, den Hof zu versilbern. Du weißt, fünfzig Prozent vom Preis gehören dann mir.» Nach dieser Drohung fiel ihr jedoch, inspiriert durch einen Artikel in einem ihrer geliebten bunten Blätter, gleich wieder etwas Neues ein: ein fahrbarer Hundesalon. Also, ich hatte da ja echt meine Zweifel. «Bist du sure?» fragte ich in Juttas Tonfall.

Oma funkelte mich an. «Sprich gefälligst deutsch mit mir, sonst rede ich nur noch platt.» Darüber mußten wir beide lachen, und sie fuhr besänftigt fort: «Du mietest dir ein Wohnmobil und richtest es als Hundesalon her.» Es gebe ja so viele Städter, die inzwischen aufs Land gezogen seien, mit all den merkwürdigen Kötern. Neulich sei so ein grausliges Geschöpf, bestückt mit Lockenwicklern, von einer Besucherin mitgebracht worden. Darüber mußten wir wieder lachen, und Oma sagte ganz animiert: «Jetzt soll's ja bei manchen Tierärzten sogar ein Trauerzimmer geben, wo das Tier auf einer bequemen Matratze eingeschläfert wird, und sein Besitzer kann ihm dann bis zuletzt die Pfote oder die Kralle halten. Das sind doch wirklich alles Bekloppte!» Ich war peinlich berührt. Oma hatte es schon immer an einem gewissen Einfühlungsvermögen gemangelt, und ich fand auch, daß sie in ihrem hohen Alter mehr Würde zeigen sollte. Aber allmählich gewann ich Geschmack an ihrer Idee. Sie vermittelte mich an die Besitzerin eines Hundesalons, die sie mir als eine Frau in jugendlichem Alter beschrieben hatte. «Sie wird dir gern mit ihrer Erfahrung zur Seite stehen.»

Die «jugendliche Frau» entpuppte sich als eine energische, vollbusige Endfünfzigerin mit schneeweißem Pagenkopf, die ein Tier nur scharf anzusehen brauchte, und schon kuschte es. Aber sie erwies sich als eine gute Lehrmeisterin, und ich lernte schnell bei ihr, jedem Hund das richtige Outfit zu geben. Kaum zu glauben, was so ein gepflegter Hund seinem Besitzer für Arbeit macht. Schon allein die Auswahl und Pflege der Garderobe! In einem Katalog auf Hochglanzpapier war alles enthalten, was ein Hundeherz angeblich erfreut, vom Motorradanzug bis zum Trachtenlook. Und ich erfuhr, daß es sogar spezielle Hundehotels gab, überaus luxuriös ausgestattet, mit Kamin, Fernseher, Himmelbett und was sonst noch zum Lifestyle eines exklusiven Hundes gehörte, Frühstück ans Körbchen eingeschlossen.

«Sag ich ja. Sind doch alles Bekloppte», meinte Oma, als ich ihr davon erzählte.

Es war eine lehrreiche Zeit, obwohl ich mich

an den strengen Geruch gewöhnen mußte, der von all den leckeren Delikatessen ausging, die sich in Form getrockneter Rinder- und Schweinsohren und den verschiedensten Sorten Hundekuchen darboten. Erstaunlich war auch, was man von den Kunden alles so Privates zu hören bekam.

Ich hatte inzwischen einen Campingwagen sehr günstig mieten können und ihn für meine Zwecke eingerichtet. Meine Chefin überließ mir großzügig alles, was der Laden bot, in Kommission. Und so machte ich mich mit Hundekörbchen in allen Größen und Formen, darunter eins, das wie ein Auto hergerichtet war, Trillerpfeifen, straßbesetzten Hundehalsbändern und jeder Art von Spielzeug auf den Weg.

Doch leider erwies sich das Unternehmen als ein Flop. Wenn ich mein kanariengelbes Gefährt im Ortskern geparkt hatte und dann, wie früher der Scherenschleifer, von Tür zu Tür zog, um meine Dienste anzubieten, stieß ich zwar auf eine Menge mich anknurrender Hunde, aber bei den Besitzern nur auf wenig Interesse, sie modisch frisieren und herrichten zu lassen. Nur nach Bällen und quietschenden Igeln aus rosa Plastik, Büffelknochen, getrockneten Schweins- und Rinderohren, Flohhalsbändern und Bürsten bestand eine gewisse Nachfrage. Die Bauern dagegen sahen mich nur verständnislos an oder lachten sich halb kaputt. Wer hatte denn schon so was gehört! Einen Hofhund zu schamponieren! Wenn es wirklich mal not tat, den Köter zu waschen, gab's ja noch den Gartenschlauch. Die Kataloge sahen sie sich allerdings gern an. «Kiek mal, Erna. Sogar 'n Hut haben se dem Dackel aufgesetzt.»

Es blieb mir nichts anderes übrig, als das Geschäft nach ein paar Wochen wieder aufzugeben. Die alten Damen im Heim umflatterten mich tröstend. Nur Oma redete mal wieder energisch mit mir: «Wie kann man nur so trübetümplig sein. Noch bist du ja nicht im Schuldturm» und kam gleich wieder mit ihren Geschichten, als sie mit vierzehn Jahren bereits beim Bauern in Stellung gehen und bei Wind und Wetter Rüben hacken mußte, während ich mich bei diesem Novemberwetter hinter den warmen Ofen hocken konnte. Ich sollte nicht Löcher in die Luft starren, sondern mir gefälligst was anderes einfallen lassen.

Aber ich beschloß, mich erst mal von dem Schock zu erholen, pusselte weiter an meinem Haus herum und verdiente mir hier und da etwas. Als ich wieder einmal durch die Landschaft radelte, lernte ich eines Tages Otto und seinen Archehof kennen: halb Museum, halb Anschauungsunterricht am lebenden Objekt darüber, was es in früheren Zeiten so an landwirtschaftlichen Geräten und Nutztieren gegeben hatte, so daß der Besucher einen Eindruck davon bekam, wie sich das bäuerliche Leben damals abspielte, als man noch zwölf Stunden arbeitete und es zum Frühstück nur Hirsebrei gab. Die Bekanntschaft war rein zufällig. Während des Radelns sah ich einen alten Mann mit Schlapphut und Bart, der hinter einem Schwein herrannte, das offensichtlich ausgebrochen war. Ich half ihm, es wieder einzufangen, worauf er mich zu einem Bier einlud. Beim näheren Hinsehen entpuppte sich der Greis als ein junges Kerlchen von höchstens zwanzig Jahren, der sich, wie er mir später verriet, so ein seriöseres Aussehen geben wollte. Stolz führte er mich überall herum, und ich muß sagen, er hatte die Sache spitzenmäßig aufgezogen. Da gab es Ferkel, so sauber wie aus einer Marzipanfabrik, Schafe, Ziegen und einige Kühe, an denen er das Melken per Hand vorführte, ein Gespann wackerer Ackergäule, einen selbstbewußten Hahn im bunten Gefieder, der auf dem Hof herumkrähte. Im Hof standen altmodische Leiter- und Bretterwagen in Reih und Glied, und im Garten zog er, wie er mir erklärte, nur traditionelle Obst- und Gemüsesorten, kein Spalierobst mehr, sondern hochstämmige Bäume, und in kleinen Mengen baue er jetzt auch Hanf, Flachs und Buchweizen an. Sogar eine kleine Schmiede hatte er sich eingerichtet, um demonstrieren zu können, wie man ein Pferd beschlägt. Wer wollte, konnte sich zeigen lassen, wie man mit landwirtschaftlichen Geräten aus früherer Zeit umgeht, und eine Runde pflügen. Das, sagte Otto, fänden die Männer echt stark, man müsse nur aufpassen, daß sie sich vor lauter Eifer nicht in Stränge und Leinen verwickelten. Außer Enten und Gänsen hatte er jede Menge Hühnervolk, und im Sommer, so erzählte er mir, summten emsig Bienen um ihr strohgeflochtenes Haus, und auf dem Dachfirst klapperte ein Storch. Ich war beeindruckt. Er grinste mich an und sagte: «Im übrigen mußt du die Leute dumm und dußlig reden. Ob das nun alles so stimmt, spielt keine Rolle.»

Als ich wieder nach Hause radelte, hatten wir Freundschaft geschlossen, und in meinem Kopf rumorte der Gedanke, ob ich nicht Ähnliches versuchen sollte. Ganz erfüllt von meinem Plan, fuhr ich sogleich zu Oma, um ihr davon zu erzählen. Aber sie hatte mal wieder, wie sie sagte, keine Zeit für mich. Sie wollte gerade ins Kino und unbedingt den Film sehen, von dem sie alle im Heim redeten. Den Titel wußte sie nicht mehr genau. Irgend etwas von einer instinktlosen Base.

«Etwa ‹Basic Instinct›?» rief ich entsetzt. «So was willst du dir ansehen?»

«Warum nicht?» Und schon war sie aus der Tür.

Auf dem Gelände des Heims lief ich der Heimleiterin in die Arme.

«Hallöchen!» begrüßte sie mich munter. «Sie sind ja hier schon richtig Kind im Haus!»

«Ich hab nur nach meiner Großmutter gesehen und muß jetzt schnell wieder auf den Hof zurück», sagte ich etwas reserviert, denn der Ausdruck «Kind im Haus» gefiel mir nicht.

Aber sie war noch nicht zu Ende. «Es ist sehr fraglich», fuhr sie fort, «ob unser Hausmeister nicht früher in Rente geht. Hätten Sie nicht Lust, sein Nachfolger zu werden? Überlegen Sie sich's doch mal.»

Das tat ich. Und hatte ich vorher noch an meinem Plan gezweifelt, so war ich jetzt «sure». Die Idee mit dem Archehof war das Risiko wert.

Natürlich hatte ich nicht die Möglichkeit, dieses Projekt in einem so großen Rahmen wie Otto aufzuziehen. Dazu waren der Hof zu klein und meine Mittel zu bescheiden. Aber schließlich hatte auch nicht jeder Zoo Gorillas und Tiger und existierte trotzdem. Das Haus hatte sich inzwischen sehr gemausert, obwohl es, genau genommen, immer noch an vielem fehlte. So ein Haus hält einen mehr in Atem als jede Freundin, und wenn man es vernachlässigt, verwahrlost es in Null Komma nichts. Nur im Garten war noch eine Menge zu tun. Um den hatte ich mich wenig gekümmert. Und auch im Stall und in der Scheune sah es immer noch ziemlich wild aus.

Otto bewährte sich als guter Kumpel. Er brachte mir das Melken bei und zeigte mir, wie man mit Egge und Pflug umgeht. «Im Frühjahr packen wir's dann an», versprach er mir. «Jetzt kommt sowieso kein Aas.»

Damit hatte er recht. Auch zu mir verirrte sich niemand mehr. Wie sollte er auch, wo jetzt alles im Regen schwamm und die Pfützen meterbreit standen. So nahm ich die Einladung der Heimleiterin, den Heiligabend mit den Senioren zu verbringen, nur zu gern an. Man hatte sich große Mühe gemacht, das Haus weihnachtlich herzurichten. Die Flure waren mit Tannengrün geschmückt, auf den Fensterbrettern standen Weihnachtssterne, und im Speiseraum war ein großer Christbaum aufgestellt mit allem, was dazugehört, wie Engelshaar, Lametta, bunten Kugeln und Strohsternen und zu seinen Füßen eine Krippe. Auf den Tischen standen Kerzen und holzgeschnitzte Engelchen, und die Heimleiterin hielt eine mit vergnüglichen Anspielungen gespickte Rede, die sehr bekichert wurde. Auf meinem Platz häuften sich die Geschenke des Kaffeekränzchens, und das vortreffliche Weihnachtsmenü tat ein übriges, so daß ich mich den alten Frauen gegenüber von der charmantesten Seite zeigte. Es herrschte eine sehr vergnügte Stimmung, bis es ein unerwartetes Gepolter gab. Jemand hatte einen Schwächeanfall bekommen, und der Rest des Abends bestand aus hastigem Hin- und Herlaufen, kreisendem Blaulicht vor dem Eingang, zwei Sanitätern, die mit einer Trage erschienen, und erregtem Getuschel unter den Bewohnern. Bald verzog sich jeder in sein Apartment, und ich machte, daß ich nach Haus kam.

Silvester feierte ich mit Otto und seinen Freunden. Doch die rechte Stimmung wollte sich bei mir nicht einstellen. Obwohl ich mich mühte, mir das nicht anmerken zu lassen, gaben mir die jungen Frauen doch deutlich zu verstehen, daß sie mich für einen ziemlichen Langweiler hielten. Und Otto sagte etwas spöttisch: «Du bist ja ein richtiger Partyschmeißer.» Ich dachte jetzt häufiger wieder an Jutta und was sie wohl gerade so machte. Aber anrufen wollte ich sie nicht.

Das Frühjahr kam, und zum Grübeln blieb mir wenig Zeit. Als erstes verschaffte ich den Schwalben wieder die Möglichkeit, ein Nest über der Haustür zu bauen. Ich befestigte dort ein neues Brett, das ich vor einem Jahr entfernt hatte, weil sie mir den Eingang so vollkleckerten. Die Schwalben nahmen das Angebot an.

Bald mußten die Jungen gefüttert werden, und es herrschte ein emsiges Hin und Her. Dazu richtete sich zu meiner Freude ein Specht in einem Astloch meines alten Birnbaums ein. Allerdings ging mir das rasende Gehämmer des Tieres, das anscheinend noch nie etwas von einer Fünfunddreißig-Stunden-Woche gehört hatte, reichlich auf die Nerven. Auch das Storchenpaar kehrte in das hergerichtete Nest auf der Scheune zurück, und ich hörte eine Nachtigall, von der Otto allerdings behauptete, es sei nur eine Amsel. Er sorgte dafür, daß nun endlich wirkliches Leben auf den verwaisten Hof kam. Spenden für mein Unternehmen flossen dank seiner Unterstützung reichlich. Die Bauern zeigten sich überaus freigebig. Das Glanzstück waren zwei schon recht betagte Kaltblüter, die über ihre eigenen Beine stolperten und sich nie hinlegten, in der weisen Voraussicht, dann womöglich nicht mehr hochzukommen. Aber sie sahen noch recht stattlich aus. Sie hießen Miez und Mausi und erwiesen sich als gutartige, friedfertige Geschöpfe, auch wenn sie beim Striegeln gern vertrauensvoll ihre schweren Hufe auf meinen Fuß stellten. Sogar eine Kuh bekam ich geschenkt. Sie war allerdings vom Milchgeben so weit entfernt wie Oma vom Kinderkriegen, aber sonst noch ganz gut beieinander. Dann waren da noch das Schaf Susi, prächtig in der Wolle, wenn auch blind, so daß es die erste Zeit dauernd gegen die Stallpfosten rannte, bis es den Eingang richtig abschätzen konnte, eine außerordentlich böse Ziege, Gritli gerufen, die gleich stürmisch auf mich losging, bis ich ihr gezeigt hatte, wer hier Herr auf dem Hof war, und ein rundliches Zwergpony mit Huffäule und vielen kahlen Stellen im Fell, ein Hahn, dazu ein Dutzend federlose Junghennen aus einer pleite gegangenen Hühnerfarm. Sie ergriffen gackernd vor jedem Regenguß die Flucht und rannten verängstigt in den Stall zurück, sobald sie ein Flugzeug hörten. Vervollständigt wurde der Tierbestand durch fünf mit Durchfall behaftete Gänse, einige Enten und, zu guter Letzt, einen einohrigen, humpelnden Schäferhund, ein vielfach prämiertes Tier und einst der ganze Stolz seines Schäfers, bis er sich auf einen Kampf mit einem Schafbock eingelassen hatte. Allmählich konnte ich mich nicht des Eindrucks erwehren, daß man sich, wie zuweilen bei Spendenaktionen für unterentwickelte Länder, auf diese elegante Weise von allem zu befreien versuchte, was man los sein wollte. Ich lehnte deshalb jede weitere Spende energisch ab. Schließlich war ich kein Obdachlosenasyl für flügellahme Tauben, erkältete Igel, die sich hustend durchs Laub wühlten, und verwahrloste Katzen. Dagegen hielt man sich mit ausrangierten Milchkannen, Ackerwagen und Geschirren leider sehr zurück. Von denen mochte sich niemand trennen. Dieses Handwerkszeug der Vorfahren war schließlich inzwischen eine Menge Geld wert und das Fernsehen für seine Serien ganz verrückt danach.

Die vielen Tiere hielten mich ganz schön in Trab und ließen mir kaum Zeit, auch die Scheune ein wenig dekorativ herzurichten. Ich machte die Tenne besenrein, stellte einen Holztisch und ein paar Stühle, die ich noch auf dem Boden gefunden hatte, hinein sowie Butterfaß, Brottrog und Spinnrad. In der Mitte hängte ich eine Erntekrone an einen Balken, aus der es allerdings schon kräftig rieselte, und umrahmte das Ganze mit Blumenkästen voller Geranien. Zum Schluß taufte ich meinen Hof auf den Namen «Sorgenlos», pries dieses Juwel auf einem großen Plakat, das ich draußen vor dem Tor anbrachte, ziemlich dilettantisch an und gab Besichtigungszeit und Eintrittspreis bekannt. Dann wartete ich hoffnungsvoll auf die ersten Besucher.

Aber das Interesse war mäßig. Obwohl die Straße ins Dorf direkt bei mir vorüberführte, hielt kaum ein Auto an. Nur ein paar Kinder glotzten über den Jägerzaun, und ließ sich wirklich mal jemand blicken, wollte er nur telefonieren oder sich nach dem Weg erkundigen.

Deprimiert hockte ich nach langer Zeit wieder mal bei Oma rum, aber sie wollte keine Klagen hören. «Nun wirf bloß nicht so schnell die Flinte ins Korn. So was dauert halt seine Zeit, bis es sich herumgesprochen hat.»

Ein paar Tage später kam sie mit ihrem Kaffeekränzchen angetrabt und nahm die Zügel in die Hand. Sie hatten sich ihre Dorftracht angezogen und sich mit einem merkwürdigen Kopfputz geschmückt, der aussah, als stamme er von Seeräubern. Sie machten es sich in der Scheune gemütlich. Oma kramte aus ihrer Tasche Rohwolle und begab sich damit ans Spinnrad, während die anderen häkelten oder strickten. Dann begannen sie zu singen: «Mädel, ruck, ruck, ruck an meine grüne Seite.» Es klang nicht schlecht, aber nach einiger Zeit ging mir diese Volksliederarie ziemlich auf die Nerven, und meine Ohren sehnten sich nach ein bißchen Technomusik oder wenigstens Rock.

Doch der Erfolg gab Oma recht. Spaziergänger blieben erst stehen und betraten dann zögernd mein Grundstück, und kaum konnte man von der Straße aus eine Gruppe auf dem Hof stehen sehen, hielten ein, zwei weitere Autos an, und die Insassen spazierten hinterher.

Dank der singenden Alten florierte das Geschäft bald, zumal sich viele der blessierten Tiere inzwischen prächtig erholt hatten. Die Hühner prangten wieder im Federschmuck und legten ordnungsgemäß ihre Eier in die dafür bestimmten Nester, das Pony hatte ein dichtes Fell bekommen, und Leo, der gelehrige Schäferhund, apportierte die Eier, ohne ein einziges zu zerquetschen. Großen Anklang fanden auch die beiden Ferkel, die sich inzwischen noch bei mir eingefunden hatten, und das wie die meisten meiner Tiere etwas überalterte Hängebauchschwein. Bei schlechtem Wetter versammelte man sich in der Scheune, wo Oma Geschichten aus ihrem Leben als Bäuerin erzählte, in denen es von Kugelblitzen, Hausgeistern und Hexen nur so wimmelte, die sie aber, wie sie mir später gestand, einem alten Heimatkalender entnommen hatte. Bei schönem Wetter mühte sich der weibliche Teil der Besucher damit ab, an einer künstlichen Kuh melken zu lernen, und ich zeigte den Männern, wie man einen Pflug führt. Abwechselnd spannte ich Mausi oder Miez davor, gab einem Besucher die Zügel in die Hand, und er stolperte, im Bemühen, den Pflug tief genug runterzudrücken, hochrot im Gesicht und mit vielen «ho, ho!» über meine kleine Koppel dem Pferd hinterher. Dann ließ ich ihn die Furche wieder zuharken, und der nächste war an der Reihe. Auch fanden sie viel Spaß daran, die Brennesseln im Garten mit einer Sense oder einer Sichel zu mähen, was mir aber, weil sie sich derart ungeschickt dabei anstellten, schnell zu gefährlich wurde. Zum Abschluß setzten sie sich dann auf die Bank vor dem Haus und beobachteten belustigt das Storchenpaar, das wohl, wie eine junge Frau sich ausdrückte, nicht das rechte Feeling füreinander hatte. Jedenfalls kabbelten sie sich die ganze Zeit und schlugen sich die Schnäbel um die Ohren. Ich brühte Kaffee auf und servierte den aus Hefeteig und Zucker bestehenden Freud-und-Leid-Kuchen, wie er im Ort genannt wurde.

Zu meiner Erleichterung ließen sich Oma und ihr Kaffeekränzchen jetzt nicht mehr so häufig blicken. So sehr ich ihre Hilfe geschätzt hatte, fühlte ich mich doch auch von ihnen vereinnahmt und in die Ecke gedrängt. Und so gab ich ihnen ein paarmal zu verstehen, natürlich in taktvoller Weise, daß ich ganz gut allein zurechtkäme, was auch stimmte, denn mein Konzept war inzwischen geändert worden. Es hatte sich mittlerweile eine Art Stammkundschaft herausgebildet, und sie zeigte mehr Interesse an einzelnen Tieren. So hatte eine verhärmt aussehende, frisch geschiedene Hausfrau ihr Herz für Gritli entdeckt und immer irgendwelche Leckerbissen für sie parat, so daß die Ziege bei ihrem Anblick weniger tückisch als sonst kuckte und ein wohlwollendes Meckern hören ließ. Ein zehnjähriger Junge wiederum fand Leo, den humpelnden Hund, der Eier apportieren konnte, ohne sie zu zerquetschen, echt stark, und ein yuppiehaftes kinderloses Ehepaar fragte, ob ich ihnen nicht das Zwergpony verkaufen könne. Das fänden sie einfach zu süß. Außerdem würde es sich in ihrem Garten sehr dekorativ machen. Das lehnte ich natürlich ab, aber es brachte mich auf eine Idee. Ich beschloß, die Tiere zu versteigern, unter der Bedingung, daß sie als Pensionsgäste weiter bei mir blieben. Pflege und Futter müßten dann natürlich bezahlt werden.

Die Stammgäste waren begeistert, und die Auktion wurde ein voller Erfolg. Das, was die Tiere nun abwarfen, schien mir ein beschauliches Leben zu sichern, für das Oma und ihr Kaffeekränzchen nicht mehr unbedingt vonnöten waren. Oma wirkte zum ersten Mal etwas verstimmt, obwohl sie sagte, sie sei nur froh darüber, nun könne sie endlich wieder mehr ihr eigenes Leben führen, und ärgerte sich über ihre Freundinnen, die sehr betrübt darüber waren und mir immer wieder zu verstehen gaben, wie ungern sie sich von mir trennten. Und so sagte ich ihnen lauter nette Sachen, um sie zu beschwichtigen.

Doch was ich nicht vorausgesehen hatte, war, daß Tierliebhaber einem ganz schön auf den Geist gehen können. Sie kamen nun dauernd angefahren, um ihren Lieblingen einen Besuch abzustatten und zu sehen, ob es ihnen auch an nichts mangelte. Das süße Zwergpony wurde so lange geputzt und gewaschen, bis es eine Allergie bekam. Die blankgeschrubbten Ferkel suchten hinterher lange auf dem Hof herum, bis sie etwas fanden, worin sie sich wälzen konnten, um wieder wie normale Schweine zu riechen. Gritli entwickelte eine starke Abneigung gegen frisches Gras, das man ihr büschelweise unter die Nase hielt, und Susi versuchte, wenn auch nur mit einem schwachen «Määh», dagegen zu protestieren, daß ihre Besitzerin ihrem wolligen Fell mit einer Papierschere zu Leibe rückte.

So wurde ich ganz schön in Trab gehalten. Wenn sie nicht selbst erschienen, klingelte andauernd das Telefon. Ich gab Auskunft über den Gesundheitszustand der einzelnen Tiere und versicherte hundertmal, wie sehr sich der kleine Liebling nach ihnen sehnte. Otto lobte mich: «Mensch, das läuft ja bei dir spitzenmäßig!» Und dann machte er den Vorschlag, ich solle doch das Weihnachtsfest gemeinsam mit meinen Kunden in der Scheune feiern, das wäre doch der Knaller. Otto hatte recht. «Was für eine originelle Idee», meinten sie begeistert.

Ich ging also mit Feuereifer ans Werk. Die Unterbringung der vielen Tiere in der nicht allzu großen Scheune bereitete mir einiges Kopfzerbrechen. Allein die Kuh und Miez und Mausi beanspruchten reichlich Platz. Aber irgendwie ging es dann doch. Die Tiere waren ja inzwischen so an Menschen gewöhnt, daß sie uns fast als ihresgleichen ansahen und sich von unserer Anwesenheit nicht beunruhigt fühlten. Ich richtete die Scheune weihnachtlich her, verteilte zum Sitzen Strohballen auf der Tenne, sorgte für Getränke und Gebäck, stapelte ein paar Decken und kam vor lauter Arbeit richtig ins Schwitzen. Ich war spät dran und verfluchte deshalb das klingelnde Telefon. Diesmal war Oma dran, die mir ein frohes Weihnachtsfest wünschen und sich erkundigen wollte, wie alles so lief. «Bestens!» rief ich, und meine Stimme muß wohl etwas ungeduldig geklungen haben, denn sie sagte nur kurz: «Dann will ich nicht weiter stören. Frohes Weihnachtsfest, mein Junge.» Und ehe ich überhaupt zum Zuge gekommen war, hatte sie schon wieder aufgelegt. Aber da kamen auch schon meine ersten Gäste mit kleinen Geschenken für ihre Tiere. Die Stimmung in der Scheune hätte nicht besser sein können. Wir sangen Weihnachtslieder, wobei wir unter viel Gelächter feststellten, daß wir meistens nur noch die erste Strophe kannten, und kamen uns näher, ich vor allem einer jungen Lehrerin, die mich schon seit einigen Wochen zu beschäftigen begann. Wie sie so neben mir saß mit ihrer Henne auf dem Schoß und sanft über deren aufgeplustertes Gefieder strich, überkamen mich nach langer Zeit wieder zärtliche Gefühle. Ich legte vorsichtig den Arm um ihre Schulter, was sie sich nicht ungern gefallen ließ, und schnupperte endlich einmal wieder, nach dem Kuh-, Pferde-, Schweinegemisch, teures Parfüm. Es wurde das stimmungsvollste Weihnachtsfest meines Lebens, und das in ganz eigener Regie und ohne das übliche, ewig gleiche Familienprogramm. Die Tiere schienen meine Meinung zu teilen und gaben uns in ihrer Sprache kund, daß auch sie sich wohl fühlten.

Leider begann sich im neuen Jahr meine wirtschaftliche Lage zu verschlechtern. Meine Tierfreunde ließen sich immer seltener blicken und versäumten es, die Pension pünktlich zu zahlen. Auch die Freundschaft mit der hübschen Lehrerin welkte schnell dahin. Ja, sie meckerte jetzt sogar oft an den Eiern ihres Lieblings herum, die zugegebenermaßen auch nicht mehr von dem Huhn, sondern von Aldi stammten, und zeigte an ihrem Schützling sowie dem ganzen «Hof Sorgenlos» samt seinem Besitzer nur noch ein recht schwaches Interesse. Aber auch bei den anderen Kunden, die ihren finanziellen Verpflichtungen nachkamen, begannen die Tiere nur noch eine Nebenrolle zu spielen. Wahrscheinlich gaben sie jetzt diesen Tamagotchi-Küken den Vorzug, die viel niedlicher herumhüpften als naturgegebene. Nur von dem Weihnachtsfest schwärmten sie noch alle und waren der Meinung, daß man das unbedingt wiederholen müsse.

In der Vorweihnachtszeit ließen sie sich wieder häufiger blicken, und am Nikolaustag kam sogar ein Autoverkäufer im roten Kapuzenmantel mit Wattebart in den Stall. Bei seinem Anblick kletterte Gritli in Panik auf ihre Krippe und brachte den Schäferhund dazu, den Nikolaus mit der letzten Kraft, die ihm noch geblieben war, zu beißen.

Ich bereitete diesmal alles noch sorgfältiger vor und holte nach, was ich im letzten Jahr versäumt hatte, zum Beispiel, Sand bereitzustellen, um bei plötzlich einsetzendem Frost gegen das Glatteis gewappnet zu sein. So hatte ich bis zum letzten Moment eine Menge zu tun, und ein Blick auf die Uhr sagte mir, daß die Gäste eigentlich schon längst hätten da sein müssen. Aber es fiel mir dadurch noch rechtzeitig ein, daß ich unbedingt Oma anrufen mußte, um ihr ein frohes Weihnachtsfest zu wünschen. Sie wartete sicher schon darauf. Sie schien sich tatsächlich darüber zu freuen und fragte: «Seid ihr noch beim Feiern?» Und ich erklärte ihr, daß bis jetzt noch niemand gekommen sei, aber Städter verspäteten sich ja immer.

«Du klingst so komisch», sagte Oma, «bist du

erkältet?» Und ich sagte: «Ich muß jetzt Schluß machen. Grüß dein Kränzchen schön», und legte auf. Dann kehrte ich in die Scheune zurück.

Dort war es friedlich und warm. Das Hängebauchschwein grunzte im Schlaf, was Gritli unwillig meckern ließ, die Hühner kratzten ein bißchen im Stroh oder schliefen, und Miez und Mausi schnauften zufrieden. Draußen war es still, bis die Glocken anfingen zu läuten. Und ich dachte, daß unpünktliche Menschen wirklich das letzte sind. Doch da hörte ich das Geräusch eines Autos, die Wagentür klappte, Stimmengewirr, und dann kamen sie mit Gesang über den Hof gezogen. «Ihr Kinderlein kommet, o kommet doch all!» Eine Stimme schwebte darüber wie ein Bussard über einem Volk Hühner, Omas weittragender Sopran.

## 7  Jugendliebe

Beim Öffnen des Briefes mit dem Trauerrand mischten sich in ihm Schrecken und Neugierde. Wen hatte es denn nun wieder erwischt? Hoffentlich niemanden aus der Nachbarschaft oder aus seinem Verein, und er mußte womöglich zur Beerdigung bei diesem Schlackerwetter im Dezember. Er überflog hastig die Anzeige. «Sanfter Tod – nach langer Krankheit – meine über alles geliebte Frau – unsere gute Mutter und Schwiegermutter – in unendlicher Trauer.» Er ließ die Anzeige sinken. Evchen Richter!

Wehmut packte ihn, wie sie ihn jetzt immer häufiger überkam, merkwürdigerweise besonders bei Marschmusik. Dabei hatte er keinerlei heroische Gefühle empfunden, als es kurz vor Kriegsende noch hieß, er müsse zum Volkssturm, sondern mit seinen dreizehn Jahren großen Schiß gehabt. Bei der Generation zwischen vierzig und fünfzig stieß seine Begeisterung für Märsche auf leichtes Befremden, während die jungen Leute fern davon waren, daraus voreilige Schlüsse zu ziehen, und freundlich meinten: «Echt cool.»

Evchen Richter, seine Jugendliebe! Das brachte ihn nach langer Zeit zum ersten Mal wieder richtig aus dem Tritt. Nach dem Tod seiner Frau hatte ihm zunächst das Alleinsein sehr zugesetzt, aber jetzt führte er das beschauliche, für Gemüt und Körper bekömmliche Leben eines Rentners, und es gehörte schon etwas dazu, ihn aus der Ruhe zu bringen. Diese Anzeige zum Beispiel. Spontan beschloß er, zu Evchens Beerdigung zu fahren, obwohl der kleine Ort, in dem sie gelebt hatte und wo auch die Beisetzung stattfinden sollte, ziemlich umständlich zu erreichen war.

Im allgemeinen war Herbert Felten ein mit der Welt zufriedener Mensch und fand auch wenig an sich auszusetzen. Vielleicht sollte er manchmal nicht ganz so großzügig sein. Allmählich konnte sich der Nachbar nun wirklich selbst einen Schlagbohrer kaufen, statt mit großer Selbstverständlichkeit seinen mitzubenutzen. Vielleicht war er auch manchmal zu beherrscht. Er hätte den Busfahrer in bestimmtem Ton zurechtweisen müssen, als der ihn «Döskopp» nannte, nur weil er in der Angst, der Bus könne ihm davonfahren, anstatt den für das Öffnen der Tür vorgesehenen Knopf zu drücken, mit der Faust gegen die Scheibe geschlagen hatte. Aber er hatte nur halb verächtlich, halb verlegen gelacht, was der Busfahrer wohl als devotes Eingeständnis seiner Dusseligkeit ansah. Jedenfalls schickte er ihm noch ein mürrisches «Kaum zu glauben» hinterher.

Morgens beim Rasieren musterte Herbert sich durchaus mit Wohlwollen. Seine Haare waren noch dicht, seine Zähne tadellos, und sein vom regelmäßigen Besuch eines Sonnenstudios gebräuntes Gesicht wirkte keineswegs schlaff und müde. Nur der Hals ließ ein wenig zu wünschen übrig. Auch in der Taille hatte er leicht zugelegt, während im Gegensatz dazu seine Beine schon etwas stöckerig waren. Das aber hatte ihnen nichts von ihrer Elastizität nehmen können. Gehorsam sprangen sie trotz eines gewissen Bäuchleins noch in gutem Tempo die Treppen rauf und runter. Auch auf seine Berufsjahre blickte er mit Stolz zurück. Er hatte das gesteckte Ziel erreicht und zuletzt die Verwaltung des städtischen Friedhofs geleitet. Weil ihm die auf dem Friedhof überhandnehmenden Karnickel zu große Schäden anrichteten, war er sogar unter die Jäger gegangen, und die Karnickeljagd bereitete ihm großen Spaß. Von Kopf bis Fuß als Waidmann gekleidet, ging er fast täglich auf die Pirsch. Diesen Tieren war aber auch nichts heilig. Sie liebten es, tiefe Gänge an den unmöglichsten Orten zu buddeln, und machten weder vor den Blumen noch vor frisch aufgeschütteten Gräbern halt, wobei ihn allerdings mitunter der Gedanke beschlich, daß so ein possierliches Tierchen vielleicht sogar eine nette Gesellschaft für den Verstorbenen sein könne. Aber diese etwas merkwürdige Idee behielt er für sich. Statt dessen knallte er die Tiere unbarmherzig ab, wobei er sich manchmal dabei erwischte, daß er ein besonders niedliches Kaninchen, das da so possierlich hin und her hopste, mit einer gewissen Zärtlichkeit beobachtete, bevor er zum Schuß ansetzte.

Im Laufe der Zeit war sein Interesse an der Jagd und an den Kaninchen erloschen. Was ihm noch davon übriggeblieben war, wurde durch Lilo befriedigt, wie er die stattliche Spinne in seinem Schlafzimmer getauft hatte. So was wie Lilo hätte natürlich seine Frau Ruth nie geduldet. Aber im Gegensatz zu ihr mochte Herbert Spinnen gern und bewunderte ihre Fertigkeit, in Blitzesschnelle Netze zu spinnen. Als Junge hatte er ihnen oft Fliegen ins Netz geworfen, meistens zu schwere, die das Netz zerrissen und eine verärgerte Spinne zurückließen. Aber solche Dummejungenstreiche gestattete er sich längst nicht mehr. Zu Lilo hatte er eine besondere Beziehung. Er hatte sie heranwachsen sehen, bis sie fast die Größe eines Fünfmarkstückes erreichte. Ein wenig gruselig war es ihm vor ihr auch, und er duldete nicht, daß sie über die Zimmerdecke krabbelte und direkt über seinem Bett versuchte, ihre Fäden zu spinnen. Einmal war dabei etwas passiert, was ihn sehr erschreckte. Der Faden, an dem sie sich herunterschwingen wollte, riß, und sie landete auf seinem Gesicht. Ein äußerst unangenehmes Gefühl, diese krabbelnden Spinnenbeine. Seitdem hatte die Zimmerdecke für sie tabu zu sein, was Lilo jedoch nicht respektierte. Aber sobald sie sich dort blicken ließ, fegte er sie unbarmherzig, wenn auch mit der nötigen Vorsicht, herunter. Wenn sie sich dann auf der Auslegware zu einer verängstigten Kugel zusammenrollte, hielt er ihr eine Strafpredigt: «Selber schuld!» und wartete ab, bis sie sich nach einer Weile, so schnell sie konnte, in einer Ritze verkroch. Ihr eigentlicher Stammplatz war die Nähe des Fensters. Dort hatte sie ihre Zentrale, die allerdings nach einer gewissen Zeit Patina ansetzte und schon recht verstaubt wirkte. Herbert Felten war es ein Rätsel, wie sich Lilo überhaupt am Leben hielt bei den wenigen Fliegen, die sich dort verfingen. Auch hatte er sich schon überlegt, ob er sie nicht vorsichtig mit einem Stück Toilettenpapier packen und aus dem Fenster werfen sollte. Aber er brachte es nicht übers Herz. Wahrscheinlich wäre sie in Sekundenschnelle von einem Vogel verspeist worden.

So lief sein Leben im allgemeinen zu seiner Zufriedenheit im Gleichmaß dahin. Und nun diese Anzeige. Sie brachte wieder etwas in Erinnerung, was ihn bis heute wurmte und woran er nun nach fünfzig Jahren so jäh erinnert wurde. Warum, verdammt noch mal, war es ihm nicht gelungen, Evchen Richters Liebe zu gewinnen? Was, zum Teufel, hatte er falsch gemacht? Schon während ihrer Schulzeit war er vergeblich hinter ihr her gewesen, diesem eher mickrigen, immer etwas schmutzigen Geschöpf mit den zerschrammten Beinen und dem breiten ostpreußischen Dialekt, über den die ganze Klasse lachte, wenn sie eine verballhornte Ballade aufsagte: «Da tat er dreimal auf dem Daumen pfeifen, weil mang die Ritters kein Trompeter war.» Das Flüchtlingskind Evchen war mit ihren Eltern bei einer entfernten Tante einquartiert und versuchte, wo es ging, dem engen Zusammenleben zu entgehen. Wann immer möglich, verzog sie sich zu ihrer besten Freundin Ruth, die sie fest unter dem Daumen hatte und die alles tat, was Evchen wollte. Die beiden tauchten überall gemeinsam auf, und Herbert war es nicht einmal vergönnt, seine Angebetete allein für die Schule abzuholen. Er war noch nicht vom Rad gestiegen, da tauchte schon Ruthi auf und gab sich jedesmal erstaunt, ihn hier zu treffen. «Ach, du schon wieder?» bemerkte sie mit ihrer hellen Stimme. «Ja, ich schon wieder», entgegnete er mürrisch. Hatte denn diese dumme Zimtzicke nichts Besseres zu tun, als jedesmal hier aufzukreuzen? Aber eine Zimtzicke war Ruth eigentlich nicht. Genau genommen war sie die Hübschere von beiden, wenn auch vielleicht schon mit einem kleinen Ansatz von Rundlichkeit, wie es sich um ihr Kinn abzeichnete, was aber durch einen guten Teint und eine hübsche Nase wettgemacht wurde. Dagegen wirkte Evchen eher wie eine Heuschrecke. Ihre wie von bräunlichem Staub gepuderten Arme und Beine schlenkerten hierhin und dahin, und ihre stattlichen Zöpfe flogen im Takt dazu. «Was willste bloß mit der?» fragten ihn seine Freunde. «Da kannste ja gleich eine Strohpuppe streicheln.» Aber sie zu streicheln war ein ebenso großer Wunsch wie sie in den Schwitzkasten zu nehmen, um sie gefügig zu machen. Doch sie verspottete seine ungeschickten Annäherungsversuche nur mit ihrem kieksigen Lachen und hielt ihn auf Distanz. Gleichzeitig nutzte sie ihn weidlich aus und borgte sich ständig das Kostbarste, was man in der damaligen Zeit besitzen konnte: sein Fahrrad. Und jedesmal bangte er, daß es dabei womöglich völlig zu Bruch ging. Gelegentlich durfte er sie auch als lebendiges Gepäck befördern. Dann jagte er mit ihr die bergige Straße hinunter, so daß sie sich notgedrungen an ihm festklammern mußte, um auf dem holprigen Pflaster nicht das Gleichgewicht zu verlieren, was sie mit schrillem Gekreische tat und was ihm das köstliche Gefühl gab, sie völlig in der Hand zu haben. Auf jeden Fall war er dann endlich mal mit ihr allein, ohne diese lästige Busenfreundin Ruth.

Doch die hatte inzwischen, im Gegensatz zu Evchen, ihr Herz für ihn entdeckt, und ohne daß er es recht gewahr wurde, eroberte sie ihn sich mit sanfter Beharrlichkeit und wurde seine Vertraute. Sie war ein angenehmes, vernünftiges, stets sehr adrett gekleidetes Mädchen, im Gegensatz zu ihrer Freundin, die immer etwas schlampig herumlief und sich an fehlenden Knöpfen, zipfelnden Unterröcken und aufgeplatzten Nähten nicht störte. Auch Herberts Eltern fanden Gefallen an seiner Freundin. Bald kluckten Herbert und Ruth mehr zusammen, als der Sache dienlich war, vor allem, nachdem Evchen ganz plötzlich mit ihren Eltern aus der Stadt verschwand und Herbert dringend getröstet werden mußte. Die Folgen des Trostes blieben nicht aus, Ruth erwartete ein Kind. Natürlich heiratete er sie, und wenn sie auch nicht die ganz große Liebe war, so fiel es ihm doch nicht besonders schwer. Er beendete seine kaufmännische Lehre und fand eine Stelle beim Magistrat.

Zehn Jahre vergingen, ehe er wieder etwas von seiner Jugendliebe hörte. Ruth traf sie rein zufällig bei einer Geburtstagsfeier. «Na so was», sagte er zunächst etwas zerstreut, als ihm seine Frau davon berichtete. «Wie geht es ihr denn?»

«Ich glaube, sehr gut. Sie macht jedenfalls einen recht zufriedenen Eindruck. Ihr Mann scheint Arzt zu sein.»

Ein Akademiker. Das gab ihm einen Stich. Und dann wollte er wissen, ob sich Evchen verändert habe.

«Sie ist überhaupt nicht älter geworden und sieht richtig gut aus.»

«Du doch auch», sagte er. «Wenn man's genau nimmt, warst du die Hübschere von euch beiden.»

Sie warf ihm einen prüfenden Blick zu. «War ich das?»

«Du warst es nicht, du bist es noch immer.» Er gab sich unbefangen. Aber er merkte, wie Evchens unerwartetes Auftauchen ihn mehr und mehr zu beschäftigen begann.

«Wir hatten uns natürlich eine Menge zu erzählen», sagte Ruth, «wie du dir denken kannst. Wir sollen sie unbedingt besuchen. Sie wohnt gar nicht weit von uns, eine Stunde mit dem Auto höchstens.»

«Ach, ich weiß nicht recht.» Er tat lustlos,

und sie sagte, ein bißchen zu schnell, wie er fand: «Wenn du nicht willst, lassen wir's.»

Aber irgendwann hatten sie sich dann doch auf den Weg gemacht. Zu seiner Genugtuung war Evchens Mann keineswegs ein Arzt, sondern vertrat eine Firma, die Krankenhäuser und Heime mit Gardinen, Handtüchern und Bettwäsche ausstattete. Es stimmte, Evchen hatte sich kaum verändert. Und ihr kieksiges Lachen tat prompt seine Wirkung und ließ seine Gedanken nur noch um sie kreisen. Doch Ruth trat die Flamme aus, ehe sie richtig lodern konnte. Sie ließ die Verbindung zu der wiedergefundenen Freundin schnell einschlafen. Und von sich aus den Kontakt aufzunehmen, war er zu feige gewesen. Noch im nachhinein ärgerte er sich darüber, obwohl das nun auch schon wieder dreißig Jahre zurücklag.

Das Wetter war umgeschlagen, auf den Straßen war es glatt geworden. So verzichtete er auf sein Auto und nahm den Zug. Nach der Beerdigung fand sich die Trauergemeinde in Evchens Wohnung zusammen, und er stellte zu seinem Erstaunen fest, daß die Einrichtung seiner eigenen fast aufs Haar glich. Nicht, daß er zerschlissene Polster und fleckige Gardinen erwartet hatte, obgleich er sie dem Evchen, an das er sich erinnerte, zugetraut hätte. Aber in diesem untadeligen Wohnzimmer, in dem die Möbel wie in einem Katalog aufgestellt waren, fand er nichts von seinem Evchen wieder. Als er auf dem mit hellgelbem Leder bezogenen Sofa Platz nahm, diesem wuchtigen Ungetüm, zu dem ebenso wuchtige Sessel gehörten, erinnerte ihn das Ganze eher an seine Ruth, die ganz versessen auf solch eine Garnitur gewesen war, obgleich er sie nie besonders behaglich gefunden hatte.

Natürlich konnte sich Evchens Mann nicht mehr an ihn erinnern und wußte ihn nicht richtig einzuordnen. Ein entfernter Vetter vielleicht? Vater und Sohn sahen ihn fragend an, und er erklärte ihnen etwas verlegen, daß er mit Evchen in derselben Klasse gewesen war. «Und deshalb machen Sie sich auf den weiten Weg?» Die beiden waren gerührt, und Herbert stellte fest, daß Evchens Sohn ihn an seinen eigenen Jungen erinnerte: derselbe Haarschnitt, dieselbe Art, sich zu kleiden, dieselben Redewendungen und dieselbe Lebensweise, wie es für Angestellte im mittleren Management der Filiale einer ausländischen Firma in Deutschland üblich war. Während sie miteinander höfliche Worte wechselten, öffnete sich plötzlich lautlos die angelehnte Zimmertür, und eine wunderschöne getigerte Katze betrat den Raum. Sie strich schnurrend um die Beine des Hausherrn und sprang ihm dann auf den Schoß. Er streichelte sie, wie Herbert Felten fand, mit einer gewissen Vorsicht. «Das ist Linchen, Evchens ein und alles. Aber ziemlich wild und unberechenbar. Ich weiß nicht recht, was ich mit ihr anfangen soll. Ich möchte gern zu meinem Sohn ziehen, und er hat einen Dackel, dem Katzen ein Greuel sind.» Der Sohn nickte ernst. «In der Nachbarschaft heißt er nur der Katzenkiller. Hab schon eine Menge Ärger deshalb mit ihm gehabt.»

Linchen hatte inzwischen den Platz gewechselt und kauerte auf der Lehne eines der Lehnsessel. Sie schnurrte jetzt nicht mehr, und ihr Schwanz peitschte aufgeregt hin und her, als hätte sie Evchens Mann genau verstanden. Irritiert betrachtete Herbert das Tier, das ihn mit angelegten Ohren aus engen Augenschlitzen anfunkelte. Typisch Evchen, dachte er, sich so ein Vieh zuzulegen.

Die Trauergäste verabschiedeten sich nach und nach. Nur Herbert Felten fand wieder einmal nicht den Absprung, eine Untugend, die Ruth schon oft an ihm bemängelt hatte. Außerdem war noch eine gute Stunde Zeit bis zur Abfahrt seines Zuges, und er verspürte wenig Lust, bei dem naßkalten Wetter auf dem Bahnhof zu stehen oder in einem der verglasten, mit Zigarettenstummeln übersäten Wartehäuschen auf dem Bahnsteig herumzusitzen. Auch Evchens Sohn hatte sich inzwischen verabschiedet, und so blieben der Vater und er allein zurück. Dem Witwer schien es nur recht zu sein. Sie führten das übliche ruhige Männergespräch über ihre Berufe, aus denen sie sich verabschiedet hatten, und jeder erklärte dem anderen etwas umständlich, wie es darin zugegangen war und wie interessant die Aufbaujahre gewesen seien, die nun längst der Vergangenheit angehörten. Zwischendurch prostete man sich gegenseitig mit etwas schwerer Zunge zu, denn der Hausherr hatte nun die stärkeren Getränke aus dem Butzenschrank geholt, so daß man sich allmählich näherkam und sich damit das Gespräch auch Evchen zuwandte, die, wie Herbert seinem neuen Freund nun eingestand, nicht nur seine Klassenkameradin, sondern seine große, unerfüllte Liebe gewesen war. Fotoalben wurden herbeigeholt, und Herbert stellte voller Bedauern fest, daß ihn statt des geliebten schlenkrigen Geschöpfes mit den unordentlichen Zöpfen eine vollbusige Matrone mit kurzen, steifen Löckchen anblickte. Ihr Mann behauptete noch dazu allen Ernstes, daß dieses Geschöpf, das Herbert als so spröde in Erinnerung hatte, ein wahres Wunder an Anschmiegsamkeit gewesen sei und selbstverständlich eine perfekte Hausfrau und Mutter. Herbert, mit gutem Cognac reichlich abgefüllt, fragte mit runden Augen: «Wie hast du das denn fertiggebracht?»

Evchens Mann gab zu, daß das am Anfang so seine Schwierigkeiten gehabt hatte. «Aber mit Geduld und Spucke, na, du weißt schon.» Er lachte komplizenhaft. Herbert wußte gar nichts, aber es wurmte ihn außerordentlich.

Danach mußten sie endgültig versackt sein, denn Herbert hatte nur noch schemenhafte Erinnerungen. Jedenfalls fand er sich plötzlich in einer Taxe wieder, neben sich ein verschließbares Körbchen, aus dem ärgerliches Miauen tönte, und hörte den Taxifahrer nach dem Ziel fragen. Erst als er in seiner Wohnung stand und die große Tüte mit allerlei Katzenzubehör auspackte, wurde ihm richtig klar, was er sich da hatte aufhalsen lassen. Er hatte noch nie eine Katze besessen und beobachtete mißtrauisch, wie sie aus dem Korb kletterte. Im Gegensatz zu ihm schien Lina jedoch die Situation zu akzeptieren. Jedenfalls spazierte sie mit hocherhobenem Schwanz durch die Räume, als beherrsche sie dieses Terrain seit Jahren, und sprang schnurstracks auf Herberts Heiligtum, den Kuschelsessel vor dem Fernseher, was er natürlich unmöglich dulden konnte. Er scheuchte sie mit barschen Worten weg, worauf sie ihre Krallen in die Veloursgardinen schlug und versuchte, sie als Schaukel zu benutzen. Herbert seufzte. Was hatte er sich da nur eingebrockt! Wer weiß, auf was für Gedanken dieses Tier sonst noch kam.

Vorsichtshalber stellte er ihren Korb und das Katzenklo für die Nacht in die Küche. Dort konnte sie wenigstens nicht allzuviel Schaden anrichten.

Aber das war ein Irrtum. Er war gerade ins Schlafzimmer gegangen und ärgerte sich über Lilo, die sich wieder einmal an der Zimmerdecke direkt über dem Kopfende seines Bettes plaziert hatte, da drang aus der Küche ein fürchterliches Klirren und Scheppern. Er stürzte hinein und fand die Katze etwas verdattert zwischen Porzellan- und Glasscherben auf dem Boden sitzend. Sie war in den offenstehenden Hängeschrank gekrochen, und dabei waren Teller und Tassen ins Rutschen gekommen. Ein schlechtes Gewissen schien sie jedoch nicht zu haben, denn während er die Scherben zusammenkehrte, saß sie daneben und putzte sich seelenruhig, als ginge sie das Ganze nichts an. Und sein fassungslos hervorgestoßenes «Verdammtes Mistvieh!» quittierte sie nur mit einem kurzen, gelangweilten Blick. Wenigstens war Lilo einsichtig gewesen. Sie hatte sich, wie er bei der Rückkehr ins Schlafzimmer sah, von ihrem Lieblingsplatz entfernt und auf der gegenüberliegenden Wand niedergelassen.

Im Badezimmer stellte er zum wiederholten Male fest, daß er sich dringend eine neue Zahnbürste kaufen müßte und daß Waschlappen und

Handtücher längst in die Waschmaschine gehörten. Um solchen Kleinkram hatte er sich natürlich während Ruthis Lebzeiten nie kümmern müssen. Was für eine wundervolle Ehefrau war sie doch gewesen! Aber auch sie konnte mit ihm zufrieden sein. Nie hatte es Streitereien ums Geld gegeben, nie hatte er, wie andere Männer, herumgenörgelt, wenn sie in seinen Augen reichlich leichtsinnig damit umging. Nie hatte er sie betrogen oder so gut wie nie. Irgendwann war man sich ja einfach schuldig zu beweisen, daß die Karnickeljagd nicht das einzige Abenteuer seines Lebens war. Aber daß er nun in der Phantasie seiner Jugendliebe nachjagte und sich sogar ihre Katze hatte aufschwatzen lassen, das hatte Ruthi nicht verdient.

Er stopfte Badelaken, Handtücher und Waschlappen in die bereits übervolle Waschmaschine und stellte sie an. Die Maschine schien wie vom Donner gerührt, daß man sie derart malträtierte, und es dauerte eine Weile, bis sie sich mit einem klagenden Laut in Bewegung setzte und ächzend die schwere Masse hin und her wälzte.

In den Tagen bis zum Heiligabend sorgte Linchen reichlich für weitere Aufregungen. In einem unbewachten Augenblick machte sie sich in seinem Bett breit und haarte das Laken so voll, daß er ein frisches aufziehen mußte. In der

Küche konnte er sie nicht allein lassen, da sie nach kurzer Zeit spitzgekriegt hatte, wo der Kühlschrank war, ihn im Nu öffnete und ausräumte. Nichts war vor ihren Pfoten sicher, und Herbert hatte bald das Gefühl, nur noch «Pfui!», «Nein!», «Wirst du mal!» und «Laß das!» hervorzubringen. Und dann, zu allem Überfluß, war Linchen plötzlich verschwunden. Er suchte sie stundenlang in allen Ecken und Winkeln, in Schränken, sogar im Kühlschrank. Er rief und lockte, lief im Hausflur treppauf, treppab, sah im Vorgarten unter allen Büschen nach, in der Angst, sie könne womöglich aus dem Fenster gefallen sein. Aber Linchen war nicht zu finden. Als er völlig ratlos zum wiederholten Mal unter seinem Bett gesucht hatte und den Blick zum Kleiderschrank hob, saß dort die Katze und beobachtete ihn regungslos und, wie ihm schien, leicht amüsiert. Während Herbert fassungslos starrte, reckte sie sich, glitt anmutig an der Schrankwand hinunter und lief miauend in die Küche, womit sie ihm zu verstehen gab, daß er sich gefälligst um ihr Futter kümmern sollte, was Herbert auch gehorsam tat. Aber ihr beim Fressen zusehen durfte er wie üblich nicht. Er sah sie finster an. Ungeheuerlich! In seiner eigenen Küche!

Weihnachten mußte er wegen Linchen natürlich zu Hause und allein verbringen und konnte nicht, wie sonst jedes Jahr seit Ruthis Tod, am Heiligabend zu den Nachbarn gehen. Sein Sohn war wie üblich beruflich verhindert, ihn zu besuchen. Trotzdem wollte er nicht auf einen Weihnachtsbaum verzichten, und er beschloß, es sich so gemütlich wie möglich zu machen. An den Feiertagen würde sicher, wie jedes Jahr, dieser oder jener aus seinem Bekanntenkreis vorbeikommen, und ein geschmückter Weihnachtsbaum mit allem Zubehör trug zur gemütlichen Stimmung entschieden bei. Während er sich abplagte, eine sorgsam ausgesuchte Tanne auf dem Dach seines Autos festzubinden, fiel ihm ein, daß Evchens Mann ihm erzählt hatte, in seinen Augen seien die Vorbereitungen fürs Weihnachtsfest mit allem Drum und Dran eine reine Frauenangelegenheit, auch der Kauf eines Weihnachtsbaums. Und vor ihm zeichnete sich das Bild eines ihm völlig fremden Evchens ab, das dienstfertig eine Tanne nach Hause schleppte. Ruthi hätte er so etwas nie zugemutet.

Als er den Baum ins Zimmer balancierte, erschrak Linchen so, daß sie sich unter den Glasschrank mit den Butzenscheiben verkroch. Eigentlich war er für ihre Größe viel zu niedrig, aber die Angst verwandelte sie in eine Art Flunder. Dafür schien es ihr unmöglich, im Rückwärtsgang wieder ans Tageslicht zu gelangen. Sie kratzte und schrie, so daß Herbert Felten himmelangst wurde. Vergeblich versuchte er, das geschnitzte Ungeheuer aus massiver Eiche – er konnte sich noch gut an den horrenden Preis erinnern – ein wenig in die Höhe zu stemmen. Er mußte den Schrank erst ausräumen, bis es ihm gelang und Linchen, mit Staubfusseln bedeckt, Büroklammern, einen Kaugummi und Ruthis längst verloren geglaubte Ansteckperle im Fell, wieder zum Vorschein kam.

Als er die Tanne schmückte, brachte sie drei der Lieblingskugeln seiner Frau zur Strecke, indem sie sie mit der Tatze von den Zweigen fegte. Aus Pietätsgründen hatte er sogar die Krippe aufgestellt, die Ruthi vor vielen Jahren während eines Urlaubs im Bayerischen Wald gekauft hatte. Doch ehe er es sich versah, hatte Linchen einen der Weisen aus dem Morgenland weggeschleppt und zu einem unförmigen Klumpen zerkaut. Aber besonders fasziniert war sie von dem Lametta. Sie zupfte es Faden für Faden herunter, und er konnte sie nur mit Mühe daran hindern, es so gierig zu verschlingen, als seien es Nudeln.

Während sie ihn mit ihrem Schabernack in Atem hielt, tauchten längst vergessene Bilder aus seiner Jugend vor ihm auf, und er erinnerte sich an all die verrückten Dinge, die Evchen mit ihm angestellt hatte: Luft aus dem Reifen gelassen, die Ärmel seiner Windjacke zugenäht und seine Kleidung versteckt, als sie an einem ziemlich kühlen Tag im nahen See baden gegangen waren, und er hörte wieder ihr kieksiges Lachen, das ihn in Wut brachte, während er bei der vergeblichen Suche vor Kälte schon ganz blau anlief. Wie oft war er von ihr versetzt worden, wenn sie sich verabredet hatten. Er hatte sich wirklich eine Menge von ihr gefallen lassen. Nur einmal hatte er es ihr heimgezahlt. Aber ihm fiel nicht mehr ein, womit. Merkwürdigerweise war sie ihm nicht böse gewesen, duldete sogar, daß er den Tag darauf den Arm um sie legte, sie hin und wieder an sich zog, und gestattete ihm zum ersten Mal, einen ungeschickten Kuß zu landen, wobei ihm ihre strohigen Haare, die sie gern wie einen Vorhang übers Gesicht fallen ließ, in den Mund gerieten. Ganz benebelt vor Glück war er gewesen, so daß er klaglos für seine Mutter den Mülleimer nach unten trug, ja freiwillig das Treppenhaus wischte.

Das Glück hielt drei Monate an, und sie lud ihn sogar ein, den ersten Weihnachtstag bei ihnen zu verbringen. Die Familie wohnte, der Nachkriegszeit entsprechend, sehr beengt. Trotzdem hatte man noch ein Plätzchen für den Weihnachtsbaum gefunden. Er bekam auch etwas geschenkt, ein Paar Pulswärmer, allerdings nicht von Evchen, sondern von ihrer Mutter gestrickt. Und er revanchierte sich mit ein paar Feuersteinen, Kerzen und einem Glas selbstgekochtem Sirup. Die Stube war voller als ein Wartezimmer beim praktischen Arzt, und während sie auf dem winzigen ausgesessenen Sofa, das Evchen gleichzeitig als Schlafstelle diente, dicht nebeneinander saßen und ein wenig herumplänkelten – «Laß doch mal» – «Zeig doch mal» – «Erzähl doch mal» –, drangen, ohne von ihm wirklich wahrgenommen zu werden, die Schilderungen der Erwachsenen über ihre Flucht in sein Ohr: «Und die Panzer, einfach rein in den Treck!» – «Überall Blut!» – «Und Opa mit seinem gebrochenen Fuß!» – «Den Ortsgruppenführer sollen sie gleich erschossen haben!»

Doch von einem Tag auf den anderen war es mit Evchens Freundlichkeit vorbei, und sie gönnte ihm höchstens noch ein unpersönliches «Hallo», wenn sie ihn traf.

Ärgerlich über sich selbst, daß er sich diesen unerquicklichen Erinnerungen hingegeben hatte, schnauzte er Linchen an, die gerade wieder Anstalten machte, die Gardine als Schaukel zu benutzen. Dieses Vieh machte wirklich mit ihm, was es wollte, und ihr höhnisch klingendes Miauen, mit dem sie alle seine Strafpredigten zu quittieren pflegte, brachte ihn in Wut. Doch den absoluten Höhepunkt ihrer Missetaten erreichte sie am Heiligabend. Zunächst hatte es den Anschein, als sei sie gewillt, diesem besonderen Tag Rechnung zu tragen und sich von ihrer angenehmsten Seite zu zeigen. Sie strich schnurrend um Herbert herum, ließ sich von ihm kraulen, rieb ihren Kopf an seinem Bein und sprang zu seiner Überraschung sogar auf seinen Schoß, wo sie es allerdings nicht lange aushielt. Er hatte die Kerzen angezündet und den Fernseher angestellt, in den sie ebenfalls mit leisem Schnurren hineinstarrte, wobei sie die Augen hin und wieder zu einem Spalt zusammenkniff, als blende sie das Licht. Er beachtete sie nicht weiter. Ein Glas Rotwein neben sich, erfreute er sich, bequem auf dem Fernsehsessel Venedig hingestreckt, an einem Tierfilm. Plötzlich gab es nur noch Schneegestöber. Linchen war unbemerkt vom Sofa aufgesprungen und hatte an dem Antennenkabel herumgekaut.

Herbert geriet völlig außer sich. Dieses Mistvieh würde er schon Mores lehren. Er schrie sie fürchterlich an und drohte ihr, sie postwendend zu dem katzenkillenden Dackel zu schicken. Sie stieß ihr klägliches Miauen aus und versuchte sich zum zweiten Mal unter den Glasschrank zu zwängen, was er gerade noch rechtzeitig verhindern konnte, indem er sie roh am Schwanz zog. Dann packte er sie, sinnlos vor Wut, im Genick, raste mit ihr ins Schlafzimmer, riß das Fenster auf und hielt die zappelnde, fauchende Katze über den Abgrund. Vielleicht vor Schreck, vielleicht, um neue Kräfte zu sammeln, sich von seiner Hand zu befreien, erschlaffte Linchen. «Warte nur, ich zahl's dir heim!» sagte er, und plötzlich fiel ihm ein, was er mit Evchen angestellt hatte, um es ihr heimzuzahlen. Er hatte sie beim Schwimmen so lange unter Wasser gedrückt, bis sie für einen Augenblick das Bewußtsein verlor.

Er zog seinen Arm zurück und ließ die Katze auf die Erde fallen. Sie wetzte aus dem Schlafzimmer, rannte ins Wohnzimmer und verkroch sich. Niedergeschlagen setzte er sich auf sein Bett. Was für ein Weihnachtsfest! Er beschloß, schlafen zu gehen. Gottlob machte ihm Lilo wenigstens keine Scherereien. Sie saß friedlich in Tischhöhe rechts neben der Tür. Er betrachtete sie, während er seine Schuhe auszog, und hatte plötzlich den heftigen Wunsch, sie zu zerquetschen. Arme, treue Lilo, dachte er, und Schwermut überfiel ihn. Weit war es mit ihm gekommen. Nicht mal so eine dusselige Katze hatte Respekt vor ihm. Er war ein Nichts, ein Niemand, ein alter Mann.

Seine trüben Gedanken wurden von einem leisen Miauen unterbrochen. Er öffnete die Tür, und Linchen kam in Demutshaltung, fast kriechend, herein. Vorsichtig streckte er seine Hand aus, und sie begann heftig zu schnurren. Plötzlich wurde ihr Körper steif. Sie hatte Lilo entdeckt. Sie duckte sich, und ihr Schwanz peitschte hin und her. Kein Zweifel, sie setzte zum Sprung an. «Untersteh dich!» rief Herbert Felten. «Ich bring dich um!» Erschöpft ließ er sich wieder auf sein Bett fallen. So vielen Aufregungen war sein Herz nicht gewachsen.

Linchen gehorchte, sprang auf Herberts Schoß und rieb ihren Kopf an seinem Arm. Er streichelte sie gerührt. «Ich werd's dir schon zeigen», sagte er mit zärtlicher Stimme. Als er ihren Hinterlauf berührte, zuckte sie mit einem schmerzlichen Miauen zusammen. «Und Rheuma haben wir anscheinend auch.» Er sah zu Lilo hinüber, und für einen Augenblick kam es ihm vor, als mache sie ihm mit zweien ihrer Beinchen das Victory-Zeichen. In plötzlichem Triumphgefühl begann er laut zu pfeifen, und in das Läuten der Glocken, die durch das Fenster zur Christmesse riefen, mischte sich der Pariser Einzugsmarsch. Doch plötzlich spürte er Linchens Fell nicht mehr unter seiner Hand, und er starrte auf einen braunen Fleck an der Wand, der einmal Lilo gewesen war.

## 8  Fast ein Held

Wir liebten die vorweihnachtlichen Rituale wie Pfefferkuchenbacken und Adventskranzbinden und erinnerten uns dabei mit Behagen an manches Mißgeschick, so, als der Weihnachtsbaum auf Mutter fiel:

«Ich höre nur noch ein Rauschen, und da liege ich auch schon platt unter der Tanne. Und was sagt euer Vater, als ich, jede Menge Lametta im Haar, die Strickjacke bespickt mit den Splittern von Weihnachtskugeln, mühsam wieder hervorkrabble: ‹Suchst du was Bestimmtes?›»

«Du übertreibst mal wieder», sagte Vater.

Auch die Mäusefamilie gehörte zum Erinnerungsrepertoire. Vater hatte vom Tischler einen kleinen Pferdestall für Billis Holzpferdchen anfertigen lassen, und als mein Bruder das Türchen zum Heuboden öffnete, quiekten ihm mehrere nackte Mäusebabys erschreckt entgegen. Ganz besonders gern aber dachten wir wieder an Möpschens Untat. Seine Angewohnheit, leere Weinflaschen, die im Flur neben der Anrichte mit den Petroleumlampen standen, umzustoßen, um wenigstens noch einige Tropfen von diesem herrlichen Gesöff auflecken zu können, wurde weniger ihm als uns zum Verhängnis. Er erwischte eine Flasche mit Stinköl. Es diente dazu, die Rehe daran zu hindern, frisch gepflanzte junge Bäume anzuknabbern. Das Öl tränkte in Windeseile den Kokosläufer im Flur, und statt des üblichen herrlichen Duftgemisches aus Wachs, frischem Tannengrün, brutzelnden Bratäpfeln und Schweinebraten zog ein bestialischer Gestank durchs Haus. Lachen konnten wir darüber erst im nächsten Jahr.

Aber so sehr wir das ganze Drum und Dran der Weihnachtszeit liebten, so wenig schätzten wir die alljährliche Produktion von Tintenwischern, Pulswärmern, Kreuzstichdecken, beklebten Kalendern und Streichholzschachteln, gelackten und bepinselten Untersetzern und anderen Scheußlichkeiten, die wir, von Mutter gezwungen, für die Verwandtschaft herstellen mußten und die dann, dessen waren wir sicher, irgendwo unbenutzt in einer Schublade oder in einem Karton auf dem Boden dahinmoderten. Sie einfach wegzuwerfen galt als pietätlos und wäre keinem Beschenkten eingefallen.

Diese lobenswerte Eigenschaft in der Verwandtschaft erwies sich für uns als Glück. Durch Zufall entdeckten wir nämlich, als wir bei einer der Tanten zu Besuch waren, einen ganzen Schrank voller solcher Kostbarkeiten, die allerdings in solchen Massen nicht allein von uns stammen konnten, sondern wahrscheinlich von Vettern und Kusinen. Sofort hatte meine Schwester einen blendenden Einfall. «Davon nehmen wir was mit fürs nächste Jahr.» Wir stopften soviel wie möglich in zwei bestickte Mehlsäckchen und ließen die Beute in unseren Puppenkoffern verschwinden.

Ein Jahr später war Mutter sehr erstaunt, daß wir uns in der Vorweihnachtszeit weiterhin an den Nachmittagen im Dorf herumtrieben, anstatt uns endlich ans Kleben, Häkeln und Sticken zu machen, und noch erstaunter, als wir unsere Weihnachtsgeschenke präsentierten. «Wann habt ihr bloß angefangen? Ihr seid ja wahre Heinzelmännchen!»

Leider hatte unser «Fleiß» die Konsequenz, daß Mutter uns aufbrummte, auch noch eine Kleinigkeit für eine entfernte Verwandte zu basteln, die wir bisher nur einmal im Leben zu Gesicht bekommen hatten. Wir erinnerten uns nur sehr vage an ein aalpuppenartiges Geschöpf mit einem sehr kleinen Kopf und einem zeltartigen schilffarbenen Kleid.

Vater kam uns zu Hilfe. «Findest du das nicht ein wenig sehr weit hergeholt?»

Mutter sah das anders. «Eine arme, alte, einsame Frau. Die freut sich sicher riesig.»

«Sie ist weder arm noch alt, sondern eine resche Witwe mit einer stattlichen Pension. Und überall eingeladen.»

«Eben», sagte meine Mutter, «dann haben wir einen mehr in der Familie, der nett über unsere Kinder spricht.»

Vater schüttelte den Kopf. «Hat man so was schon gehört?»

Aber in der Vorweihnachtszeit waren wir sehr bemüht, zuvorkommende, hilfsbereite, höfliche Kinder zu sein. Und so versicherten wir unserer Mutter mehrmals, daß wir das selbstverständlich ihr zuliebe täten, allerdings könnten unsere Wunschzettel vielleicht etwas schwer zu lesen sein, und der Weihnachtsmann habe womöglich mit den Wörtern «Puppenherd», «Holländer», «Lok» ein wenig Mühe. Dann suchten wir in unserem inzwischen arg zusammengeschmolzenen Geschenkevorrat nach etwas Passendem. Leider kam nur noch ein mit einem Hundekopf besticktes Nadeltäschchen in Frage, das wir gern selbst behalten hätten. Das Hundeporträt war wirklich außerordentlich gut gelungen.

Mutter war von meiner Leistung beeindruckt. «Das hast du ganz allein fertiggebracht?» Ich nickte stumm.

Natürlich wurde Vater das Werk seiner talentierten Tochter sofort gezeigt. Er sah mich ein wenig skeptisch an. «Zeichnen war doch bis jetzt nicht gerade deine Stärke.»

«Sie hat es gepaust», sagte meine Schwester schnell. Und damit war das große Wunder hinreichend erklärt.

Zu einem weiteren weihnachtlichen Brauch gehörte, daß nur Mutter bestimmen durfte, wer unser Weihnachtsgast sein sollte. Auch wenn ihre Wahl uns nicht paßte, hüteten wir uns, unseren Unmut zu äußern, denn Mutter bekam es glatt fertig, den unerwünschten Gast länger als vorgesehen zu behalten, wenn sie auch nur den geringsten Widerstand spürte. So versicherten wir ihr jedesmal wieder, daß wir selbstverständlich jeden akzeptieren würden. Im letzten Jahr war Tante Margot unser Gast gewesen, und der in seinen Augen ungeheuer diplomatische Einwand meines Bruders, Tante Margot leide doch an Rheuma und unser feuchtes Haus sei ihrer Gesundheit sicher abträglich, verlängerte nicht nur Tante Margots über ihren Stock gebeugte Anwesenheit, sondern war noch dazu ein Schuß, der nach hinten losging.

«Sagtest du feuchtes Haus? Ich höre wohl nicht richtig!» Vater war empört. Dabei funkelten die Wände im Flur und im Klo wie der Eispalast der Schneekönigin in Andersens Märchen.

Auch Tante Edith, die uns ihren Eukalyptusduft noch wochenlang nach ihrer Abreise hinterließ, war nicht unbedingt unser Fall. Sie hatte eine chronische Bronchitis und konnte es durchaus mit dem Röhren eines Hirsches zur Brunftzeit aufnehmen. Das Grauenhafteste, was wir bis jetzt ertragen mußten, war jedoch ein völlig fremdes Kind gewesen, ein kleines Mädchen, dessen Mutter erkrankt war, weshalb die Tochter ausquartiert werden mußte. Während unser Geltungstrieb im allgemeinen sehr gezügelt wurde, war dieses Kind anscheinend dazu ermuntert worden, sich unaufhörlich zu produzieren. Selbst meine Mutter meinte, nachdem sie sich zum dritten Mal «Alle meine Entchen» mit selbst ausgedachter Begleitung auf dem Klavier anhören mußte, matt: «Nun lassen wir mal die Entchen für ein Weilchen schlafen.» Dazu hatte sich der Gast als Weihnachtsgeschenk aller Weihnachtsgeschenke vorgenommen, uns mit einem selbst ausgedachten Ein-Personen-Theaterstück zu Bewunderungsstürmen hinzureißen. Es war eine völlig verworrene Geschichte, in der sich die Jungfrau Maria, von der Autorin selbst dargestellt, mit einem Teddybär unterhielt. Als sie mit einem Knicks das Ende des Stückes ankündigte, brachen wir vor Erleichterung in hysterisches Gelächter aus. Daraufhin heulte der Gast fast den ganzen Heiligabend in sich hinein, und durch unsere Köpfe geisterten die finstersten Gedanken. Am liebsten hätten wir sie in den Keller gesperrt. Aber Mamsell erbarmte sich und spielte mit ihr so lange Dame und Mühle, wobei das Goldkind natürlich gewann, bis sie sich beruhigt hatte.

Der Heiligabend rückte in diesem Jahr näher und näher, und noch immer schwieg Mutter sich über die Wahl des Gastes aus. Doch als die Spannung fast den Höhepunkt erreicht hatte, ereignete sich so etwas Dramatisches, daß alles andere ins Hintertreffen geriet. Und wem verdankten wir diese herrliche Aufregung? Natürlich mal wieder unserem Bernhardiner Möpschen.

Möpschen zwei hatte nicht den Mut seines Vorgängers. Er war ein ziemlich nervöses, wuseliges Tier, das schon zusammenzuckte, wenn wir nur mit den Türen knallten. Auch mußten wir feststellen, daß er ein kleiner Feigling war, was Gott sei Dank niemand, der ihn so würdevoll auf der Straße entlangtrotten sah, vermutete. Vor allem dann nicht, wenn er seine imposante Stimme hören ließ, so daß selbst die das Hühnerfutter aufpickenden Tauben erschreckt aufflatterten. «Ein richtiger Blender», sagte Vater und betrachtete den Hund kopfschüttelnd, der mal wieder vor dem kampfeslustigen Zwerghahn Reißaus nahm. Besonders fürchtete Möpschen sich vor den Kühen, die schnaubend hinter ihm herstampften, wenn er arglos durch die Koppel lief. Jedoch die größte nervliche Belastung wurde für ihn ein verwilderter Kater. Hier war es anscheinend der Kater, der sich geschworen hatte, den Hund so oder so zur Strecke zu bringen, und nicht umgekehrt, wie es normal gewesen wäre. Daß ihm dies erst im Tode gelang, war eine gewisse Ironie des Schicksals.

Durch sein ungebundenes Leben hatte sich der Kater zu einem Prachtexemplar entwickelt und dazu zu einem Räuber schlimmster Sorte, der sich außer an Hühner- und Fasanenküken und anderem zarten Fleisch mit Vorliebe an Möpschens Futternapf gütlich tat. Der Napf wurde von Mamsell meist vor die Küchentür in den Hof gestellt, weil Möpschen es sehr liebte zu kleckern. Der Hund traute sich nicht, den Kater von seinem Futter zu vertreiben. Einmal hatte er es versucht. Sein Gegner war sofort zum Angriff übergegangen, hatte ihn erst durch den ganzen Garten und dann über den Hof bis zum Backofen gejagt, wo Möpschen in seiner Todesangst am liebsten in die Asche des zum Auskühlen offenstehenden Ofens gekrochen wäre. Sogar in seinen Träumen schien ihn der Kater zu verfolgen. Jedenfalls glaubten wir das, wenn er im Schlaf in höchsten Tönen zu winseln anfing und mit den Pfoten zuckte.

Der Kater wurde von Tag zu Tag dreister, drang sogar eines Nachts in die Küche ein, wälzte sich in dem zum Brotbacken angesetzten Teig, schmiß das Blech mit den Pfefferkuchen auf die Erde und zerkratzte dem aufwinselnden Möpschen die Nase.

«Jetzt reicht's aber wirklich», sagte Vater, und als er den Kater kurz vor Weihnachten an Möpschens Futternapf überraschte, holte er die Büchse aus dem Schrank.

Der Kater schien die Gefahr zu wittern. Er rannte zu der großen Pappel im Garten und kletterte, von Möpschen mit rasendem Gebell verfolgt, auf den höchsten Ast. «Das wird dir nicht viel nützen, mein Freund.» Vater schoß, und der Kater blieb getroffen noch einen Augenblick unbeweglich sitzen, bis er wie ein Stein herunterfiel, Möpschen genau auf den Kopf. Der Hund gab einen herzzerreißenden Schrei von sich und fiel bewußtlos um.

«Hat man da noch Worte?» Vater gab ihm mit der Schuhspitze einen sanften Stups. «Wach auf, du Angsthase.»

Aber es dauerte einige Zeit, bis Möpschen einen tiefen Seufzer tat, schwerfällig aufstand und sich davonschlich. Erst als die Dunkelheit hereingebrochen war, ließ er sich wieder blicken, machte aber immer noch einen sehr verstörten Eindruck. Er tat uns leid. Deshalb stibitzte mein Bruder ein Stück Blutwurst, hielt es ihm unter die Nase und fragte aufmunternd: «Na, wie spricht der Hund?» Doch statt des sonst üblichen freudigen Gebells brachte Möpschen nur eine Art Kickser hervor und verzog sich geniert. Es dauerte einige Zeit, bis wir begriffen: Der verdammte Kater hatte es geschafft, Möpschens prächtiges Organ zum Schweigen zu bringen. Das einzige, was ihm noch gelang, war der eigenartige Kickser, der eher wie ein Schluckauf klang.

«‹Nur ein klanglos Wimmern, ein Schrei von Schmerz entquoll dem zerbrochenen Munde›», zitierte Vater aus Freiligraths «Die Trompete von Vionville» und streichelte ihn. Doch der Hund wollte weder mit ihm noch mit uns etwas zu tun haben. Er wollte nur zu Mamsell, die gerade in der Küche Kartoffeln schälte. Er versteckte seinen dicken Kopf in ihrem Schoß und erzählte ihr mit klagenden Lauten, was ihm Entsetzliches passiert war.

Wir taten alles, um seine Stimme wieder zum Leben zu erwecken. Als erstes versuchten wir es mit «O du fröhliche». Die Platte klang, als ob jemand Kartoffeln raspelte, und die Rillen waren so ausgeleiert, daß nur noch ein ständiges «o, o, o» zu hören war, wenn man der Nadel nicht einen Stups gab. Dieses «o, o, o» hatte Möpschen sonst fürchterlich erregt und zum

Bellen gebracht. Aber er zeigte keine Reaktion, auch nicht bei Beethovens «Für Elise», das Mutter ihm auf dem Klavier vorspielte, und ebensowenig bei den schrillen Lauten, die ich meiner Blockflöte entlockte. Möpschen warf mir nur einen melancholischen Blick zu und begab sich wieder zu seiner geliebten Mamsell. Er folgte ihr seit seinem Unfall wie ein Schatten und wich nicht mehr von ihrer Seite. Sogar aufs Klo versuchte er sie zu begleiten, was sie sich dann aber doch sehr energisch verbat.

Der Bernhardiner wurde im Dorf zum Tagesgespräch. Jedermann war begierig, das Neueste über seinen besorgniserregenden Zustand zu hören. Gab ihm Mamsell wirklich nur noch Sahne zu schlabbern und statt der üblichen Knochen schieres Fleisch? War Möpschen wieder einmal in Ohnmacht gefallen, und stimmte es, daß wir ihn beböten ließen, um den Fluch zu brechen?

Mutter stöhnte. «Können wir nicht mal von was anderem sprechen? Das ist ja schlimmer als damals die Geschichte mit Lisa.»

Lisa war eine zwergische Kuh, die durch mißliche Umstände – der Bulle hatte sich losgerissen und auf sie gestürzt – zu früh gedeckt worden war, so daß ihr Körper vor lauter Anstrengung, ein Kalb zu produzieren, nichts mehr für sein eigenes Wachstum übrigbehalten hatte. Das neugeborene Kälbchen war fast schon so groß wie die Mutter und konnte ihr nach ein paar Monaten mühelos den Kopf lecken. Jedermann interessierte sich für Lisa.

«Es hängt mir wirklich zum Hals raus», fuhr Mutter fort, «dieses schwachsinnige Gerede über einen Hund.»

Vater sah sie an. «Könnte es vielleicht sein», sagte er mit sanfter Stimme, «daß du unsere bohrenden Fragen, wer denn nun eigentlich unser Weihnachtsgast ist, vermißt?»

«Unsinn», sagte Mutter kurz. «Im übrigen habe ich bestimmt schon darüber geredet.»

«Hast du nicht.»

«Nein?» Mutter tat erstaunt.

«Egal, wer es ist, du weißt, wir freuen uns rasend auf ihn», beteuerte Vater.

«Schön, das zu hören.» Mutter machte eine wirkungsvolle Pause. Und einen Augenblick vergaßen wir tatsächlich Möpschen und sein Mißgeschick und warteten bänglich, für wen sie sich entschieden hatte. Vaters schon in der Kehle vorsorglich bereitgehaltenes Wimmern blieb jedoch diesmal aus. Mutters Wahl war auf Vaters ehemaligen Kommandeur gefallen, und den schätzten wir alle. Der pensionierte Oberst war schon ein paarmal bei uns gewesen, und wir durften ihn Onkel Arnold nennen. Als wir ihn das erste Mal zu Gesicht bekamen, waren wir recht enttäuscht. Nach Vaters Schilderungen war er ein Held. Und einen Helden, noch dazu einen hochdekorierten, hatten wir uns wirklich anders vorgestellt. Was da aus dem Wagen geklettert kam, wirkte eher wie eine Mischung aus dem Apotheker in der Reklame «Wenn Petrus grollt, nimm Rachengold» und unserem alten Superintendenten, einem Mann, der keiner Fliege etwas zuleide tun konnte.

Onkel Arnold war ein nicht sehr großer, fuchsig aussehender Mensch, dem kleine Haarbüschel aus den Ohren wuchsen und dessen immer noch dichtes, volles Haar weit in die Stirn reichte. Seine langsame, nölige Sprechweise wirkte zunächst eher einschläfernd als aufmunternd, bis man allmählich mitbekam, daß es sich durchaus lohnte, ihm zuzuhören. Denn Onkel Arnold erwies sich als ein blendender Erzähler, allerdings mit für uns merkwürdigen Ansichten, über Idealisten zum Beispiel: Für ihn waren das höchst fragwürdige Existenzen, die den Menschen erbarmungslos zu bessern versuchten.

Mutter war ganz irritiert. «Ist es nicht wunderbar, Ideale zu haben?» rief sie.

«In gewissen Grenzen vielleicht», räumte der Onkel ein, «aber wirklich nur sehr in Grenzen. Denk doch nur an Robespierre und wie der die Köpfe rollen ließ.»

«Sehr richtig!» rief Vater etwas ungeduldig. Er wollte unbedingt dem Oberst seine neue Errungenschaft, eine hübsche kleine Stute, zeigen. «Können wir jetzt gehen?»

Dem Onkel war anzusehen, daß er lieber im Warmen geblieben wäre. Pferde waren für ihn ein nützliches Fortbewegungsmittel, aber mehr auch nicht. Das konnten wir natürlich nicht so hinnehmen. Waren denn Pferde nicht die edelsten Geschöpfe auf der Welt?

«Das ist Geschmackssache.» Der Onkel lachte. Auch von der Jagd hielt er nicht viel, und schon gar nicht war er darauf erpicht, Sauen zu schießen. «Womöglich habe ich eine Ladehemmung, und das Vieh geht auf mich los!»

Mein Bruder kuckte ihn ungläubig an. «Hast du etwa Angst vor einem Wildschwein?»

«Und ob», sagte der Onkel.

Und so was sollte ein Held sein? Das mußten wir erst verdauen. Helden waren für uns das Höchste. Schlageter zum Beispiel und Schill. «Wohlauf, Kameraden, aufs Pferd, aufs Pferd! Im Kriege, da ist der Mann noch was wert!» Das fanden wir phänomenal. Obwohl wir uns insgeheim eingestehen mußten, daß wir auch ganz schön Schiß vor Wildschweinen hatten. Aber woher kamen dann die vielen Orden des Onkels? Besaß er nicht sogar den «Pour le mérite», die höchste Auszeichnung, die Seine Majestät zu vergeben gehabt hatte?

Das Gesicht des Obersts verzog sich zu einem fuchsigen Lächeln. «Ich sehe euch an der Nasenspitze an, was ihr denkt», sagte er. «Aber was meine Orden betrifft, die habe ich nur meinem Selbsterhaltungstrieb zu verdanken. Not macht eben erfinderisch.»

Das konnte Vater nur bestätigen. Er hatte uns oft erzählt, wie raffiniert Onkel Arnold den Feind an der Nase herumgeführt und ihm eine völlig aus der Luft gegriffene Truppenstärke vorgegaukelt hatte, indem er Kriegsgefangenen falsche Informationen zuspielte, die sie für bare Münze nahmen und mit denen er sie dann entkommen ließ. Als wir ihn darauf ansprachen, spielte er das Ganze herunter und behauptete, all das hätte er schon bei Karl May und Lederstrumpf gelernt. Kriege hielt er für unvermeidlich. Es liege nun mal in der menschlichen Natur, von der Überzeugung durchdrungen zu sein, man müsse sich gegenseitig ab und zu den Schädel einschlagen. Daran lasse sich kaum etwas ändern. Um so wichtiger sei es für einen Soldaten, sein Handwerk zu beherrschen, um Verluste gering zu halten. Dafür war ihm jedes Mittel recht gewesen. Er hatte unsinnige Befehle geschickt unterlaufen – mal war der Melder nicht rechtzeitig eingetroffen, mal die Telefonleitung unterbrochen – und junge Offiziere, die versessen auf Auszeichnungen waren, als erstes mit einem Auftrag ins Feldlazarett geschickt, wo ihnen der mit dem Oberst befreundete Truppenarzt die schlimmsten Fälle zeigte. Danach war der Ehrgeiz meist auf ein gesundes Maß reduziert.

Onkel Arnold war ein angenehmer Hausgenosse, immer bereit zu einer Partie Schach oder Halma, wobei es uns allerdings nicht ein einziges Mal gelang, ihn zu schlagen. Er war ein aufmerksamer Zuhörer und zeigte großes Interesse an den Geschichten und Geschichtchen, die so im Dorf passierten. Dazu gehörte diesmal nach der Kuh Lisa natürlich Möpschens Mißgeschick. «Mein Gott», sagte er anerkennend, «so viel erlebe ich ja in Berlin in einem Jahr nicht. Da pfeift einem höchstens mal eine verirrte Kugel um die Ohren, weil irgendwelche Hitzköpfe meinen, sie müßten zeigen, was in ihnen steckt.»

Onkel Arnold war seit einigen Jahren Witwer. Seinen einzigen Sohn hatte er im Krieg verloren. Aber sonst erfuhren wir aus seinem Leben nur wenig. Natürlich konnte Mutter es nicht lassen, ein wenig auf den Busch zu klopfen. Fühlte er sich nicht jetzt sehr einsam, oder gab es vielleicht jemanden, der einen so netten Menschen wie ihn ein wenig aufmunterte, mit ihm ins Theater und ins Konzert ging? Der Oberst lächelte amüsiert. «Vielleicht, vielleicht. Aber nun möchte ich erst mal alles ganz genau über Möpschens merkwürdiges Verhalten hören.»

«Er ist und bleibt eben ein Angsthase», sagte mein Bruder, womit wir mal wieder beim Thema waren.

Der Oberst nahm meinen Bruder ins Visier. «Wieso ist dieses Tier ein Angsthase? Er schätzt doch die Gefahr völlig richtig ein. Der Kater war ihm haushoch überlegen. Du kennst das Sprichwort: ‹ Wer sich in Gefahr begibt, kommt darin um.›»

«Siehst du?» rief ich beglückt. «Und immer willst du, daß ich mit dem Schlitten den Berg hinter der Kiefernschonung runterfahre, wo man gar nicht richtig steuern kann vor lauter Bäumen.»

«Gutes Beispiel», lobte der Onkel, «eine völlig überflüssige Mutprobe. Ich möchte sagen: naßforsch.»

Mein Bruder gab widerwillig zu, daß da was dran war. Aber bei Möpschen war das doch etwas völlig anderes. Und gleich in Ohnmacht zu fallen! Das fand Onkel Arnold allerdings auch eigenartig. Ohnmächtige Menschen hatte er zu Dutzenden erlebt, im Kadettenkorps zum Beispiel, wenn sie in glühender Sonne in Habachtstellung stehen mußten, bis irgendeine Fürstlichkeit kam, um die Front abzuschreiten. Da waren die Schüler reihenweise umgekippt. Aber ein Hund? Und nun hatte dieses Tier auch noch seine Stimme verloren. Was für ein sensibles Geschöpf! Aber, sagte der Onkel, ob es uns nun passe oder nicht, Angst sei geradezu lebensnotwendig. Nur völlig phantasielose Menschen besäßen keine. Natürlich müsse man, wenn Not am Manne sei, seine Angst überwinden. Und das sei dann der vielgepriesene Mut. «Euer Bernhardiner ist ein sehr kluges Tier, und ich bin fest davon überzeugt: Wenn euch wirkliche Gefahr droht, wird er über seinen Schatten springen.»

«Schön wär's», seufzte Vater. «Aber ich fürchte, jetzt, wo er nicht mal mehr bellen kann, ist er mehr denn je eine attraktive Attrappe. Im übrigen, Arnold, hast du recht mit dem, was du naßforsch nennst.» Und mit einem bedeutungsvollen Räuspern zu meinem Bruder: «Nicht wahr, mein Sohn?»

Das wollte mein Bruder ja nun nicht auf sich sitzen lassen. «Du sagst doch immer: Stellt euch nicht so an. Nehmt euch gefälligst zusammen! Wenn ich zum Beispiel nicht auf Robert reiten will, weil der immer versucht, einen an den Bäumen abzuscheuern.»

«Der Junge hat ja so recht», sagte Mutter.

«Und wenn ich mir eine Bemerkung erlauben darf, das Wort Angsthase stammt von dir. Du hast es gern benutzt, wenn das Kind nicht ins Wasser wollte.»

Der Onkel grinste, und Vater sagte: «Apropos Wasser. Der See ist zugefroren und hält bereits. So ein schönes Weihnachtswetter haben wir seit vielen Jahren nicht mehr gehabt.» Es stimmte. Statt des üblichen Matschwetters kurz vor Weihnachten hatte es seit mehreren Tagen stark gefroren, und ein leichter Rauhreif sorgte zusätzlich für festliche Stimmung, wie das blankgeputzte Haus, die brennenden Kerzen auf dem Adventskranz und die Regensburger Domspatzen, die zum x-ten Male plärrten: «Schlafe, mein Prinzchen, schlaf ein.»

So verlief denn auch das Weihnachtsfest voller Harmonie, bis auf einige kleine unwichtige Dissonanzen, die Mutter wie immer souverän meisterte. Dabei war sie selbst betroffen, weil Möpschen wieder einmal sein Sabbermaul an ihrem neuen Samtkleid abwischte, was auf dem resedafarbenen Rock einen häßlichen Fleck gab. Dann konnte mein Bruder seine Enttäuschung darüber nicht ganz verbergen, daß er statt einer neuen Lok ein Paar Schmierstiefel bekam, deren Qualität Vater gar nicht genug rühmen konnte. Nicht direkt maulig, aber doch kurz davor, fand er auch nicht die überströmenden Dankesworte, die Onkel Arnold für sein Geschenk hätte erwarten können. Es war ein naturgetreues, ziemlich großes Pferdegespann, makellos geschnitzt, und ein dazugehöriger Wagen. Außerdem war es das Lieblingsspielzeug seines gefallenen Sohnes gewesen, und er hatte es sich für meinen Bruder sozusagen vom Herzen gerissen. Der Oberst trug Billis zurückhaltenden Dank mit gemessener Würde. Aber eine gewisse Enttäuschung war ihm anzumerken. Mutter jedoch rettete mal wieder unseren Ruf, nette Kinder zu sein, und bannte die Gefahr, daß der Onkel womöglich meinen Bruder insgeheim einen flapsigen Burschen nannte. Sie zeigte die Begeisterung, die Billi so vermissen ließ. «Seht nur, ist es nicht entzückend? Und wie sorgfältig gearbeitet!»

Vater stimmte in den Lobgesang ein, und so schafften es meine Eltern tatsächlich, daß mein Bruder zumindest so viel Interesse zeigte, daß er mir streng untersagte, die Pferde auch nur zu berühren. «Nimm bloß deine unegalen Pfoten von meinen Sachen, sonst kannst du was erleben!»

Die Weihnachtsgeschichte war, einige Male von den Alarmrufen meiner Mutter: «Achtung, gleich brennt der ganze Weihnachtsbaum!» unterbrochen, von Vater vorgelesen worden, die Pakete der Patentanten ausgepackt, das Abendessen verzehrt und im Magen jenes angenehme Gefühl erreicht, das vom Genuß zu vieler Süßigkeiten erzeugt wird. Vater und unser Gast hatten begonnen, sich unter brüllendem Gelächter Anekdoten aus der kaiserlichen Armee zu erzählen, wobei die Instruktionsstunden zu ihrem Lieblingsstück im Repertoire gehörten.

«Schütze Meier, was tut der Soldat vor der Schlacht?»

«Er zittert.»

«Aber nicht vor?»

«Angst und Feigheit.»

«Sondern?»

«Mut und Kampfbegier.»

Mutter ließ diese Albernheiten mit mildem Lächeln an sich vorbeirauschen und vertiefte sich in die Weihnachtspost. Wir Kinder beschlossen, noch einmal nach draußen zu gehen. Vater fand das eine Schnapsidee. «Aber meinetwegen.»

«Zieht euch warm an!» rief uns Mutter wie gewöhnlich hinterher.

Doch kaum waren wir im Flur, folgten uns die Erwachsenen. Ja, sogar Mamsell war mit von der Partie, eifersüchtig bewacht von Möpschen, der schon zu knurren anfing, als Onkel Arnold ihr nur galant in den Mantel half. Als wir den See erreicht hatten und Möpschen die spiegelglatte Fläche im Mondschein sah und das Eis seufzen und knacken hörte, weigerte er sich wie jedes Jahr standhaft, uns auf den See zu folgen. Winselnd und jaulend blieb er am Ufer zurück und sah zu, wie sich seine geliebte Mamsell von ihm entfernte. «Der Hund hat recht, es ist wirklich verteufelt glatt», sagte Vater. Und da war es auch schon passiert: Mamsell kam mit einem Aufschrei ins Rutschen, griff haltsuchend nach Onkel Arnold, der wiederum nach Vater, während Mamsell mit einem lauten Juchzer zu Boden ging.

Das war Möpschens Stunde. Kein Zweifel, die Männer waren drauf und dran, seine geliebte Mamsell umzubringen. Er mußte sie retten. Wie eine Billardkugel kam er auf uns zugeschossen und biß sich an Onkel Arnolds glücklicherweise gut gepolstertem Stiefel fest. Das Durcheinander war vollkommen, und es dauerte einige Zeit, bis jeder wieder auf den Beinen stand und Onkel Arnold seinen Stiefel von Möpschen befreit hatte. Doch Onkel Arnold war weit davon entfernt, Möpschen seinen Angriff übelzunehmen, ja er streichelte ihn sogar gerührt und sagte: «Seht ihr? Das ist Mut.»

«Kuckt mal», sagte Mutter und deutete auf den Sternenhimmel, der sich wolkenlos in erhabener Größe über uns wölbte. «Ist es nicht wundervoll?» Wir starrten andächtig nach oben. Einen Augenblick war es so still, daß wir unsere

Schutzengel flüstern hörten, was wir doch für eine gräßlich anstrengende Familie seien. Nicht mal am Heiligabend hätten sie Zeit, auf einer Wolke zu sitzen und Christi Geburt mit einem Hosianna zu begrüßen.

Und dann brach es aus Möpschen hervor. Er bellte und bellte und bellte, und seine Stimme schallte so majestätisch über den See, daß das Schilf erschrocken zu rascheln begann.

## 9  Das Überraschungsgeschenk

Das Ehepaar Schott verbrachte diesmal das Weihnachtsfest nicht in seinen eigenen vier Wänden. Sie waren der flehentlichen Bitte einer frisch verwitweten Kollegin von Herrn Schott gefolgt und zu ihr in das kleine Dorf gefahren. Das bedeutete kein allzu großes Opfer. Die Kollegin besaß ein hübsches Haus mit weitem Blick über die Landschaft, was Herrn Schott schon auf der Fahrt dorthin wieder einmal dazu brachte, ausgiebig von seiner seligen Kindheit auf dem Land zu sprechen, deren ausführliche Schilderung Frau Schott inzwischen herbeten konnte. Natürlich drehte es sich um all die Dinge, die es inzwischen längst nicht mehr gab, wie mit Pferd und Wagen Heu einfahren, auf dessen duftender Fülle der kleine Heinz thronte, den einschläfernden Singsang der Dreschmaschine, den Taubenschlag mit den gurrenden Tauben, das Trillern der Lerchen, wenn er durch die Felder lief, und nachts höchstens das Geräusch muhender Kühe und das Bellen des wachsamen Hofhundes. Und all die herrlichen Düfte nach selbstgebackenem Brot, siedenden Wellwürsten vom Schlachten, durchs Seihtuch tropfenden Obstsäften und frischgewaschener Wäsche, die, wollte man Herrn Schott glauben, von seiner Großmutter noch eigenhändig in einem vorbeifließenden, natürlich kristallklaren Bach gewaschen worden war. Und er durfte ihr dann helfen, sie nach Haus zu tragen.

Frau Schott konnte seine Begeisterung nicht teilen. Sie war froh, ihre Wäsche nicht mehr auf einem Wäschebrett rubbeln zu müssen. Und Kachelöfen mochten ja gesund sein und in ihrer Röhre gebratene Äpfel köstlich schmecken, aber eine Ölheizung machte weniger Arbeit, und die Mikrowelle tat es ebenso. Und was die vielen herrlichen Gerüche betraf, die seiner Meinung nach zu einer gemütlichen Küche gehörten, so wären diese wohl von ihren Nachbarn eher mit Mißfallen registriert worden.

Wie immer, hörte sie nur halb hin. «Und dann diese Ruhe», wiederholte Herr Schott zum x-ten Mal verträumt. «Nur der Wind in den Bäumen und nachts höchstens mal ein Käuzchen. Das waren noch Zeiten. Wenn ich da an unsere Wohnung denke – alle Augenblicke Tatütata von der Feuerwehr oder Motorradgeknatter.»

«So oft ja nun auch wieder nicht.» Frau Schott gähnte.

Aber er ließ ihren Einwand nicht gelten. «Wenn es nicht das ist, ist es etwas anderes.»
«Was denn?» fragte Frau Schott.
«Ist doch egal.»
Frau Schott seufzte. Warum sich aufregen. Ihr Heinz dachte nun mal lieber rückwärts als vorwärts und liebte es, die Vergangenheit zu verklären. So trauerte er noch immer der vorangegangenen Wohnung nach. Allein dieser märchenhafte Blick, den sie vom Wohnzimmer aus gehabt hatten. Einmalig! Dabei war die Aussicht nun wirklich nicht doll gewesen. Ein enger Hinterhof, hübsch bepflanzt, mit einem Apfelbaum in der Mitte. Es gab aber auch viel Mauerwerk, das dringend mal wieder hätte getüncht werden müssen. Auch von der alten Küche schwärmte er, dabei hatte er damals oft genug über die verrotteten Bleirohre gemurrt, die dauernd verstopft waren.
Aber irgendeine Schwäche hatte schließlich jeder, und im großen und ganzen war doch ihr Heinz ein angenehmer Mensch, mit dem es sich gut leben ließ. Auch wenn er ein Meister darin war, spontane Entschlüsse zu fassen und sie damit zu überraschen. Manches löste bei ihr nur momentanen Ärger aus, wie zum Beispiel, als sie ihn zum Einkaufen schickte und er mit einem Sonderposten rosa Toilettenpapier zurückkam. Zu der Wohnung gehörte nur ein winziger

Boden, und so blieb ihr nichts anderes übrig, als die hundert Rollen im Schlafzimmer bis zur Decke um den Kleiderschrank herum zu stapeln, so daß es aussah, als sei er mit einer rosa Girlande geschmückt. Die Freundinnen warfen sich verständnisvolle Blicke zu, meinten, in manchen Urlaubsländern hole man sich schnell eine hartnäckige Darminfektion weg, und empfahlen ihren Hausarzt, der auf diesem Gebiet eine Kapazität sei. Auch das Monstrum an Maschine, in der man dreißig Portionen Joghurt herstellen konnte, sowie der Korkenzieher, mit dem man eher die Flasche kaputtkriegte als den Korken heraus, brachten sie nicht allzusehr aus der Fassung. Schlimmer war da schon der Videorecorder, vor dessen unverständlicher Bedienungsanleitung nicht nur Herr Schott selbst, sondern sogar der zu guter Letzt zu Rate gezogene Fernsehtechniker kapitulieren mußte. Jedoch auch hier hielt sich Frau Schotts Ärger noch in Grenzen. Aber ein paarmal war ihr Mann entschieden zu weit gegangen, und sie hatte daraufhin schon zweimal gedroht, ihn zu verlassen. Das Schlimmste war die hanebüchene Reise, die er hinter ihrem Rücken gebucht hatte, ein Abenteuerurlaub, bei dem sie, anstatt gemütlich am Strand in der Sonne zu liegen, bei abwechselnd glühender Hitze oder Regengüssen in einer Gruppe viele Kilometer durch eine unwirtliche Gegend stapfen mußte und sich dann am Abend in primitivsten Unterkünften ohne jeden Komfort schlaflos vor Muskelkater im Bett wälzte. Nach drei Tagen brach Frau Schott das Unternehmen ab und fuhr allein nach Haus.

Manchmal war es ihr auch gelungen, eine dieser Überraschungen rechtzeitig wieder rückgängig zu machen, wofür sie alle Hebel in Bewegung setzen mußte, wie etwa die dubiose Lebensversicherung, die sich ihr Heinz hatte aufschwatzen lassen, das Auto, bei dem man das Gefühl hatte, auf der Erde zu sitzen, dafür aber mit dreihundert Stundenkilometern über die Autobahn jagen konnte, und dann dieses Monster von Hund! Seine stets in anklagendem Ton vorgebrachte Verteidigung «Ich hab's doch nur für dich getan!» ließ sie manchmal vergessen, daß für die sich anschließende lautstarke Auseinandersetzung die Wände ihrer Wohnung reichlich dünn waren.

«Nun sind wir bald da», sagte Herr Schott und deutete auf ein Schild, das die Entfernung bis zu dem Dorf angab. Sie nickte. Sie hatte zuerst bei dieser Einladung einige Bedenken gehabt. Womöglich ging man damit eine Verpflichtung ein, die man später bereute. Andererseits war es natürlich schön, einmal selbst von jeder Weihnachtsvorbereitung befreit zu sein und sich nicht mit Kochen und Backen abplagen zu müssen. Das betraf besonders den Stollen, der ja bei Heinz eine so riesige Rolle spielte, weil das Rezept noch von seiner Großmutter stammte und daher zu seinen seligen Kindheitserinnerungen gehörte. Sie begann sich jetzt richtig zu freuen. Es hatte den ganzen Tag geregnet, aber nun hatte es aufgehört, und rötliche Wolken, die Frau Schott unwillkürlich an das unselige Toilettenpapier erinnerten, begleiteten sie am Abendhimmel, als sie die von Häusern gesäumte Straße bis zum Ortskern des Dorfes fuhren. Um den Marktplatz gruppierten sich einige hübsche Fachwerkhäuser, und ein stattlicher, mit elektrischen Kerzen bestückter Weihnachtsbaum hieß sie willkommen. Sehr schnell ließen sie das Dorf hinter sich. Wälder und Wiesen begannen, die aber von Neubauten umgeben waren, so daß die Landschaft von übergroßen Glühwürmchen betupft schien. Eins dieser Glühwürmchen war das Haus von Herrn Schotts Kollegin. Sie stiegen aus dem Auto, und Herr Schott blieb einen Augenblick stehen. Er atmete tief durch. «Schon allein diese würzige Luft», schwärmte er. «Na, dann wollen wir mal.»

Die Witwe erwies sich als eine reizende Gastgeberin. Das behagliche Fremdenzimmer war mit Blumen geschmückt, Mineralwasser stand bereit und frisches Obst in einer edlen Schale.

Frau Schott zog die Gardine zurück und genoß den weiten Blick über das Land.

Der Heiligabend verlief harmonisch und stimmungsvoll. Herrn Schotts Erinnerungen an seine Kindheit begannen wieder heftig zu sprudeln, und es dauerte eine Zeit, bis Frau Schott ihn mit Räuspern und scharfen Blicken daran erinnern konnte, daß die Gastgeberin vielleicht auch mal gern zu Worte kommen würde. Herr Schott schwieg gehorsam, und die junge Witwe war endlich an der Reihe, über ihre Probleme zu sprechen. Da Herr Schott sich nun alle Mühe gab, ein aufmerksamer Zuhörer zu sein, fand Frau Schott Gelegenheit, sich schon ein wenig früher zurückzuziehen. Als sie gerade eingeschlafen war, weckte sie ihr Mann. Er wirkte sehr aufgekratzt und bat sie inständig, doch noch einen kleinen Spaziergang mit ihm durch diese herrliche Weihnachtsnacht zu machen. Schlaftrunken griff seine Frau nach der Uhr. «Jetzt, um diese Zeit? Es ist ja schon Mitternacht vorbei.»

«Sei kein Frosch», bat er zärtlich und streichelte sie. «Sieh nur diesen wundervollen Mond. Und dann der Rauhreif! Tu mir doch den Gefallen.»

«Meinetwegen», sagte Frau Schott großzügig und zog sich an.

In dem hellen Mondlicht ließ es sich gut laufen, und auf den Feldwegen war es auch nicht glatt. Der Rauhreif hatte Felder, Koppeln und Wald überzuckert, und die Sterne funkelten prächtig.

«Gib's zu», sagte Herr Schott, «du findest es doch auch wundervoll.»

Frau Schott gab es zu. Es war wirklich ein Erlebnis. «Irgendwie ist man hier dem Himmel näher», sagte sie andächtig.

«Und dann diese herrliche Stille!» rief Herr Schott unangebracht laut.

«Pscht!» sagte Frau Schott. «Mach nicht solch einen Lärm.»

«Du hast recht», sagte Herr Schott. «Ich habe neulich gelesen, Lärm kommt von Alarm. Mit Krach soll man früher seine Feinde vertrieben haben.»

«Und die Stare», ergänzte Frau Schott lachend. «Jedenfalls hast du immer erzählt, daß ihr leere Konservendosen in die Kirschbäume gehängt habt.»

Arm in Arm kehrten sie ins Haus zurück, schlichen leise, um die Gastgeberin nicht zu wecken, die Treppe hinauf zu ihrem Fremdenzimmer und schlüpften ins Bett.

Frau Schott war kurz davor einzuschlafen, als ihr Mann ihr ins Ohr flüsterte: «Ich habe eine tolle Überraschung für dich. Doch die verrate ich erst morgen. Du wirst staunen.» Davon war

Frau Schott fest überzeugt, aber sie war zu müde, um zu erschrecken. Und so war sie eingeschlafen, ehe sie ins Grübeln kommen konnte.

Als sie am nächsten Morgen erwachte, blendete sie herrlicher Sonnenschein. Die Landschaft sah noch immer wie gepudert aus, und ihr Heinz hüpfte äußerst vergnügt in Unterhosen, aber schon in Hemd und Schlips, durchs Zimmer. Da fiel ihr plötzlich wieder ein, daß er ihr etwas erzählen wollte. «Was für eine Überraschung hast du denn nun für mich in petto?» fragte sie. Das Hochgefühl nach dem erquickenden Schlaf in dieser herrlichen Ruhe machte sie sorglos. Um so härter traf sie der Schlag, den ihr Herr Schott mit seiner Überraschung versetzte. «Du hast das Haus gekauft?» Sie sah ihn ungläubig an. «Ohne mit mir vorher darüber zu sprechen? Einfach so?»

«Nicht einfach so», verteidigte sich Herr Schott. «Die Kollegin hat schon lange mit dem Gedanken gespielt, schon als ihr Mann noch lebte. Aber ich habe sie gebeten, dir nichts zu verraten. Es sollte doch eine Überraschung sein. Freust du dich nicht?»

«Wahnsinnig.» Frau Schotts Hochgefühl war einer anderen Empfindung gewichen. Ihr war, als stünde sie auf einem Gleis und sehe einen Zug auf sich zurasen. «Du mußt übergeschnapp sein. Wovon willst du das überhaupt bezahlen?»

«Auf Raten natürlich. Sie ist mir da sehr entgegengekommen, so daß ich es mit einem Kredit gut schaffen werde. Ich habe schon mit der Bank gesprochen. Der Zinssatz ist im Augenblick sehr günstig. Den Bausparvertrag habe ich ja noch.»

«Von was für einem Bausparvertrag redest du da?» Seine Frau war völlig verwirrt, und es stellte sich heraus, daß Herr Schott nicht nur einen Bausparvertrag hinter ihrem Rücken abgeschlossen hatte, sondern ihm irgendwann mal das Glück zuteil geworden war, beim gemeinsamen Lottospielen mit seinem Kegelclub eine stattliche Summe zu gewinnen. Das war zuviel für Frau Schotts Nerven. Sie begann zu weinen.

«Aber ich habe es doch nur für dich getan!» rief Herr Schott, nun ziemlich beunruhigt. «Ich wollte dir eine Freude machen. Dieses Haus ist sozusagen mein Weihnachtsgeschenk.»

«Steck es dir doch sonstwohin», schluchzte Frau Schott. «Glaubst du, ich habe Lust, den Rest meines Lebens in dieser Einöde zu verbringen? Und überhaupt, was wird aus unserer schönen Wohnung?»

«Die wird meine Kollegin gern übernehmen. So können wir uns mit allem Zeit lassen und brauchen den Umzug nicht zu überstürzen. Es kommt ihr überhaupt nicht auf einen Monat an. Und überleg doch mal: Bis zu meiner Pensionierung ist es nicht mehr lange hin. Was sollen wir dann noch in dieser gräßlichen Stadt? Denk allein an die wachsende Kriminalität! Erinnerst du dich noch, was mit dieser netten Frau Weber passiert ist?»

Frau Schott wollte sich nicht erinnern, obwohl es natürlich traurig war, daß die nette Frau mit einem Schock ins Krankenhaus mußte, nachdem ein Jugendlicher versucht hatte, ihr die Handtasche wegzureißen. Herr Schott mußte alle Künste spielen lassen, um den Ehefrieden wiederherzustellen. Glücklicherweise fand er Unterstützung bei der Kollegin. Sie hatte volles Verständnis für Frau Schott und stellte ihnen das Haus zehn Tage lang zur Verfügung, damit Frau Schott sich besser mit dem Gedanken an einen Umzug anfreunden konnte. «Schließlich will man ja nicht die Katze im Sack kaufen», sagte sie lächelnd. Und das fand Frau Schott nun wirklich sehr entgegenkommend. Zehn Tage Probewohnen, so großzügig war man in diesem Geschäft selten.

Und tatsächlich: Nach ein paar Tagen sah Frau Schott die Sache nicht mehr ganz so negativ. Das Haus war wirklich entzückend, ausgestattet mit einer Loggia, mit einem Bastelkeller und einem großen Garten mit alten Obstbäumen, der sich direkt an das Feld eines Bauern anschloß. Auch das schöne Wetter trug dazu bei, ihre Stimmung zu bessern. Das Ehepaar machte lange Spaziergänge und war begeistert von der Freundlichkeit, die ihm die Dörfler entgegenbrachten. Das galt hauptsächlich für den kleinen Laden, in dem sie die einzigen Kunden waren und wo man sich sofort erbot, wenn nötig, alles zu liefern, was gewünscht wurde. Zufrieden verließen sie das Geschäft und waren sich einig darüber, wie nett die Menschen hier noch waren, so ganz anders als in der Stadt. Irgendwie persönlicher. Obwohl Frau Schott zugeben mußte, daß die Preise ziemlich gepfeffert waren und das Gemüse verständlicherweise zu dieser Jahreszeit weniger frisch. Die an ihnen vorbeiradelnden Kinder grüßten höflich, und der Apotheker gab sich als Dorfchronist zu erkennen und erzählte ihnen alles, was er über die Entstehung des Dorfes und über dessen Bewohner zusammengetragen hatte. Es war sogar ein kleines Büchlein von ihm erschienen, das sie gern von ihm erwarben, um sich ein Bild über die geschichtliche Vergangenheit zu machen. Eins war sicher: Der Ort war schon sehr alt und berühmt für eine Art Fisch, die es angeblich nirgendwo sonst gab.

Als die Kollegin zurückkam, freute sie sich

über die gute Stimmung im Haus. Sie hatte die Schottsche Wohnung besichtigt und war von ihr begeistert, auch von der Einrichtung, und schlug deshalb vor, die Wohnungen doch einfach zu tauschen. Wie sie feststellen konnte, hätten sie ja den gleichen Geschmack.

Nach kurzem Zögern willigte Frau Schott ein. Beide Frauen hatten ihre Einrichtung gut in Schuß. Frau Schott kam es sogar so vor, als mache sie hier einen vorteilhaften Tausch. Deshalb war sie ein wenig überrascht von dem Angebot. Aber der Grund war wahrscheinlich, daß die Witwe ein neues Leben beginnen und möglichst wenig an ihren schmerzlichen Verlust erinnert werden wollte. Frau Schott machte sie fairerweise darauf aufmerksam, daß die Feuerwache nicht weit entfernt von der Wohnung liege und die Nachtruhe gelegentlich durch Motorräder und grölende Betrunkene aus der griechischen Kneipe gegenüber gestört werde. Aber das war der Kollegin egal. Ein paar Mankos müsse man überall in Kauf nehmen. Und die Großstadt sei nun mal das, was ihr jetzt guttue, genau das Richtige, um sie abzulenken.

Der Umzug beider Parteien vollzog sich problemlos, und zu ihrem eigenen Erstaunen gewöhnte sich Frau Schott schnell an das dörfliche Leben. Glücklicherweise schien sich die Kollegin in der Schottschen Wohnung ebenfalls sehr wohl zu fühlen. Jedenfalls äußerte sie sich bei gelegentlichen Telefongesprächen hochzufrieden. Herr Schott wiederum hatte einen Schleichweg durch die Felder gefunden, auf dem es sehr viel weniger Verkehr gab, so daß er die Strecke bis zu seinem Büro schneller bewältigte, als er gedacht hatte.

«Noch», sagte ihr neuer Freund, der nette Apotheker, trocken.

«Wieso?» Herr Schott sah ihn fragend an.

«Wenn's mit der Bestellung losgeht, benutzen ihn nur die Bauern», erklärte er. «Und so ein Trecker ist nicht gerade ein Porsche.»

Die Schotts lachten herzlich. «Wirklich ein netter Kerl», sagte Herr Schott auf dem Heimweg und schnupperte. «Was stinkt denn hier so mörderisch?»

«Das ist die Gülle», erklärte Frau Schott munter. «Die wird jetzt aufs Feld gefahren. Du als Landkind müßtest das eigentlich wissen. Im Märzen der Bauer sein Rößlein einspannt.» Und Herrn Schott fiel ein, daß er erst vor ein paar Tagen hinter so einem Güllewagen hergezockelt war.

«Du bist eben nicht so geruchsempfindlich wie ich», sagte er leicht verstimmt.

Frau Schott lachte und sah auf die Uhr. «Ich bin bei den Grentzens zum Kaffee eingeladen.»

«Die viele Sahnetorte sieht man dir allmählich an», sagte Herr Schott ungewohnt bissig und warf einen anzüglichen Blick auf ihre etwas voller gewordene Figur. «Bestell Herrn Grentz mal einen schönen Gruß von mir und sag ihm, klassische Musik gehört in den Konzertsaal und muß einem nicht von früh bis abends in Gottes freier Natur die Ohren volldröhnen. Diese ewige Beschallung ist ja nicht auszuhalten. Zumindest könnte er mal das Band wechseln und was anderes ablaufen lassen als nur Vivaldi.»

«Mir gefällt's», sagte Frau Schott. «Du solltest dich freuen, daß es hier Menschen gibt, die sich für klassische Musik begeistern.»

Herr Schott lenkte ein. «Vielleicht hast du recht. Und was die Gülle betrifft, müssen wir eben mal für ein paar Stunden die Fenster geschlossen halten.» Aber ein bißchen länger dauerte es schon, und Herr Schott atmete geradezu erleichtert die benzingeschwängerte Stadtluft ein.

Die Zeit der Obstblüte kam und wurde von frostigen Nächten bedroht, was nach sich zog, daß Herr Schott bei dem Krach der Turbinen, die die Berieselungsanlage in Gang hielten, nicht einschlafen konnte. Auch bekam er ein Strafmandat, weil seine Abkürzung nur für landwirtschaftliche Fahrzeuge zugelassen war. Dazu war er jetzt an den Wochenenden meistens allein, weil seine Frau dank des rührigen

Apothekers immer mehr in das dörfliche Leben einbezogen wurde. Ganz begeistert berichtete sie dann ihrem Mann von all dem herrlichen Klatsch, den sie zu hören bekommen hatte: daß die unscheinbare Matrone in dem kleinen Kramladen, die da freundlich zwischen Tellern und Tassen, Nägeln, Bindfaden, Taschenlampenbatterien, Seifenständern, Schulheften und Briefpapier herumschusselte, bereits dreimal verheiratet und für das Dorf eine Art Kurtisane gewesen und wohl immer noch sei, nach der die Männer Schlange standen; und dann die Sozialhilfeempfängerin mit ihrem durchaus vermögenden Lebensgefährten, die ihre Sozialhilfe beim Friseur verschleuderte und sich mit allem herrichten ließ, was gut und teuer war, und dazu noch einen großen Aufwand mit ihren Nägeln trieb.

Doch Herr Schott zeigte wenig Interesse an diesen Berichten, seine Kollegin am Telefon dafür um so mehr, und wie es Frau Schott vorkam, schien ihr dieser Dorfklatsch direkt zu fehlen. Jedenfalls konnte sie gar nicht genug davon hören, mußte aber dann zu ihrem Leidwesen abrupt Schluß machen, denn die Feuerwehr raste mal wieder an ihrem Haus vorbei, und man konnte sein eigenes Wort nicht verstehen.

Angeregt durch den Apotheker, begann Frau Schott sich sehr für Heimatkunde zu interessieren. Er zeigte ihr die Sehenswürdigkeiten der Gegend, besichtigte mit ihr Museen und Kirchen und lud sie zu Orgelkonzerten ein.

Während Herr Schott begonnen hatte, Gemeinde und Landrat mit Beschwerdebriefen über ruhestörenden Lärm – nächtliches Spritzen der Obstbäume gegen Ungeziefer, Böllerschüsse, um die Stare von den Kirschen fernzuhalten, ratternde Trecker zu jeder Tageszeit und überlaute Musik vom Nachbarhof – zu bombardieren, und die Wochenenden damit verbrachte, sie zu entwerfen, tanzte seine Frau auf dem Feuerwehrball, half beim Kränzebinden, nahm an gemeinsamen Butterfahrten teil und amüsierte sich köstlich auf dem Schützenfest. «Nett, daß man dich auch mal sieht», sagte Herr Schott verdrossen, wenn sie fröhlich, ein Lebkuchenherz umgehängt, nach Haus kam, und brütete dann weiter finster vor sich hin.

Doch eines Tages schien er seinen Ärger überwunden zu haben. Er wurde wieder umgänglicher und gesprächig, was vielleicht damit zu tun hatte, daß jetzt, so kurz vor Weihnachten, wieder absolute Ruhe auf Feldern und Obstplantagen herrschte und ihm niemand mehr die Abkürzung in die Stadt streitig machte. Auch bemerkte Frau Schott mit Erleichterung, daß er seiner Umwelt gegenüber sehr viel toleranter geworden war. Er regte sich nicht einmal mehr auf, als Herr Grentz vom Nachbarhof seine Kühe beim Melken mit Weihnachtsliedern zu erfreuen versuchte und «O Tannenbaum, o Tannenbaum, wie grün sind deine Blätter» trotz der geschlossenen Thermopanefenster im ganzen Haus zu hören war. Ein wenig schuldbewußt nahm sich seine Frau vor, wieder mehr auf ihn einzugehen. «Erzähl mir doch mal wieder ein bißchen von früher», sagte sie, «vom Leben auf dem Lande.»

Aber er schüttelte den Kopf und sagte: «Ein andermal.» Jetzt müsse er noch mal weg, zurück in die Stadt. Er habe dort etwas Dringendes zu erledigen.

Einen Augenblick überfiel sie ein gewisses Unbehagen. Hoffentlich besorgte er nicht eins von seinen verrückten Geschenken, mit denen man dann seine Last hatte, sie wieder loszuwerden. Aber reumütig verbot sie sich solche häßlichen Gedanken. Im Grunde genommen hatte er es ja immer gut mit ihr gemeint und ihr eine Freude machen wollen. Und das war schließlich die Hauptsache. Er telefonierte jetzt oft hinter verschlossener Tür und sagte, als sie ihn wegen seiner Geheimniskrämerei ein wenig neckte: «Eins kann ich dir jedenfalls versprechen: Du wirst mächtig staunen!»

«Da bin ich mir ganz sicher», sagte sie trocken.

Der Heiligabend war gekommen, und sie beschlossen, ebenso wie im letzten Jahr einen mitternächtlichen Spaziergang zu machen. Hand in Hand wanderten sie die ihnen längst vertrauten Feldwege entlang, die wie im Jahr davor mit Rauhreif bedeckt waren. Und während ihre Gesichter vom kalten Ostwind brannten und am Himmel die Sterne funkelten, blieb Herr Schott stehen und sagte feierlich: «Jetzt verrat ich's dir, was ich mir für dich ausgedacht habe!»

Ihre Hand verkrampfte sich in seinem Parka. Angst überfiel sie. «Was denn?» rief sie schrill.

«Die Sache ist die», erklärte Herr Schott, «meine Kollegin wollte unbedingt das Haus wieder zurückhaben. Und nun gehört es wieder ihr. Ich muß sagen, ich habe ein gutes Schnäppchen dabei gemacht. Und das beste daran ist, wir können wieder in unsere alte Wohnung zurück. Freust du dich?»

Frau Schott starrte ihren Mann an.

«Jauchzet, frohlocket, auf, preiset die Tage...» hallte es vom Nachbarhof.

# Benjamin, ich hab nichts anzuziehn
Neue Weihnachtsgeschichten

**PIPER**

# Inhalt

1. Keine Chance für Lola  7
2. Geliebte Landplagen  23
3. Spaß gehabt  41
4. Unverhofft kommt oft  60
5. Welke Blätter  72
6. Das fünfte Rad am Wagen  88
7. Das Weihnachtsmenü  104
8. Die zündende Idee  118
9. Die Gartenzwerge  134
10. Glück im Winkel  147

# 1 Keine Chance für Lola

Madeleine war ein typisches Kind der heutigen Zeit. Man konnte unmöglich Magda heißen, und die Karriere stand auch schon fest: Serienstar oder Topmodel. In beiden Berufen hatte sie sich bereits als Kleinkind bewährt. Zunächst konnten ihre Eltern sie in einem Katalog mit Strampelanzug bewundern und später in einem Werbespot, bei dem sie wieder und wieder mit anderen Kindern über eine Wiese tollte und zum Abschluss unter vielen Ahs und Ohs gierig ein Getränk in sich hineinschlürfte. Es musste ein furchtbares Gesöff gewesen sein, jedenfalls versetzte es die Kindermägen in solche Wut, dass die Mütter alle Hände voll zu tun hatten, ihre Sprösslinge zu beruhigen, die heulend im Gras herumstanden und spuckten. Im Branchenjargon kannte sie sich besser aus als in der Grammatik. Ihr Satz «Gib mich mal die Outdoor-Jacke» wurde viel belacht, und man speicherte ihn voller Rührung im Gedächtnis, um ihn gelegentlich bei Familienfeiern zum Besten zu geben. Auf die sorgfältige Zusammenstellung ihrer täglichen Garderobe verwendete Madeleine weit mehr Zeit als auf die Schularbeiten. Das endete meist mit dem Ausruf: «Ich hab nichts anzuziehn!», was die Mutter undankbar nannte, jedoch dem Vater ein schmunzelndes «Der Apfel fällt nicht weit vom Stamm» entlockte. Aber auch ihm ging sein geliebter Putzaffe auf die Nerven. Eben noch hatte sie ihn in Jeans und herzig besticktem Blüschen angebettelt, mit ihr einen Spaziergang zu machen, Minuten später, als er sich widerstrebend aus seinem Stuhl erhob und nach dem Hausschlüssel griff, erblickte er neben sich eine Art Nixe im gerüschten Badeanzug und mit irgendetwas ebenso Gerüschtem auf dem Kopf, die Lippen rot angemalt und die Wimpern getuscht. Und zu allem Überfluss lispelte dieses Wesen noch durch eine Zahnlücke: «Wie seh ich aus, Papi?» Die Reaktion fiel entsprechend aus. «Dir fehlt wohl eine Latte im Zaun!», rief der entsetzte Vater. Ihre Mundwinkel senkten sich bedenklich, und als er sich strikt weigerte, in diesem Aufzug mit ihr auf die Straße zu gehen, gab es ein lautes Gebrüll. Sein Versuch, ihren Zornesausbruch mit einem Klaps zu stoppen, schlug fehl. Dafür schloss sich ein elterliches Streitgespräch an über Sinn und Unsinn solcher pädagogischer Maßnahmen. «Ein Kind zu schlagen, das ist doch wohl das Letzte!», empörte sich die Mutter.

«Nun mach aber mal halblang», verteidigte sich der Vater, «ein Klaps ist kein Schlag», und er wies den Vorwurf, er werde womöglich das Kind auch noch schütteln, wo man doch immer wieder lesen konnte, wie gefährlich so etwas für ein kleines Gehirn war, weit von sich.

Das Für und Wider solcher Strafen ging hin und her, bis ihn Madeleine am Ärmel zupfte. «Papi», sagte sie ungeduldig, «nun komm doch endlich.» Er drehte sich zu ihr um und stellte fest, sie hatte sich zum dritten Mal auf wundersame Weise verwandelt. Sie trug jetzt einen großen Strohhut und darunter ihr giftgrünes Laura-Ashley-Kleid, ein Geschenk der Uralttante, von Vater nur der Familienrestbestand genannt, die nicht versäumt hatte, mehrfach darauf hinzuweisen, was dieser Fetzen für ein Sündengeld gekostet hatte und dass solche hohen Ausgaben für ein Kind eigentlich gegen jede gute Sitte verstießen.

Madeleines Vater tat einen tiefen Seufzer. «Na, dann wollen wir mal starten.» Angeekelt betrachtete er die schwarz lackierten Nägel seiner Tochter.

Neben ihrem Modefimmel hatte Madeleine auch noch eine Vorliebe für Affen. Sie bevölkerten als kleine und große Plüschtiere das Kinderzimmer und baumelten handgroß aus ihrem Schulranzen. Es gab sie als Poster und Buchstützen, und sie schmückten T-Shirts und Schlafanzug. Der Favorit war ein Äffchen mit gelocktem Fell, das ihre Lieblingspuppe Lola aus ihrem Bett verdrängt hatte. Sogar ihre Garderobe musste die arme Lola opfern. Nackt und bloß, nur notdürftig mit ein wenig Seidenpapier zugedeckt, war sie in einen Karton verbannt worden und kümmerte auf dem Kleiderschrank dahin. Das Äffchen hieß Benjamin nach dem Gartennachbarn, der es ihr geschenkt hatte. Durch ihn, den früheren Tierwärter bei den Affen im Zoo, war ihr Interesse an diesen Tieren geweckt worden. Er hatte sie häufig in den Zoo mitgenommen und ihr viel Wissenswertes über Affen beigebracht, die seiner Meinung nach ja sowieso halbe Menschen waren. Er war Witwer, seine Frau vor vielen Jahren bei einem Bombenangriff umgekommen. Als Madeleines Eltern in ihr Haus zogen, sprang Onkel Benjamin, wie Madeleine ihn nannte, oft als Retter in der Not ein, weil er sich als sehr geschickter Handwerker erwies und dem jungen, unerfahrenen Ehepaar häufig aus der Klemme half, egal, ob es sich um einen Rohrbruch, eine kaputte Lampe oder eine plötzlich ihren Geist aufgebende Waschmaschine handelte. Dazu entpuppte er sich als ein zuverlässiger, besonnener Babysitter, vor dem Madeleine mehr Respekt hatte als vor ihren Eltern und der es ihnen ermöglichte, sich ab und an von der zukünftigen Claudia Schiffer auszuruhen und einen Abend allein zu verbringen. Doch nun war er vor einem Jahr nach einem leichten Schlaganfall in ein nahe gelegenes Altersheim übergesiedelt, wo ihn Madeleine manchmal besuchte, vor allem, wenn sie sich über dies und jenes beklagen wollte, was meist mit dem Wort «dauernd» anfing. Dauernd musste sie Schularbeiten machen, dauernd Flöte üben, dauernd ihr Zimmer aufräumen. Onkel Benjamin äußerte sich selten zu ihren Klagen, sagte höchstens beruhigend «mmhh mmhh» oder «na na» und «irgendwas ist immer». Außerdem war da noch das

Fernsehen, das ihre Eltern ihr nur gelegentlich gewährten. Onkel Benjamin war da schon großzügiger.

Madeleine hatte längst begriffen, wenn man bei den Erwachsenen etwas erreichen wollte, war es ratsam, sie auch mal zu Worte kommen zu lassen und zuzuhören, wenn sie sich ihren Erinnerungen hingaben und dabei dauernd über völlig fremde Menschen sprachen, von denen man keine Ahnung hatte, was sie eigentlich mit allem zu tun hatten. Ganz anders dagegen Onkel Benjamin. Seine Erlebnisse als Affenwärter fand sie nach wie vor spannend, obwohl sie auch diese Geschichten fast auswendig kannte. Etwa die Episode von dem Schimpansen im Kinderwagen, dessen Mutter an einer Lungenentzündung gestorben war. Onkel Benjamin hatte das Affenbaby für die ersten Wochen mit nach Haus genommen. Manchmal war er sogar mit ihm im Kinderwagen spazieren gegangen. Freundliche Spaziergänger, die einen Blick hineinwarfen und fragten: «Junge oder Mädchen?», eilten mit dem erstickten Ausruf «Wie entsetzlich!» davon, ohne die Antwort abzuwarten. Ein andermal, als er einen der Affen durch den Tierpark führte, riss sich dieser von seiner Hand los, rannte hinter einem genüsslich an seinem Eis lutschenden Jungen her, und ruck, zuck war die Eiswaffel weg. «Das Geschrei hättest du hören sollen», sagte Onkel Benjamin dann jedes Mal, und Madeleine sagte verträumt: «Erzähl weiter.»

Noch kurz vor seinem Schlaganfall waren sie regelmäßig zu den Fütterungen gegangen, und er hatte sie oft ermahnt, nicht so herumzuzappeln. Aber Madeleine war nun mal ein quirliges Kind, bestärkt durch ihre Eltern, die anscheinend der Meinung waren, man müsse unbedingt auch das Sinnloseste mit Sinn erfüllen und keine Minute dieses Lebens ungenutzt verstreichen lassen. Ständig kam ihnen die Zeit abhanden, und Madeleines Mutter stöhnte: «Kind, mach zu, beeil dich! Wir haben schon so viel Zeit verloren durch dein Herumtrödeln.» Onkel Benjamin hingegen war ein ruhender Pol. Bei ihm gab es noch die Dämmerstunde, diese Licht sparende Sitte früherer Generationen, in der man zusammensaß, sich was erzählte oder einfach nur seinen Gedanken nachhing. Bei ihm hatte sie sich abgewöhnt, dauernd zu fragen: «Und was machen wir jetzt?»

Der regelmäßige Besuch eines kleinen Mädchens im Heim erregte allgemeine Aufmerksamkeit, zumal es sich jedes Mal in einer anderen Kleidung und in einer anderen Rolle präsentierte. Mal marschierte es keck in Jeans, eine Baseballmütze schwingend, die spiegelnden Flure entlang und winkte durch die offenen Türen den Bettlägerigen und den Alten in den Sitzecken zu, mal schritt es in feierlicher Pose in einer Art griechischem Gewand hoheitsvoll vorbei oder schlurfte mit hängenden Schultern, den Kopf gebeugt, dahin. Die Versuche der Alten, Madeleine mit Schokolade anzulocken, wurden von Onkel Benjamin sofort im Keim erstickt. Eifersüchtig wachte er darüber, dass ihm niemand dieses Kind wegnahm. Er erwartete sie deshalb, auf seinen Stock gestützt, bereits vor der Tür seines Zimmers und zog sie hastig hinein. Ihr Besuch begann jedes Mal damit, dass sie sich über die Schwester am Empfang beklagte, die sie durch ihre dicken Brillengläser misstrauisch musterte und brummte: «Wie siehst du denn heute wieder aus?»

Benjamin lachte. «Das ist Schwester Lisa, eine gute Seele. Im Grunde mag sie Kinder.»

«Mich bestimmt nicht», sagte Madeleine.

Sie sah ihm zu, wie er in seinem Schrank herumkramte, aus dem es stark nach Kampfer roch.

«Hier sind sie ja.» Er holte eine Blechdose hervor und stellte sie auf den Tisch. «Deine Lieblingskekse.» Madeleine war ein höfliches Kind und behielt für sich, dass diese nach Kampfer schmeckenden Kekse nicht gerade nach ihrem Geschmack waren.

In letzter Zeit verlief die Unterhaltung der beiden sehr einseitig. Onkel Benjamin sprach nur wenig und schlief immer häufiger mitten im Satz ein. Kein Grund für Madeleine, sich zu langweilen. Sie stellte den Fernseher an und zappte sich, von Onkel Benjamins sanftem Schnarchen begleitet, durch die ihr zu Hause nicht vergönnten Nachmittagsserien.

Wie alle Eltern stellten auch Madeleines Eltern dieses weit leuchtende Licht von Tochter nicht unter den Scheffel. Ihre liebevolle Betreuung eines alten, kranken Mannes konnte nicht oft genug erwähnt werden, was die zuhörenden Mütter dazu brachte, ebenfalls Wunderdinge über das soziale Verhalten ihrer Brut zu berichten. Ein Kind namens Susanne hatte sich hingesetzt und einen Leserbrief an die Zeitung geschrieben, worin sie in bewegenden

Worten die wachsende Brutalität auf dieser Welt beklagte. Der Brief, von der um Leserwirksamkeit bemühten Redaktion tatsächlich veröffentlicht, steckte nun, säuberlich ausgeschnitten, im Portemonnaie der Mutter. Ein anderes Mädchen hatte seiner kranken Großmutter eigenhändig einen Kuchen gebacken. Die Mutter musste lediglich die Zutaten bereitstellen, sie zu einem Teig zusammenrühren, den Backofen anstellen und die Form im Auge behalten. Die Schokoladenplätzchen, die den Kuchen zierten, hatte das Kind ganz allein hineingedrückt. Über Madeleines Anhänglichkeit an den alten Mann war man allerdings geteilter Meinung. Natürlich war es lobenswert, wenn Kinder sich um alte Menschen kümmerten. Andererseits war bei alten Männern aber auch eine gewisse Vorsicht geboten. Man las doch darüber oft sehr Unerfreuliches. Da konnten Madeleines Eltern nur lächeln. Ausgerechnet Onkel Benjamin, diese Seele von einem Menschen, zu verdächtigen, womöglich ein Lustmolch zu sein! Wirklich, geradezu absurd. Trotzdem blieb diese Bemerkung nicht ohne Wirkung. Sie brachte sie dazu, Madeleine ein bisschen auszuhorchen. «Nun erzähl doch mal, was ihr so alles treibt.»

Was sie zu hören bekamen, war sehr beruhigend. Benjamin und Madeleine hatten im Garten gesessen, einer Bettlägerigen hatte sie zwischendurch die Zeitung vorgelesen, mit einer Pflegerin geplaudert und dem Onkel beim Aufräumen geholfen. «Kein Fernsehen?», fragte die Mutter skeptisch. «Mami!», rief Madeleine empört, so, als hätte man ihr unterstellt, sie sei zu einem fremden Mann ins Auto gestiegen. Madeleines Mutter reagierte gelassen. «Ich frag ja nur», sagte sie, noch das vor ein paar Tagen erlauschte Gespräch zwischen dem Plüschaffen und ihrer Tochter im Ohr: «Werfen Sie die Waffen weg, und kommen Sie mit erhobenen Händen heraus», und eine halbe Stunde später: «Küss mich, küss mich, ich habe Schmetterlinge im Bauch», Sätze, die sie kaum im Elternhaus gehört haben konnte.

Wie sehr sie jedoch wirklich an dem Onkel hing, zeigte sich an einem Aufsatz über das Thema «Meine Lieblingstante oder mein Lieblingsonkel», in dem sie ein Porträt von ihm ablieferte, das der Klassenlehrer beeindruckt «anrührend» nannte und das ihr eine Eins einbrachte, was ihren Eltern wieder einmal bestätigte, dass ihre Tochter trotz ihres gelegentlichen Affengetues ein großes Herz hatte. Und so ertrugen sie von nun an auch mit einem gewissen Gleichmut, dass sie jedes Mal, wenn sie von dem schon ziemlich tauben Benjamin zurückkehrte, mit Trompetenstimme sprach und es eine Weile dauerte, bis sie wieder zur Zimmerlautstärke zurückfand.

Die Adventszeit nahte, und wie immer gab es für die meisten Mütter viel zu tun. Plätzchen mussten gebacken werden, ein Adventskranz war zu besorgen, Besuche auf dem Weihnachtsmarkt wurden obligatorisch, Kinderstiefel mussten auf Hochglanz gebracht werden, damit der Nikolaus sie nicht naserümpfend übersah. Auf dem Wochenmarkt erstand Madeleine einen klitzekleinen Adventskranz für Onkel Benjamin, der ihr besonders ins Auge gestochen hatte, weil er mit etwas Buntem, Perligem besprüht war.

Wegen einer starken Erkältung war sie länger nicht bei ihm gewesen. Umso mehr freute sie sich auf sein überraschtes Gesicht, wenn sie ihm den Kranz auf den Tisch stellen und die Kerzen anzünden würde. Ihre Vorfreude war allerdings mit Wut darüber gemischt, dass ihr die Lehrerin selbst die kleinste Rolle im Krippenspiel verweigert hatte. Mit der

Lehrerin im Geiste hadernd, hüpfte sie an der Rezeption vorbei und erschrak heftig, als die Schwester plötzlich herausgeschossen kam und sie am Arm festhielt.

«Ich hab nichts getan!», rief Madeleine.

«Getan?» Die Schwester wirkte irritiert. «Wieso getan? Ich muss über ganz was anderes mit dir reden.» Sie tippte mit dem Finger ganz vorsichtig auf den Adventskranz. «Wie hübsch. Den hast du sicher selbst ausgesucht. Aber dein Onkel kann sich nicht mehr darüber freuen. Dein Onkel hat uns ganz plötzlich verlassen.»

«Wo ist er denn hin?» Madeleine sah sie verwirrt an.

«Für immer eingeschlafen», sagte die Schwester. «Herzstillstand.»

«Er ist tot?», fragte Madeleine ungläubig.

Die Schwester nickte und zog Madeleine tröstend an sich. «Er war halt schon sehr alt, dein Onkel Benjamin.» Sie griff unter den Tresen und drückte ihr ein Päckchen in die Hand. «Das hab ich in seinem Nachttisch gefunden, mit deinem Namen drauf. Und nun gehst du besser nach Hause. Und nicht vor Weihnachten öffnen, steht extra drauf!», rief sie ihr nach. Madeleine nickte. Das Päckchen unter dem Arm, trottete sie mit gesenktem Kopf davon.

Zu Haus waren die Eltern wie meist ausgeflogen. Ihre Mutter war in einem Kurs über Bewusstsein durch Bewegung, ihr Vater in einem Seminar für Führungskräfte. Madeleine ging in ihr Zimmer, holte ihr Äffchen Benjamin aus dem Bett, setzte sich in ihren Schaukelstuhl und sah aus dem Fenster in das langsam verlöschende winterliche Abendrot, über dem eine einzelne plustrige Wolke segelte. So blieb sie sitzen, bis es dunkel war und nur noch die Straßenlaternen das Zimmer schwach erhellten.

Natürlich werde man zur Beerdigung gehen, darüber waren sich die Eltern völlig einig. So ein netter, hilfsbereiter Nachbar, das war einfach selbstverständlich. Am Beerdigungstag hatte allerdings der Vater dann doch einige Einwände. In der Firma war jetzt gerade in der Vorweihnachtszeit unheimlich viel zu tun. «Wenn ihr beide hingeht, genügt das doch», sagte er zu seiner Frau und handelte sich damit einen langen Vortrag über männliche Egozentrik ein. Madeleine bekam von dieser Diskussion nichts mit. Sie war in ihrem Zimmer ganz damit beschäftigt, den Affen Benjamin in ein schwarzes Taftband zu wickeln. Zufrieden betrachtete sie ihn zum Schluss in seiner Trauerkleidung. «Gut siehst du aus», sagte sie. Der Affe schien ihre Meinung nicht zu teilen. Hilfe suchend streckte er beide Arme nach oben. «Stell dich nicht an.» Madeleine drehte sie herunter.

Großen Andrang gab es bei der Beerdigung nicht. Fünf Trauernde folgten dem Sarg auf den Friedhof. Als Madeleine vor dem offenen Grab stand, griff sie nach Benjamin, der entsetzt versuchte, sich an einem Mantelknopf festzuhalten. Aber es nützte ihm nichts. Mit Schwung landete er auf dem Sarg.

In dieser Nacht verlangte es Madeleine dringend, bei ihren Eltern zu schlafen, ein Wunsch, der ihr, wenn auch seufzend, gewährt wurde. Die Puppe Lola wurde wieder aus ihrer Verbannung geholt und in ihre alten Rechte eingesetzt. Onkel Benjamins Päckchen lag auf dem Schreibtisch, und je näher der Heiligabend rückte, desto größer wurde die Versuchung, es doch schon mal auszupacken. Aber dann dachte sie an Onkel Benjamins mit krakeliger Schrift geschriebene Worte «Nicht vor Heiligabend öffnen». Und sie schob mit einem Seufzer das Geschenk in eine Schublade.

Mit Lola im Arm betrat sie am Heiligabend das Weihnachtszimmer. Die mit einem Samtkleid festlich herausgeputzte Puppe bekam einen Ehrenplatz auf dem Gabentisch, um all die schönen Sachen bewundern zu können. Aber obgleich die Eltern sich große Mühe gegeben hatten, die Wünsche ihrer Tochter zu erfüllen, sah Madeleine nur Onkel Benjamins Päckchen und konnte kaum abwarten, es zu öffnen. Neugierig sahen die Eltern ihr dabei zu. Zum Vorschein kam ein Plüschaffe, der ein Zwillingsbruder von Benjamin hätte sein können. Er war schon ein wenig vergilbt und hatte einen eher würdigen Ausdruck, war aber sonst noch recht gut in Schuss. Madeleine drückte ihn entzückt an ihre Brust. «Kuck mal!», rief ihr Vater. «Da, an seinem Rücken! Sieht aus wie ein Schlüssel.» Tatsächlich, der Affe war zum Aufziehen. Vorsichtig drehte Madeleine den Schlüssel, und aus dem Inneren des Äffchens tönte blechern der Uraltschlager «Benjamin, ich hab nichts anzuziehn».

«Na, so was», sagte der Vater und strich mitleidig der Puppe, die, auf einem Angorapullover sitzend, entgeistert den Affen anstierte, über ihr strohiges Haar. «Keine Chance für Lola.»

## 2   Geliebte Landplagen

Man war sich schnell einig. Diesmal wollten sie Weihnachten nicht mit ihren Familien, sondern miteinander verbringen, um sich mal gegenseitig so richtig ausklagen zu können. Grund dafür war ein gemeinsamer, fast gleichzeitig erlittener Schock – der Verlust des Führerscheins. Dieser Einschnitt in ihrer Lebensweise schweißte sie fast wieder so zusammen wie in ihrer Jugend der Liebeskummer, über den man sich mit den anderen unbedingt ausquatschen musste, wenn auch natürlich mit gebotener Vorsicht. Freundinnen waren nun mal gespaltene Wesen, einerseits durch Dick und Dünn Verschworene, andererseits Rivalinnen. Doch mit zunehmendem Alter verlagerte sich der Konkurrenzkampf mehr und mehr auf die Enkelkinder, von denen man gern Wunderdinge berichtete, sich gegenseitig Photos unter die Nase hielt oder drollige Geschichten erzählte. Die Ehemänner hatten sich längst verabschiedet. Sie waren nur noch als Bilder in edlen Silberrahmen gegenwärtig und alle drei in den jeweiligen Wohnzimmern vorhanden. Auf den Photos wirkten sie stattlicher, als sie leider am Ende ihres Lebens gewesen waren, wurden aber dafür immer und ewig mit dem Prädikat «der Gute» versehen, das man mit Rührung und Nachsicht verwendete. Im Nachhinein waren sie treu sorgende Familienväter gewesen, abgesehen von kleinen verzeihlichen Verirrungen und dem manchmal löwenhaften Herumgedröhne. Und alle drei hatten ihre Ehefrauen gut versorgt zurückgelassen.

Der irgendwann vorauszusehende, aber doch nicht so bald erwartete Verlust des Führerscheins, den man bei anderen Altersgenossinnen bisher ganz selbstverständlich fand – «Was für ein Theater, das ist nun mal der Lauf der Welt, damit muss man sich abfinden» –, war natürlich bei ihnen selbst etwas ganz anderes und hatte bei den dreien sehr unterschiedliche Gründe.

Nina, mit deren Augen es nicht mehr zum Besten stand und die schon seit geraumer Zeit nach der Devise fuhr: Mein Auto findet allein nach Haus, bekam den Schock vom Augenarzt versetzt. Er drehte sich nach der Verabschiedung noch einmal halb um und rief ihr über die Schulter zu: «Ehe ich es vergesse: So, wie es mit Ihren Augen bestellt ist, dürfen Sie auf keinen Fall mehr Auto fahren.»

Reni, deren Fahrstil mit zunehmendem Alter immer rasanter wurde, geriet während eines tollkühnen Überholmanövers in eine Radarfalle. Sie musste den Führerschein für einen Monat abgeben und danach für immer, so groß waren die Schnitzer, die sie sich bei der schriftlichen Nachprüfung leistete, worüber aber in der Familie taktvoll geschwiegen wurde.

Die Einzige, die dieses Papier freiwillig abgab, war Dagmar. Eine der Talkshows ihres Lieblingspfarrers, in der sehr viel von Vernunft und Einsicht im Alter, auch gerade hinsichtlich des Verzichts auf den Führerschein geredet wurde, verleitete sie dazu, und nun konnte sie nicht oft genug beteuern, was sie doch für eine Idiotin gewesen sei.

«Natürlich kommt ihr Heiligabend zu mir», sagte Nina in ihrer bestimmenden Art, wogegen beide Freundinnen nichts einzuwenden hatten, denn sie besaß ein hübsches Häuschen. Auch sonst hatte sie es im Leben gut getroffen. Ihr Mann war einer von der dienenden Sorte gewesen, eine Rolle, die sie hin und wieder ihren Freundinnen aufzudrängen versuchte, was ihr aber höchst selten gelang und dann auch nur bei der gutmütigen Dagmar, nicht bei Reni, der Abenteurerin, die in ihrer Sturm-und-Drang-Zeit nach dem Krieg vorübergehend als Dame ohne Unterleib, Dompteuse im Zirkus und Sennerin auf einer Alm gearbeitet hatte. Was sie aus dieser Zeit zum Besten gab, versetzte sogar die tranigsten Tischherrn, die ihr gern zudiktiert wurden, damit sie sie ein bisschen auf Trab brachte, in Erstaunen – «Was Sie nicht sagen, Sennerin auf einer Alm! Vieh gehütet und dabei in eine Felsspalte gestürzt? Ja, sogar von einem Stier angegriffen?» Deshalb versuchte es Nina erst gar nicht bei ihr. Dagmar ließ sich schon eher hin und wieder vor ihren Wagen spannen, vorausgesetzt, sie hatte Zeit. Denn Dagmar, der Gutmensch, war ständig damit beschäftigt, menschliches Strandgut aufzusammeln, was die Freundinnen oft zum Stöhnen brachte. So viel Nächstenliebe war doch einfach nicht normal. Wer wollte schon, wenn er es sich gerade mal so richtig gut schmecken ließ, dauernd von magersüchtigen Frauen, verwahrlosten Kindern, chronisch Kranken und anderen Hilfsbedürftigen hören, zu denen Dagmar, autolos, nun leider nicht mehr so schnell eilen konnte?

In den drei Familien der Freundinnen wurde ihr Weihnachtsplan geradezu begeistert aufgenommen – «Wirklich eine fabelhafte Idee! Macht es euch mal so richtig gemütlich!» –, was alle drei doch etwas seltsam, um nicht zu sagen kränkend fanden. Nicht etwa, dass das Verhältnis zwischen Jung und Alt schlecht gewesen wäre. Im Gegenteil, wenn es ums Einhüten, Schularbeitenbeaufsichtigen, Einkaufen, Anpumpen ging, waren sie höchst willkommen, allerdings, wie man sich untereinander eingestand, manchmal doch ziemliche Landplagen, wenn auch sehr geliebte. Starke Charaktere eben, wie es dieser Kriegsgeneration entsprach, und stur dazu.

Nina vor allem sorgte mit ihrem Temperament oft für unangenehme Überraschungen. An das letzte Weihnachtsfest dachte ihre etwas ätherische Schwiegertochter, die außer mit dem üblichen Festtagsrummel auch noch stark mit der anstrengenden Gemütsphase «Niemand kümmert sich um mich» ihrer eigenen Mutter beschäftigt war, mit Schaudern.

Ninas ältester Sohn besaß ein nettes kleines Anwesen in einem Stadtviertel, in dem «man» wohnte. Es zeichnete sich durch Statuen in den parkähnlichen Gärten, alten Baumbestand, hohe Hecken, Swimmingpools und Fahnenmasten aus, an denen, wie Nina verächtlich sagte, irgendein Lappen hochgezogen wurde, um anzuzeigen, dass der Hausherr zu Hause war, sowie edle Hunde, die auf Fingerschnipp den elektronischen Türöffner ins Maul nahmen und so die Taste betätigten, die Garage und Gitterpforte öffnete. Bevölkert wurde dieses exklusive Viertel von lauter kleinen Kaspar-Hauser-Kindern, denen es von A bis Z an guten Manieren fehlte. Die Ausnahme war natürlich Ninas kleiner Liebling, ihr jüngster Enkelsohn, der nie vergaß, einen tadellosen Diener zu machen, nie mit vollem Mund sprach und Marienkäfer sorglich beiseite brachte, statt sie mit Begeisterung platt zu treten. Dieses ungewöhnliche Kind geriet ausgerechnet am ersten Weihnachtstag in höchste Lebensgefahr, und, wie Nina mehrmals erzählte, es hätte nicht viel gefehlt, und es wäre in einen Engel verwandelt worden.

Die beiden Nachbarssöhne, durch und durch Lümmel, machten mit ihrem Herumgelärme nicht nur jeder Technoparty Konkurrenz, nein, sie benutzten Oliver auch gern als Zielscheibe und bewarfen ihn mit allem, was ihnen in die Hände kam. Der schon mehrfach von Ninas Schwiegertochter in höflicher Form vorgebrachte Wunsch, man möge es doch etwas leiser angehen lassen und bitte nicht ständig ihren Oliver hänseln, stieß auf völliges Unverständnis. «Kinder, die schreien, sind gesund», wurde sie von der Nachbarin belehrt, nachdem einer der Jungen die Schwiegertochter mit einem gebrüllten «Du Arschloch» begrüßt hatte. Schon das allein brachte Nina, als man ihr davon berichtete, in Rage. Ihr Sohn jedoch flehte sie an, sich zurückzuhalten. Schließlich sei der Nachbar eine berühmte Koryphäe im Universitätskrankenhaus, dem sich die Patienten nur mit niedergeschlagenen Augen und gesenkten Hauptes näherten. Man wisse ja nie, ob man nicht auch einmal in eine Situation gerate, in der man ihn gut gebrauchen könne. Nina erwies sich als völlig uneinsichtig. «Wenn ich das schon höre, Koryphäe! Kapazität! Man kann schließlich von einem Arzt dasselbe wie von einem Klempner erwarten, nämlich, dass er sein Handwerk versteht.»

Am ersten Feiertag drängte es Oliver in den

Garten, wo er sein neues Tretauto ausprobieren wollte. Während seine Eltern vorzogen, sich am Frühstückstisch noch gemütlich zu räkeln, war die Großmutter wie stets sofort bereit, den Wunsch ihres kleinen Lieblings zu erfüllen und ihm dabei zuzusehen. Der Junge war noch nicht ins Auto geklettert, da traf ihn etwas, was ihn erst ins Taumeln und kurz darauf in lautes Brüllen versetzte. Das Geschoss blieb vor Ninas Füßen liegen. Es war eine rohe Kartoffel. Als sie sich wieder aufrichtete und in die hämischen Gesichter der beiden Nachbarsjungen blickte, fackelte sie nicht lange und warf die Kartoffel mit aller Kraft und wohlgezielt zurück, woraufhin sich nunmehr im Nachbargarten ein lautes Gebrüll erhob und die Koryphäe nebst Gattin herbeigeeilt kam. Bei dem entstehenden Wortwechsel mit der nach Ninas Aussagen mindestens dreißig Jahre jüngeren Frau des Arztes gab sich der Professor selbst eher zurückhaltend. Das hitzige Wortgefecht endete mit der Aufforderung der Nachbarin, erst mal nachzuweisen, dass ihre Unschuldslämmer die Kartoffelwerfer seien, und der frechen Bemerkung: «Ich dachte, in dieser Gegend wohnen nur oberklassige Leute.»

«Stimmt», sagte Nina. «Seit zwei Jahren hat sich das leider sehr geändert.» Mit einem «Allmählich wird das ja hier die reinste Laubenkolonie» stampfte sie davon, während Sohn und Schwiegertochter vor der Haustür den Streit am Gartenzaun entsetzt verfolgten.

Inzwischen waren die Wogen längst geglättet, und beide Familien übten höflichen, wenn auch etwas distanzierten Umgang. Aus den halb wilden Jungen waren im Laufe des Jahres ganz nette Burschen geworden, und der Professor hatte sich alles in allem als ein recht bescheidener, umgänglicher Mann entpuppt, der gern bereit war, sich einmal mit Olivers «leichter Fußdeformität», wie er es ausdrückte – «Plattfüße» nannte es Nina –, zu befassen.

Renis Familie wiederum hatte mit der Großmutter andere Probleme. Mit zunehmendem Alter schien ihr jegliches Gefühl für passende Kleidung abzugehen. Am liebsten lief sie, wie ihre Freundinnen behaupteten, immer noch im Friedland-Look herum, wie er nach 1945, der Not gehorchend, im gleichnamigen Durchgangslager für Flüchtlinge üblich war: sackähnliche Hosen, ausgeleierte Pullover und knobelbecherartiges Schuhwerk. Aus dem Schmalreh, wie sie Ehemann Hans-Heinrich gern genannt hatte, war inzwischen eine stark raumverdrängende Person geworden, die immer den Eindruck machte, als käme sie gerade von schwerer Feldarbeit nach Haus. Aber Reni hasste nun mal den Kleiderkauf, dieses Rumgestehe in den Läden, die kritischen Blicke der Verkäuferinnen, die unaufgefordert nach der Größe 48 griffen, das lästige Anprobieren.

Doch es gab auch noch anderes, was die Tochter hasste, Renis Schauergeschichten zum Beispiel, die sie gern zum Heiligabend von sich gab, von explodierenden Weihnachtsbäumen, wobei das halbe Dach weggeflogen sei, von herumgeschwenkten Wunderkerzen, die ihrer Schwester zu einer schicken Brille verholfen hätten, vom Weihnachtsmann, der beim Geschenkeverteilen hinfiel und sich das Steißbein brach.

«Ich weiß nicht, was du hast», verteidigte sich Reni. «Die Kinder lieben diese Geschichten. Sie sind geradezu versessen auf Gruseliges.»

«Aber nachts kommen sie dann zu uns gelaufen, weil sie Alpträume haben», sagte ihre Tochter grimmig.

Der Schwiegersohn grinste. Er hörte diese Geschichten auch ganz gern. Weniger schätzte er dagegen das unvermutete Auftauchen seiner Schwiegermutter im Badezimmer zur frühen Stunde, wenn er sie noch in tiefem Schlaf wähnte. In ihrem bis zur Erde reichenden, voluminösen Flanellhemd, mit wirrem grauem Haar, stand sie plötzlich vor ihm, wenn er gerade in die Dusche steigen wollte. Und aus einem zahnlosen Mund bekam er zu hören: «Lass dich nicht stören, ich kucke gar nicht hin. Ich hole mir nur meine Tabletten.»

Aber auch Dagmar, dem Gutmenschen, wurde gelegentlich der Titel «Landplage» zuteil, denn gerade am Heiligabend war man nicht vor ihren spontanen Ideen sicher. Einerseits lobte man ihr starkes soziales Engagement, andererseits musste man sich gerade an diesem sowieso nicht spannungsfreien Tag fragen, was für einen unbekannten Weihnachtsgast sie diesmal ins Haus schleppen würde. Dagmar konnte, wie leider gute Menschen oft sind, recht penetrant sein. Deshalb hatte bei den Familienfeiern inzwischen jeder schon gelernt, sich so schnell wie möglich zu verdrücken, wenn er merkte, dass sie es mit einer Spendenliste auf ihn abgesehen hatte.

Sobald es galt, die viel gepriesene Nächstenliebe praktisch umzusetzen, entwickelte sie ein erstaunlich dickes Fell, und man erzählte sich, sie habe sich angeblich nicht einmal gescheut, einem Brautpaar vor dem Altar noch schnell eine Spendenbüchse unter die Nase zu halten. Was hatte sie ihren Kindern nicht schon alles angeschleppt, worunter ein dreibeiniger Hund, ein halb zerstückeltes Kaninchen, ein fast federloser Kanarienvogel noch das Harmloseste gewesen waren.

Aber am unangenehmsten war Dagmars Angewohnheit, jeden, über den auch nur ein böses Wort fiel, grundsätzlich in Schutz zu nehmen. Der wohlbetuchte nette Onkel, der die Familie mit großzügigen Geschenken bedachte und dessen Ferienhäuschen an der Nordsee man einmal im Jahr benutzen durfte, hatte nach dem Vorfall beim letzten Weihnachtsfest nichts mehr von sich hören lassen. Man hatte am Heiligabend gemütlich beisammengesessen, über dies und das geredet und war dabei auch auf die Politik gekommen und leider auch auf den Nationalsozialismus und seinen verbrecherischen Führer, unter dem gerade dieser Onkel und seine Familie sehr hatten leiden müssen. Als man sich in schönster Einigkeit wieder einmal darüber empörte, was von diesem Scheusal Furchtbares angerichtet worden war, runzelte Dagmar plötzlich die Stirn und sagte: «Nun hört doch mal auf, auf ihm herumzuhacken. Alles kann man ja diesem armen, verwirrten Menschen auch nicht in die Schuhe schieben.»

Es entstand eine für den Heiligabend völlig unangebrachte, hitzige Diskussion, die ein ziemlich abruptes Ende fand, weil der Onkel aufstand, Dagmar eine unverbesserliche Nazisse nannte und in seinem Zimmer verschwand. Dabei war es gerade Dagmar gewesen, die in den Zeiten des Dritten Reichs viel Zivilcourage gezeigt hatte und deshalb ein paarmal in große Schwierigkeiten geraten war.

So sah es also aus bei den drei Freundinnen und ihren Familien, als Reni und Dagmar, zum ersten Mal ohne eigenes Auto, zu Nina eilten, fest entschlossen, es sich, wie Reni es ausdrückte, saugemütlich zu machen. Die Begrüßung fiel herzlich, aber wie immer ein wenig konfus aus – «Mein Gott, wo ist denn meine Tasche!» – «Dagmar, jetzt hab ich dein Geschenk vergessen.» – «Da ist es ja.» Sie wuselten beide durch Ninas Zimmer und begutachteten die neu hinzugekommenen Bilder auf dem Kaminsims – «Kuck mal hier, Oliver mit Fahrradhelm, ist ja süß.»

Als endlich jede ihr gemütliches Plätzchen gefunden hatte, kam man auf den Grund des Zusammenseins zurück, den Verlust des Führerscheins. Wie sollte man nur den Rest des Lebens autolos verbringen? Nie mehr der Satz: «Ich komm mal eben auf einen Sprung bei dir vorbei», nur noch schweres Taschen- und Koffergeschleppe, Rumgestehe auf zugigen Bahnhöfen, nur noch demütiges Gewinsel um Hilfe mit dem Gepäck bei ungnädigen Schaffnern, Abhängigkeit, wohin man blickte, Treppenhinauf- und -hinuntergekeuche, weil die Rolltreppe kaputt war, und die ständige Sorge, bei den üblichen Verspätungen den Anschlusszug zu verpassen. Und dann die Neigezüge, die neueste Errungenschaft der Bundesbahn, deren hochgezüchtete Technik sie öfters im Stich ließ, so dass sie auf offener Strecke stehen blieben. Zweimal hatte Dagmar das schon erlebt, einmal zwei Stunden in rasender Hitze, denn die Klimaanlage gab dann natürlich auch den Geist auf. Reihenweise seien die Leute umgekippt. Man war sich einig: Mit dem Auto im Stau war wirklich das geringere Übel.

Wie schwer war die Trennung von dem liebsten Gefährten gewesen. Reni musste sich bei der Erinnerung daran noch jetzt die Augen wischen. Der Käufer, ein Softie in einem T-Shirt mit der Aufschrift «Ich bin schuld», hatte ihr mitfühlend den Arm um die Schulter gelegt, als sie ihm den Schlüssel aushändigte, und versprochen, es wie seinen Augapfel zu hüten. Aber schon das Kreischen des ersten Ganges unter seiner lieblosen Hand war ein Stich in ihr Herz gewesen.

Zum Glück fand man es dann aber bald an der Zeit, mit Jammern aufzuhören und sich dem leckeren Abendbrot zu widmen und einem interessanteren Thema, dem Klatsch, mit dem vor allem Nina reichlich dienen konnte. Allerdings hatte sie die Erfahrung gelehrt, dass es klüger war, ihn vorher ein wenig zu sortieren, damit er nicht an die falsche Adresse gerichtet war und man plötzlich an dem versteinerten Gesicht der Zuhörerin bemerkte, dass es besser gewesen wäre, man hätte den Mund gehalten. Der Freundeskreis wurde ausgiebig durchgehechelt, mit vielen bedauernden Ausrufen, wenn es um Vergreisung oder Starrsinn und Gebrechen, und Gekichere, wenn es um die Liebesdramen der

Kinder ging. Aber auch sanfte Trauer mischte sich mit dem köstlichen Geschmack des Obstsalates, als man der vielen Freunde gedachte, die es inzwischen nicht mehr gab. Ihre kleinen Schwächen, Missgeschicke und Verdrehtheiten, über die man früher gern gelacht hatte, gerade am Heiligabend aufzuwärmen, fand man allerdings ein wenig pietätlos, und man gab sich deshalb das Stichwort «Bei uns zu Haus»: «Bei uns zu Haus musste jede Kerze so lange brennen, bis der Docht im Wachsrest schwamm» – «… gab es jedes Mal mit den Großeltern Theater, wenn man sich weigerte, ein Gedicht aufzusagen» – «… fraß die Katze das Lametta vom Baum» – «… waren Matrosenkleider obligatorisch» – «… gab es Wiener Würstchen mit Kartoffelsalat.» Dieses Thema war jedoch bald erschöpft, und nun kamen Jugend und Kriegszeit an die Reihe. Aber die Kraft der Bilder war im Lauf der Jahre verloren gegangen. Was nützte es noch, der Vergangenheit nachzuhängen? Mit dem Alter fertig zu werden war schon anstrengend genug. Und so versandete auch dieses Gespräch schnell. Ohne dass man es sich eingestehen wollte, war man ein Kind dieser Zeit geworden und mehr an den Ereignissen der Gegenwart interessiert. Einem erneuten Aufleben der Themen Arbeitslosigkeit und Steuerschraube kam Nina mit dem Vorschlag zuvor, sich doch auf Video den Film «Vom Winde verweht» noch einmal anzusehen, von dem sie damals so begeistert gewesen waren. Aber es zeigte sich bald, dass sich der Geschmack der Freundinnen inzwischen gewaltig verändert hatte. Alles schien jetzt reichlich melodramatisch, und Clark Gable wirkte in der Rolle des Rhett Butler, wie man fand, ziemlich schmierig. Dieses Idol hatte man längst gegen Robert Redford eingetauscht, der allerdings, das musste man leider zugeben, in letzter Zeit viel von seinem jugendlichen Charme eingebüßt hatte. Irgendwann mussten eben auch die Herren dran glauben. Bei dieser Feststellung lachten alle drei wie die Hyänen und fielen dann in nachdenkliches Schweigen, wobei jede für sich überlegte, was man denn mit dem Rest des Heiligabends noch anfangen könnte, sich in alte Photos vertiefen, Monopoly oder Scrabble spielen? Was jetzt die Kinder wohl machten?

Wie auf ein Stichwort klingelten gleichzeitig ihre Handys. Es waren die lieben Kleinen, die unbedingt unter vielen «Weißt du was, weißt du was?» ihren Omis erzählen wollten, was das Christkind ihnen beschert hatte, und jede der drei Großmütter vezog sich in einen anderen Raum, inklusive Bad, um ungestört ihre Stimmchen genießen zu können. Aufgeregt die Handys schwenkend, fanden sie sich dann wieder zusammen, um sich gegenseitig mitzuteilen, dass die Familien sie gerne noch ein Stündchen bei sich hätten. Drei Taxen wurden bestellt, in Windeseile ein wenig aufgeräumt und zu den Mänteln gegriffen. Sehnsüchtig blickten die drei Herren im Silberrahmen ihnen nach, und unter dem feierlichen Klang der Kirchenglocken aus dem Radio, das man vergessen hatte abzustellen, nadelte die Edeltanne friedlich vor sich hin.

## 3  Spaß gehabt

Wie üblich drehte sich bei ihrem Telefonat mit Bettina das Gespräch um Schwager Rudolf, der, wenn sie ihrer Schwester Glauben schenken sollte, täglich eine neue Untugend entwickelte. Er warf seine Papiertaschentücher in den Papierkorb anstatt in den Mülleimer, verstreute die Zeitungen im Schlafzimmer auf dem Boden, zog sich dreimal am Tage ein frisches Hemd an und war nicht davon abzubringen, die Blumen im Haus zu gießen, obwohl es jedes Mal eine Überschwemmung gab. Ständig fragte er: «Was essen wir heute?», knallte mit den Türen, dass der Putz herunterrieselte, ließ das Radio so laut spielen, als wolle er damit die Mauern von Jericho beschallen, und klopfte dazu den Takt der Dudelmusik mit seinem Stock, den er nach einem leichten Schlaganfall beim Laufen benutzen sollte, es aber nicht tat, so dass er schon mehrfach hingefallen war. Und nun hatte er sich zu allem Überfluss auch noch heftig in den Finger geschnitten und mit seinem Blut eine wertvolle Spitzendecke – «Du erinnerst dich, sie stammt noch von Tante Tilly und ist mindestens hundert Jahre alt» – betropft und total versaut. Bettinas Stimme hob sich.

«Ja, es ist wirklich nicht einfach für dich», stimmte Mariechen dem Klagelied zu, während sie insgeheim mit schwesterlicher Schadenfreude dachte: «Recht geschieht dir. Du musstest ihn mir ja unbedingt wegnehmen.»

Dass Bettina sich nahm, was ihr gefiel, hatte sie schon als Kind gezeigt. So hatte sie sich ohne viel Federlesens der neuen Puppe ihrer ein Jahr jüngeren Schwester bemächtigt, unberührt von ihrem Geschrei. Mariechen fand bei ihrer Mutter, zu der sie heulend rannte, wenig Unterstützung. Wie manche Hausfrau in jener Zeit, wo es so etwas wie Waschmaschine und Staubsauger nicht gab, tat sie mindestens fünf Dinge auf einmal: plätten, den Hund vom Sofa verjagen, aufpassen, dass das Mittagessen nicht anbrannte, umrühren, Holz nachlegen, mit der Nachbarin schwatzen, die Kinder beschwichtigen. Und so sagte sie nur: «Zankt euch nicht.»

Mariechen versuchte, Gleiches mit Gleichem zu vergelten, machte sich über Bettinas Papierpuppen her und schnippelte mit Wollust an ihnen herum. Ein Beinchen weg, ein Ärmchen gekürzt, schnipp-schnapp die Garderobe zerstückelt. Doch diese Retourkutsche ging daneben. Bettina lächelte lediglich milde und sagte: «Nur zu. Wer spielt denn schon noch mit Papierpuppen?»

Später war es die in Platin gefasste Aquamarinnadel, die Mariechen ihrer gutmütigen Tante Tilly abgeschwatzt hatte. Kaum entdeckte Bettina sie an der Bluse ihrer Schwester, behauptete sie, die Tante habe sie ihr versprochen. «Zankt euch nicht!», rief die Mutter. «Dann muss sie eben ausgelost werden.» Die Spielregel stand fest: bis drei zählen und dann dem anderen die Hand, einen Stein, eine Schere oder ein Blatt Papier darstellend, entgegenstrecken. Natürlich siegte Bettina. Sie hatte Papier gewählt und Mariechen Stein. Papier wickelt den Stein, und damit war Mariechen die Nadel los, obwohl sie hätte schwören können, dass ihre Schwester geschummelt hatte. Mit dem fröhlichen Singsang «Ich und du, Müllers Kuh, Müllers Esel, das bist du» hüpfte Bettina davon.

«Dumme Kuh!», rief Mariechen ihr nach.
«Zankt euch nicht», sagte die Mutter.
Ebenso war es Mariechen mit Horsti gegangen, dem Jungen aus dem KLV-Lager, in das man die Kinder im Krieg verschickte, um sie vor den Bomben zu schützen. Horsti war das Gegenteil eines Rabauken, schüchtern und verträumt, ein wenig langsam und ein Umstandskrämer, aber hilfsbereit und fürsorglich, bei den Mitschülern wohlgelitten, wenn auch gelegentlich liebevoll gehänselt. Seine Sympathie für sie zeigte er ihr, indem er ihr seinen Nachtisch überließ, Wackelpudding mit Himbeersoße. Mariechen verliebte sich auf der Stelle in ihn, und seine unbeholfene Schlaksigkeit half ihr, die eigene Schüchternheit zu überwinden. Doch diese Blümchenfreundschaft mit Abzählreimen wie «Verliebt, verlobt, verheiratet, geschieden», mit Händchenhalten und scheuen Zärtlichkeiten war vorbei, als er Bettinas Aufmerksamkeit auf sich zog, die bis dahin mit einem strammen HJ-Führer beschäftigt gewesen war und plötzlich bemerkte, dass ihre kleine Schwester eine Ansteckadel in Form eines Marienkäferchens an ihrer Kletterweste trug und Jungenstrümpfe stopfte. Auf einmal lag ihr das Wohl der

jüngeren Schwester sehr am Herzen. Sie habe schließlich die Verantwortung und wolle diesen Jungen mal unter die Lupe nehmen. Woraufhin sie sich intensiv mit Horsti abgab, traurig von Mariechen beobachtet, die wusste, dass sie auf verlorenem Posten stand, denn mit einem Busen, wie ihn ihre Schwester bereits besaß, konnte sie noch nicht aufwarten. Und kein Tröster weit und breit.

Anders später bei Rudolf. Da war sie in ihrem Schmerz Colonel Jeffrey zu dessen Freude in den Schoß gefallen. Und er hatte ihr den Verlust im wahrsten Sinne des Wortes versüßt, nämlich mit Schokolade aus dem PX-Laden.

«Dirne», sagte ihr Vater düster, der gerade aus der Kriegsgefangenschaft heimgekehrt war und mit moralischen Ansprüchen daherkam, die noch aus Kaisers Zeiten stammten. Das hinderte ihn allerdings nicht, gierig nach der amerikanischen Zigarettenpackung, die Mariechen auf den Küchentisch gelegt hatte, zu greifen. Mariechen schwieg, aber ihre Mutter warf dem Heimkehrer einen schrägen Blick zu, sagte: «Von einer Dirne kannst du doch wohl nichts annehmen», riss dem Verdatterten das Päckchen aus der Hand, verschwand damit und kam ein paar Stunden später mit einer Mettwurst zurück.

Doch Mariechens Glück mit Jeffrey war von kurzer Dauer. Er kehrte eines Tages nach Amerika zurück zu Frau und Kindern, die er ihr wohlweislich unterschlagen hatte. Rudolf, ihre erste große Liebe, war inzwischen mit Bettina verlobt, und so versuchte sie immer wieder aufs Neue, woanders ihr Liebesglück zu finden, so dass sie in der Familie bald der Wanderpreis genannt wurde.

Im Gegensatz dazu lief bei Bettina alles so, wie Mütter es sich insgeheim für ihre Töchter wünschen: Bitte um die Hand der Tochter beim Vater, Verlobung, im angemessenen Abstand die Hochzeit, eine eigene Wohnung und sehr bald steigender Wohlstand mit ungebremster Karriere im Wirtschaftswunderland. Von der Zweizimmerwohnung ging es ins Reihenhaus, vom Reihenhaus in die Vorstadtvilla mit parkähnlichem Garten und standesgemäßen Nachbarn ringsum, die ihren VW Käfer längst gegen einen Mercedes ausgetauscht hatten. Nur die von Bettina heiß gewünschten Kinder blieben aus.

Ein weiterer Wermutstropfen waren Rudolfs ständige, wie er behauptete, für einen tüchtigen Geschäftsmann unerlässliche Reisen, die den Familienklatsch angenehm belebten. Kaum zu glauben, wo, an welchen Orten, in welchen Lokalen und mit was für Frauen man den Jungen gesehen hatte. Man munkelte sogar etwas von einer Chinesin und einem weiblichen Eskimo. Ja, ja, die arme Bettina, immer allein zu Haus. Die typische grüne Witwe dieser Jahre. Auch sonst schien sich der einst so nette Junge verändert zu haben. Wenn er mal zu Hause war, wollte er nichts als seine Ruhe. Fernsehen an und Füße hoch, man weiß ja, wie Männer eben so sind. Und nun mit Anfang siebzig der erste Schlaganfall. Sicher, ein leichter nur, kaum der Rede wert, wie Bettina nicht müde wurde zu versichern. «Und er ist schon wieder ganz der Alte.» Dabei war aus dem früheren Charmeur ein echter Nörgler geworden. Zwar immer noch eine wirklich gute Erscheinung mit dichtem Haar und keinem Gramm zu viel auf der Waage, aber mit noch aus der Steinzeit stammenden Ansprüchen an die Umwelt, als hätten die Geister seiner Ahnen, die ein wenig reichlich an den Wänden hingen, sich seiner bemächtigt. Bettina hatte wirklich ihre liebe Not.

Mariechen aber stellte zufrieden fest, dass sie das bessere Los gezogen hatte. Der Beruf hatte sie in die Großstadt verpflanzt, wo niemand sie kontrollieren konnte und sie in ihrer Wohnung empfing, wen sie wollte. Doch auch bei ihr war es mit dem flotten Leben, das allerdings größtenteils nur in der Phantasie der Familie stattgefunden hatte, längst vorbei. So war Friede zwischen den Schwestern eingekehrt. Man sah sich höchst selten. Wozu gab es schließlich Telefon? Vergessen war die Zeit der Eifersüchteleien und Rivalitäten. Allerdings, viel zu sagen hatte man sich auch nicht mehr. Der von Bettina gepflegte gesellschaftliche Umgang war nie nach Mariechens Mütze gewesen. Diese Ansammlung von ehrbaren Bürgern, die ganz hin und weg waren von sich und ihrer Tüchtigkeit und wie weit sie es doch gebracht hatten, fand sie schrecklich öde, gingen doch die Gespräche im Grunde genommen immer um dasselbe: Wie viel wert bist du, und wie viel wert bin ich. Das Essen war stets vom Feinsten, dazu wurden nur Spitzenweine gereicht, und es gab immer wieder eine neue Anschaffung, die bewundert werden musste. Man zeigte und erwähnte gern, was man sich leisten konnte, vor allem auch Reisen in exotische Länder, Flüge und Hotels natürlich erster Klasse. Ein neu eingeführtes Ehepaar erntete nur mitleidige Blicke, als es harmlos von einem wunderbaren Urlaub im Bayerischen Wald erzählte, und man nahm schnell wieder den Vergleich der besten Fluglinien nach Schanghai auf. Mariechen hörte schon gar nicht mehr hin. Nur einmal vor längerer Zeit war das Gespräch auf jemanden gekommen, bei dem sie aufhorchte. Es war der Jugendfreund Horsti aus dem KLV-Lager, jetzt Professor der Medizin, der nicht weit entfernt vom Städtischen Krankenhaus ein Sanatorium eröffnet haben sollte. Für einen kurzen Moment kreuzten sich die Blicke der Schwestern und wandten sich dann wieder mit aufmerksamem Lächeln ihren Tischherren zu.

Da ging es doch in Mariechens Freundeskreis, den sie sich im Lauf der Jahre geschaffen hatte, sehr viel lockerer zu. Sie hatte deshalb auch in den letzten Jahren das Weihnachtsfest mit den Freunden und nicht mit ihrer Schwester verbracht, im vorigen Jahr höchst vergnüglich mit zwei Ehepaaren in einem kleinen Berghotel. Aber diesmal drängte Bettina sie richtig, doch das Weihnachtsfest mit ihnen zu verleben und sie nicht mit Rudolf, dem Nörgler, allein zu lassen. Sie konnte diese Bitte schlecht abschlagen. In gewisser Weise war es für sie ein angenehmes Gefühl, dass ihre selbstbewusste Schwester Hilfe brauchte. Bis Weihnachten war es ja noch eine Weile hin, und so schob sie den Gedanken daran erst mal beiseite.

Doch wie jedes Jahr schien der Weihnachtslied-Vers «Einmal werden wir noch wach, heißa, dann ist Weihnachtstag» schon Anfang November zuzutreffen. Eine Invasion von Weihnachtsmännern füllte in Kaufhäusern und Geschäften Regale und Verkaufstische. Sie räkelten sich auf Schlitten, prosteten sich fröhlich zu, schwangen die Rute, lagen in neckischer Pose auf einem Sofa oder saßen in Bäumen. Es gab sie aus Pappmaché, aus Plüsch, holzgeschnitzt und aus Porzellan, aus Schokolade, Marzipan oder Fruchtigem, ja, sogar in Lebensgröße die Fassaden von Häusern emporkletternd. Keine noch so krüpplige Tanne in den Vorgärten, die nicht mit klitzekleinen Kerzen wie mit phosphoreszierendem Puderzucker bestreut war. Und keine Passage, aus der einem nicht Weihnachtslieder entgegenplärrten, in ohrenzerreißendem Wettstreit mit den unvermeidlichen Straßenmusikanten. Je näher Heiligabend rückte, umso aufdringlicher wurde die Musik, so als wollte sie den Kunden einen Vorgeschmack auf das geben, was sie am Heiligabend an Stress erwartete. Jedenfalls kam es Mariechen so vor. Ihr wurde allmählich ziemlich blümerant, je näher der Reisetag rückte, und sie wünschte, Weihnachten wäre schon vorbei und sie wieder in ihrer gemütlichen kleinen Wohnung. Aber sie rief sich energisch zur Ordnung. Gelassen bleiben, sich bloß nicht aufregen, gerade bei der ständig zunehmenden Vergreisung ihres Schwagers, wie Bettina durchblicken ließ.

Wie meist im Leben kam alles anders. Diesmal war nicht Rudolf das Problem, sondern Bettina. Ein heftiger Asthmaanfall brachte sie ins Krankenhaus. Dort zeigte man sich sehr besorgt, sprach von einem bedenklichen Lungenemphysem und hielt es für ratsam, sie zu behalten, sogar, wenn nötig, über die Feiertage. Bettina nahm es erstaunlich gelassen auf, während Mariechen schon das Krankenzimmer deprimierend fand, einen schmalen, dunklen Raum mit hintereinander stehenden Betten, bei dem man sich nicht einmal die Mühe gemacht hatte, ihn mit ein paar Bildern aufzuhellen. Manchmal war Bettina wirklich bewundernswert. Mariechen versprach ihr, täglich vorbeizuschauen. Aber Bettina winkte ab. «Wir sind ja keine Kinder mehr. Ich melde mich, sobald es mir besser geht. Im Augenblick strengt mich alles sehr an. Hoffentlich kommst du bei uns mit allem zurecht. Der Weihnachtsbaum ist ja Gott sei Dank schon geschmückt.»

«Mach dir keine Sorgen», sagte Mariechen. Aber die Vorstellung, ausgerechnet das Weihnachtsfest allein mit Rudolf zu verbringen, stimmte sie nicht gerade heiter. Den ersten Abend schien sie mit ihren Befürchtungen Recht zu haben. Rudolf jammerte herum, und der von ihm ständig wiederholte Satz «Ich mach mir so Sorgen um mein Bärchen» besserte Mariechens Laune auch nicht. Aber den Tag darauf sah alles anders aus. Rudolf hatte sich gefangen und erwies sich zu ihrer Überraschung als äußerst pflegeleicht. Er war wieder ganz der alte Charmeur, in den sie sich einst verliebt hatte. Er lobte ihr ziemlich einfallsloses Mittagessen, Würstchen mit Kartoffelsalat, über den grünen Klee, bot ihr seine Hilfe beim Abwaschen an, die sie wohlweislich ablehnte, und zeigte sich außerordentlich besorgt, sie könne sich womöglich zu viel zumuten. «Du bist schließlich unser Gast und sollst dich erholen.» Trotz seiner Behinderung hatte er das Schlafzimmer tadellos aufgeräumt, das Waschbecken im Badezimmer war keineswegs, wie Bettina sich beklagt hatte, mit Zahnpasta bekleckert, und die Zeitungen lagen wohlgeordnet auf einem Tischchen. Auch kam er noch sehr viel besser allein zurecht, als nach den Gesprächen mit ihrer Schwester zu erwarten war, und begann, wenn er einen Wunsch hatte, stets mit der höflichen Floskel: «Wenn du irgendwann mal Zeit hast ...»

So als hätte sie ihr Unglück vorausgeahnt, hatte Bettina schon gut vorgesorgt, eingekauft und einen Teil der Mahlzeiten zubereitet und eingefroren, so dass sich für Mariechen die Arbeit sehr in Grenzen hielt. Nur mit dem versprochenen Besuch klappte es nicht. An einem Tag fühlte sich Bettina zu matt, am anderen gab es unerwartetes Glatteis, worüber merkwürdigerweise niemand so recht traurig war, selbst die Patientin nicht. Nach und nach entstand im Haus eine recht vertraute Atmosphäre, zu der der gute Wein, den Rudolf Flasche für Flasche opferte, seinen Teil beitrug. Das sanfte Kerzenlicht des Weihnachtsbaumes gab dem steifen Wohnzimmer eine anheimelnde Wirkung, und Rudolf fand zu seiner Hochform zurück. Er ließ alle seine Künste spielen, mit denen er sich früher beliebt gemacht hatte. Seine im Brustton der Überzeugung vorgebrachte Feststellung «Du hast dich wirklich überhaupt nicht verändert. Wie machst du das?» zeigte bei dem sonst eher selbstkritischen Mariechen sofort Wirkung. «Na hör mal», sagte sie geschmeichelt und erhob sich mit jugendlichem Schwung, um einer kokelnden Kerze zu Leibe zu rücken.

«Wirklich erstaunlich», fuhr Rudolf fort, «wie beweglich du noch bist. Wahrscheinlich treibst du regelmäßig Sport.»

«Nun ja», sagte Mariechen, die mehr nach dem Motto lebte: Sitzen ist besser als Stehen und Liegen besser als Sitzen, «man tut, was man kann.» Sie kicherte backfischhaft.

«Und dein wundervolles Haar hast du immer noch», fuhr Rudolf fort, und sie rief: «Nun hör aber mal auf. Du kannst dich ja über deins auch nicht gerade beklagen.»

Rudolf zeigte großes Interesse an ihrem Leben und nannte ihren Freundeskreis faszinierend. Aber sehr schnell kamen sie dann doch auf die alten Zeiten zu sprechen, wie alles so gekommen war, und Rudolf sagte hin und wieder melancholisch: «Ich glaube, ich habe damals einen großen Fehler gemacht», ohne den Fehler direkt beim Namen zu nennen. Wo sie sich eigentlich kennen gelernt hatten, war ihm allerdings entfallen. Dafür wusste es Mariechen noch ganz genau: in der Tauschzentrale, einem Ort, in dem es fast so zuging wie in dem damals beliebten Vers: «Tausche abgelegte Braut gegen Fass mit Sauerkraut.» Mariechen hatte ihr gerettetes Konfirmationskleid gegen eine nur leicht von Motten zerfressene Jacke aus Kaninchenfell eingetauscht, da hatte plötzlich dieser junge Mann neben ihr gestanden in der üblichen Kleidung, wie sie jeder zweite deutsche Mann trug: einer durch das Umfärben eingegangenen Uniform ohne Abzeichen und Schulterklappen, den Rücken verziert mit den Buchstaben «PW» (Prisoner of War). Aber seine lässige Art, mit der er sich eine Zigarette Marke Eigenbau anzündete und mit einer Kopfbewegung die Tolle aus dem Gesicht warf, wirkte ausgesprochen elegant und hatte ihr gefallen, so dass sie sich bemüßigt fühlte, ihren leichten Kartoffelbauch einzuziehen, um einigermaßen passabel auszusehen. Sie kamen ins Gespräch und unterhielten sich so angeregt, dass es inzwischen dunkel geworden war. Leider lag die Tauschzentrale ziemlich weit weg von Mariechens ausgebombtem Elternhaus, und sie graute sich ein wenig vor dem Heimweg, der durch eine Trümmerwüste führte, in der man sich ganz schön verlaufen konnte. Sofort bot er sich an, sie zu begleiten. Fürsorglich hakte er sie unter, damit sie zwischen Mauerresten und umgestürzten Stahlträgern nicht ins Stolpern kam, und lieferte sie bei ihrer Mutter ab. Bald gehörte Rudolf fast zur Familie und machte sich durch sein frisches, nettes Wesen sehr beliebt, auch bei den Nachbarn. Ja, ja, das war noch ein richtiger deutscher Junge von der alten Sorte. Den Krieg mochte man verloren haben, aber das deutsche Wesen nicht. Auch besaß er ein großes Organisationstalent, so dass es zu den gerösteten Pellkartoffeln jetzt sogar manchmal ein wenig Speck gab. Selbst Mariechens versorgte Mutter wurde durch ihn aufgemöbelt. Mit Hilfe von Kasana-Lippenstift versuchte sie, sich anzuhübschen. Rudolf kurbelte das schon recht leierige Grammophon an und walzte mit ihr zu den Klängen «Ich tanze mit dir in den Himmel hinein, in den siebenten Himmel der Liebe» über den von Bombensplittern zernarbten Fußboden. Was Mariechen anging, wurde sie von ihrer Schwester sehr schnell aus dem siebenten Himmel heruntergeholt. Auch diesmal ging es ihr wieder genauso wie mit Horsti. Rudolf ließ sie im Regen stehen.

Doch um in Wunden zu wühlen war jetzt nicht der geeignete Moment. Jetzt galt es, den Augenblick zu genießen und auf den glücklichen Pfaden von Jugend und Liebe, auch wenn sie aus Schutt und Asche bestanden, zu wandern, begleitet von den CDs mit alten Schlagern aus jener Zeit. Und es störte Mariechen kein bisschen, dass der Geräuschpegel eher für ein Schützenfest als für ein Wohnzimmer angemessen war und Rudolfs Stock den Rhythmus dazu klopfte. Und als Krönung *ihr* Schlager «Schön ist jeder Tag, den du mir schenkst, Marie-Luise», wobei seine Hand sich zart auf ihre legte. Hin und wieder kamen sie mit leichtem Schuldbewusstsein dann doch auf Bettina zu sprechen, deren Asthmaanfälle ihm Sorgen machten. Er seufzte: «Dreimal war sie deshalb in letzter Zeit schon im Krankenhaus.»

«Die Arme», sagte Mariechen, von Gewissensbissen geplagt. «Wie bist du denn dann allein fertig geworden?»

«Es gab eine sehr nette Nachbarin, die hat sich um mich gekümmert.» Er lächelte selbstgefällig. «Sie hatte ein Faible für mich. Aber vor einem Monat ist sie ganz plötzlich gestorben.»

Mariechen stutzte. «Davon hat mir Bettina gar nichts erzählt.»

Einen Tag vor Silvester kehrte ihre Schwester zurück. Sie wirkte noch ein wenig angegriffen, war aber ausgesprochen gut gelaunt. Als sie Schwager und Schwester so nebeneinander stehen sah, lächelte sie spöttisch. «Na, auch einen kleinen Spaß gehabt?», sagte sie zu Mariechen, als die sie in die Küche begleitete.

Mariechen fuhr zusammen. «Was meinst du damit?»

«Überhaupt nichts», sagte Bettina. «Ich bin heilfroh, dass ihr so gut zurechtgekommen seid. Aber du entschuldigst mich. Ich lege mich noch einen Moment hin.»

«Tu das!», rief Mariechen und ging zur Haustür, weil es geklingelt hatte. Ein großer Blumenstrauß wurde abgeliefert. Gedankenlos öffnete sie den beiliegenden Brief und las:

«Liebste Bettina, es war so schön, dich mal wieder ganz allein für mich zu haben, wenn auch für dich wie jedes Mal unter höchst unerfreulichen Umständen. Gott sei Dank haben dich ja die Ärzte schnell wieder auf die Beine gebracht. Für mich waren es jedenfalls vier unvergessliche Tage mit guten Gesprächen, bei denen wir uns sehr nahe gekommen sind. Hoffentlich war zu Haus alles in Ordnung. Es vermisst dich sehr dein Horsti.»

Während Mariechen die Blumen in eine Vase ordnete, dachte sie nach. Horsti? Das konnte nur *ihr* Horsti sein! Und für einen Augenblick saß sie wieder neben ihm am Mittagstisch im KLV-Lager und aß seinen Wackelpudding. Auch der von ihrer Schwester geliebte Singsang kam ihr wieder ins Gedächtnis: «Ich und du, Müllers Kuh, Müllers Esel, das bist du.» Aber merkwürdigerweise empfand sie keinen Zorn gegen ihre Schwester. Wie hatte es Bettina genannt? Einen kleinen Spaß gehabt. Ja, den hatten sie gehabt, alle drei. Und irgendwie war jeder dabei auf seine Kosten gekommen. Denn eins war sicher: Rudolf, den Nörgler, als Dauerzustand – nicht mal geschenkt. Vergnügt versuchte sie, den alten Schlager vor sich hin zu pfeifen: «Ich tanze mit dir in den Himmel hinein, in den siebenten Himmel der Liebe.» Der Versuch misslang.

## 4   Unverhofft kommt oft

Ich bin mit einem Tick behaftet, der entweder völliges Unverständnis oder höchstes Lob hervorruft. Ich bin ein Putzteufelchen, wie mich Ralf, mein erster Mann, zu Anfang liebevoll nannte. Der Griff zum Staubtuch ist für mich ebenso zwanghaft wie für den Raucher der zur Zigarette. Schon als Kind wienerte ich meine Schulmappe, bis unser Spaniel sein Spiegelbild darin entdeckte und zu knurren anfing, reinigte sie sorgfältig von innen und pustete über Schulbücher und Diktathefte, ehe ich mich an die Schularbeiten setzte.

Zunächst war Ralf deshalb sehr stolz auf mich, und auch meine Schwiegermutter nickte anerkennend und meinte: «Wirklich tipptopp bei euch.» Aber als ich anfing, ihn schon an der Haustür mit der Kleiderbürste zu empfangen, begann er zu murren, was schließlich in einem großen Krach endete mit dem Resultat, dass er mich verließ. Weinend winkte ich ihm mit dem Staubtuch hinterher.

Nach der Scheidung bemühte ich mich, beruflich wieder Tritt zu fassen. Zunächst bewarb ich mich bei den Verkehrsbetrieben. Ich bin eine gute Autofahrerin. Mein properes Aussehen und die Fixigkeit, mit der ich das Lenken eines Busses begriff, wurden mit Wohlwollen zur Kenntnis genommen, und ich wurde eingestellt. Man war mit mir sehr zufrieden, bis ich dummerweise den Zwang nicht unterdrücken konnte, mich an jeder Ampel nach zusammengeknüllten Fahrscheinen auf dem Fußboden zu bücken, und dabei meist das Weiterfahren vergaß. Mein älterer Kollege, der mich zunächst noch als Orientierungshilfe begleitete, räusperte sich mahnend. Aber beim dritten Mal riss ihm der Geduldsfaden, und er meldete mein merkwürdiges Verhalten, was zu meiner Entlassung führte.

Ebenfalls von kurzer Dauer war eine Tätigkeit im Büro. Die Klagen meiner Kolleginnen über meinen Putzfimmel häuften sich. Dauernd sei ich an ihren Schreibtischen zugange, um dort angeblich Ordnung zu schaffen und Staub zu wischen. Selbst mein bis dahin mit mir sehr zufriedener Chef fand es höchst eigenartig, dass ich nach Büroschluss ständig noch in den Zimmern herumwuselte, mit einem Pinselchen in die Eingeweide des Kopierers fuhr, die Gardinen richtete oder den Computer abstaubte. Wir trennten uns, wie es so schön heißt, in gegenseitigem Einvernehmen, und mein Putzteufel tobte sich nun doppelt und dreifach in meiner Wohnung aus, so dass sich die Mieter unter mir immer häufiger beschwerten, weil ich nachts mit dem Staubsauger durch die Zimmer jagte.

Ich machte einen dritten Versuch, der jedoch ebenfalls scheiterte. Auch hier sah es zunächst sehr viel versprechend aus. Ich meldete mich bei einer Reinigungsfirma und wurde sogleich Objektleiterin einer Putzkolonne, die für mehrere Hochhäuser zuständig war. Meine Bemühungen, Flure und Treppen, Fahrstühle und Fenster in einen Zustand zu versetzen, als wären sie frisch renoviert, wurden mir nicht gedankt. Nachdem mich mein Chef mehrmals mit dem Spruch «Zeit ist Geld» ermahnt hatte und ich nicht einsehen wollte, dass man mit einem kaum halb vollen Eimer vierzehn Stockwerke in sauberen Zustand versetzen kann, war ich wieder arbeitslos.

Als ich mich dabei ertappte, dass ich den Abwaschlappen in meiner Küche Kante auf Kante zusammenfaltete, und die Kosten für die Reinigungsmittel Schwindel erregende Höhen erreicht hatten, suchte ich einen Psychologen auf, einen älteren, stark bebarteten Herrn, der nicht gerade den Eindruck machte, als läge ihm meine Psyche sehr am Herzen. Trotzdem war sein Rat nicht nur teuer, sondern erwies sich als außerordentlich gut, nämlich, mich als Haushaltshilfe zu verdingen. «Da verdienen Sie nicht nur 'ne Menge Zaster, alles steuerfrei», sagte er in seiner unverblümten Art, «sondern werden auch noch auf Händen getragen. An guten Haushaltshilfen herrscht immer Mangel.»

Dieser Mensch hatte Recht. Nach wenigen Wochen riss man sich förmlich um mich. Was Ralf und meine ehemaligen Chefs halb wahnsinnig gemacht hatte, wurde jetzt überaus geschätzt. Der Putzteufel durfte zur Höchstform auflaufen. Grundsätzlich arbeitete ich nur bei allein stehenden Berufstätigen und stellte schnell fest, sie hatten fast alle ihre Macken. Da war die Staatsanwältin, die ihre schmutzige Wäsche in eine Reisetasche stopfte, die Schauspielerin, die sich von ihren verwelkten Blumen nicht trennen konnte, der Immobilienhändler, dessen Wohnung eher einer Baustelle glich, oder der Banker, der anscheinend dem Zwang nicht widerstehen konnte, jedes Stück Papier mit Zahlen zu bekritzeln, egal, ob es sich um Zeitungsränder oder den liebevoll mahnenden Brief seiner Mutter – «Denk an dein Herz, Junge!» – handelte. Jedes Mal, wenn ich eine Wohnung betrat, wusste ich, wie es um die Seelenlage ihres Besitzers bestellt war. Unter jedem Dach ein Ach. Die Anzeichen dafür waren unübersehbar. Der wöchentliche Blumenstrauß blieb aus, das Telefon stumm, der Anrufbeantworter gab keinen Pieps von sich, der Brief auf dem Schreibtisch war vom Finanzamt, der Aschenbecher nach längerer Abstinenz wieder bis zum Rand gefüllt, die geleerten Flaschen häuften sich, und im Badezimmer fanden sich Beruhigungs- und Schlaftabletten. In der Küche stapelte sich schmutziges Geschirr, und der Geschirrspüler lieferte nur schlierige Gläser, weil vergessen worden war, den Klarspüler einzufüllen. Die Zimmer wirkten entweder verlottert oder übermäßig ordentlich, die Schränke waren plötzlich aufgeräumt, die Schuhe geputzt, jedes Fusselchen weggesaugt, ein Zustand, der mich verstimmte, wenn er auch ein Symptom der Verzweiflung und der Einsamkeit war.

Haustiere lehnte ich ab. Tagsüber allein gelassene Katzen oder Hunde sprechen nicht für ihre Besitzer. Wellensittiche oder Kanarienvögel meinetwegen. Doch bereits mit einem Aquarium war meine Toleranzgrenze erreicht. In meinen Augen hätte das Wasser täglich erneuert werden müssen. Außerdem galt mein Interesse nur dem Staub, und ich kann wohl sagen, dass ich ihn an Stellen fand, die ein menschliches Auge praktisch noch nie zu Gesicht bekommen hatte. Und das Schönste daran war, es gab keinen Mangel. Von einer Woche zur anderen wuchs er reichlich nach. Deshalb bevorzugte ich Wohnungen, in denen er sich verstecken konnte. Möbel mit Ornamenten, endlose Bücherregale und Sprossenfenster, kunstvoll verschnörkelte Kronleuchter und geschnitzte Bilderrahmen. Was für ein Vergnügen, den zierlichen Staubwedel darüber tanzen zu lassen.

Besonders die Weihnachtszeit war dazu angetan, meinen Herrschaften zu zeigen, was in mir steckte. Denn schließlich gehörte auch zur Feier des Heiligabends eine picobello aufgeräumte und blitzende Wohnung. Darüber hinaus bat mich der Banker, ein Mädchenjäger der Sonderklasse, aber mit viel Sinn für Tradition, seine Wohnung, in der er mit seiner neuen Freundin das Fest verbringen wollte, in einen nostalgischen Weihnachtstraum zu verwandeln. Weihnachtsvorbereitungen waren neben dem Putzen für mich schon immer ein großes Vergnügen. Und so legte ich los. Rote und goldene Bänder, Schleifen und Rosetten, Mistel- und Tannenzweige und sinnig blickende Weihnachtsengel zierten Bilder, Lampen und jede erdenkliche Oberfläche. Am Weihnachtsbaum hingen neben Glaskugeln, Glöckchen, Äpfeln, Zuckerkringeln und einer Kette eingewickelter Bonbons von mir selbst vergoldete Walnüsse. Ein Meisterwerk aber war der Engelsreigen, den mir meine Großmutter immer zu Weihnachten ausgeschnitten hatte. Der Banker war begeistert und lobte mich sehr. Danach hatte ich natürlich das Doppelte zu tun, um den Weihnachtsglanz, vor allem den Goldstaub, wieder verschwinden zu lassen.

Mittlerweile zeigte mein Putzteufel hin und wieder eine leichte Ermattung, so dass ich froh war, als ich einen neuen Herrn gefunden hatte, der bereit war, sein Leben mit mir zu teilen. Als er mich zum ersten Mal in meiner Wohnung besuchte, widerstand ich tapfer der Versuchung, sie vorher völlig auf den Kopf zu stellen oder bei der zärtlichen Begrüßung meine Finger säubernd über seine Schultern gleiten zu lassen. Thomas' Charakter kam mir sehr entgegen. Er war zuverlässig, umsichtig, strebsam, und vor allem war er der ordentlichste Mann, den ich bisher kennen gelernt hatte. Ja, manchmal kam er mir sogar noch pingeliger vor als ich, und ich neckte ihn ein wenig, wenn er jedes Glas, bevor er sich etwas eingoss, prüfend gegens Licht hielt.

Bald waren wir ein harmonisches, von unseren Freunden beneidetes Paar, das gern kuschelig in meiner Wohnung bei sanfter Musik und Kerzenlicht seinen Feierabend verbrachte und Zukunftspläne schmiedete, wozu sich die Vorweihnachtszeit mit Pfefferkuchen und Nüsseknabbern besonders eignete. Allerdings hatte ich das vage Gefühl, dass Thomas irgendetwas störte, und war richtig froh, als er mit dem Grund dafür herausrückte. So eine zarte Person wie ich sei besser zu Hause aufgehoben. Da gebe es schließlich noch genug zu tun, und es sei auch viel befriedigender, als anderen

Leuten den Dreck wegzumachen. Er bückte sich und entfernte ostentativ einen Fussel von meinem Teppich. Schließlich verdiene er genug für zwei. Erleichtert stimmte ich ihm zu und verschwieg, dass ich gerade eine neue Stellung bei einer alten Dame angenommen hatte, von deren Einrichtung ich ganz begeistert war, strotzte sie doch geradezu vor Silber, darunter allein hundert altmodische Bilderrahmen. Die Neunzigjährige musste aus reichem Hause stammen, denn auf den Bildern waren Schlösser, Reitpferde, Diener, Chauffeure und Kutscher in Uniform zu sehen.

Bereits am Tag vor Heiligabend stürzte ich mich in eine wahre Putzorgie. Die alte Dame sah es mit Wohlwollen. «Endlich jemand», sagte sie, «der sich meinem Silber mit Liebe widmet.»

Dummerweise war mein Putzteufel so in Rage, dass ich Heim und Herd vergaß, wo noch keinerlei Vorbereitungen für den Heiligabend getroffen waren und Thomas sicher schon auf mich wartete. Als ich schließlich todmüde nach Hause schlich, war mir sehr beklommen zumute. Denn ich hatte meine Wohnung am Morgen in einem desolaten Zustand zurückgelassen. Meine stille Hoffnung, ich könnte vielleicht doch noch vor Thomas da sein und einiges in Ordnung bringen, wurde bereits an der Wohnungstür zunichte gemacht, wo er mich erwartete und mir als einzige Begrüßung, angewidert meine vom Silberputzen schwärzlich verfärbten Hände betrachtend, entgegenschleuderte: «Eins will ich dir sagen: In so einer Drecksbude feiere ich nicht.»

Ich musste ihm Recht geben. Für unser beider Geschmack war es das Chaos schlechthin. Im Schlafzimmer ein Bettenknäuel, die schmutzige Wäsche auf dem Fußboden, der Couchtisch im Wohnzimmer von einer Staubschicht überzogen, der Weihnachtsbaum schmucklos gegen die Wand gelehnt und in der Küche überall schmutziges Geschirr. Als ich mich umdrehte, war Thomas gegangen.

Ich brauche nicht zu schildern, wie mir zumute war. Ausgerechnet am Heiligen Abend würde ich nun wieder allein sein. Und das sollte ich auch danach bleiben. Die Zeit zwischen Weihnachten und Neujahr schleppte ich mich noch zu meinen Putzstellen. Dann wurde ich krank und mit mir mein Putzteufel. Ich laborierte wochenlang an unbestimmten

Symptomen herum, denen kein Arzt auf den Grund kam. Mal waren es die Nieren, mal der Rücken, mal hatte ich den berühmten Kloß im Hals. Unmöglich für mich, meinen Pflichten nachzukommen. Ich gab meine Putzstellen auf und pflegte nur noch meinen Körper, bettete ihn sorgsam auf teure Spezialmatratzen, probierte Diäten und andere medizinische Ratschläge der Illustrierten und füllte die Praxen zweifelhafter Medizinmänner. Das Jahr ging ebenso schnell dahin wie meine stattlichen Ersparnisse.

Doch unverhofft kommt oft. Der einzige Mensch, der mich hin und wieder besorgt angerufen hatte, um sich nach meinem Gesundheitszustand zu erkundigen, starb und hinterließ mir seine Eigentumswohnung samt Inventar. Es war die alte Dame mit den Silberschätzen. Ich gab meine Wohnung auf und zog in ihre.

Es ist wieder Heiligabend. Ich habe es mir so richtig gemütlich gemacht. Der Tannenbaum ist reichlich mit bunten Kugeln, goldgefärbten Walnüssen, Engelsreigen und von mir Faden für Faden sorgsam geglättetem Lametta, das die alte Dame in Mengen aufbewahrt hat, geschmückt. Und während aus dem Radio ein

Chor «Vom Himmel hoch, da komm ich her» singt, bin ich dabei, Bestecke für vierundzwanzig Personen zu putzen, die so angelaufen sind, dass sie wie schwarz lackiert wirken. Ich werde viele Putzlappen brauchen, bis sie ihren ursprünglichen strahlenden Glanz wieder haben. Und wenn ich damit fertig bin, warten auch noch andere schöne Dinge auf mich, Tabletts und ein silbernes Kaffeegeschirr, abgesehen von den hundert Bilderrahmen, aus denen mich die Vergangenheit meiner Gönnerin freundlich anguckt. Es wird Wochen dauern, und wenn ich damit fertig bin, werde ich wohl wieder von vorn anfangen müssen. Der Spruch «Zeit ist Geld» gilt für mich nicht mehr. Davon habe ich dank der alten Dame genug. Die Wohnung putzt jetzt eine Hilfe, damit gebe ich mich nicht mehr ab. Meine Beschwerden sind alle verschwunden. Ich bin gesund und munter.

Der Suppenlöffel, den ich gerade bearbeite, wird immer blanker. Jetzt kann ich sogar mein Gesicht darin sehen. Ich bin glücklich.

## 5  Welke Blätter

Kurz vor Weihnachten stellte mir meine Familie die unvermeidliche Frage: «Was ist denn nun? Kommt er oder kommt er nicht?»

«Er kommt», sagte ich, was einstimmiges Geseufze hervorrief.

Unser unvermeidlicher Weihnachtsgast, der Nennonkel Max, war noch ein Relikt aus der Nachkriegszeit, die ich mit einem Dutzend anderer Kinder und vielen Nenntanten und -onkeln aller Altersstufen, weit ab vom Schuss auf einem heruntergekommenen Gutshof mit meiner Mutter verbracht hatte. Nach Flucht und Vertreibung, nach Bombenangriffen und Tieffliegerbeschuss waren wir, wie es uns vorkam, in einem Paradies gelandet, wenn auch in einem drangvoll engen, zumindest was die Unterkunft betraf. Das alte Gebäude platzte aus allen Nähten. Aus jedem Zimmerfenster ragte ein Ofenrohr ins Freie, im Sommer waren die niedrigen Räume stickig und staubig und im Winter Wände und Fenster mit Eisblumen verziert. Das Essen war knapp, die zusammengestoppelte Kleidung vogelscheuchenähnlich, das Schuhwerk entweder zu groß, so dass es mit Papier ausgestopft werden musste, oder zu klein, so dass Leder und Zehen sich beulten. Erst im Sommer hatten die Füße die Möglichkeit, sich ein wenig zu erholen. Dafür waren sie dann anderen Unbilden ausgesetzt wie Glasscherben, Brennnesseln, Dornen, Stacheldraht und Stoppeln. Doch wurden wir mit etwas heute längst Verlorengegangenem belohnt, einer unzerstörten Natur. Früh weckten uns unzählige Vogelstimmen, allen voran die Lerchen, wir sahen zu, wie die Schwalben ihre Jungen fütterten, die Kiebitze über den Wiesen Kobolz schossen, um uns von ihren Nestern abzulenken, und der Habicht eine Taube schlug. Die Nächte waren erfüllt vom Zirpen der Grillen, dem Konzert der Frösche, dem leisen Piepen der ums Haus streichenden Fledermäuse. Wenn wir uns aus dem Fenster beugten, glitzerten Büsche und Gras von Glühwürmchen. Die Natur bot die schönsten Spielplätze, und unsere Phantasie konnte sich ungestört entfalten. Es gab einen flachen See zum Herumplantschen im Sommer und zum

Schliddern im Winter, denn Schlittschuhe besaßen wir natürlich nicht, Kletterbäume in allen Höhen und Größen und viele Tiere. Die trösteten uns, wenn wir unglücklich waren, wuschlige Entenküken, junge Katzen und Hunde und zottlige, ungeschlachte Kaltblüter auf den Koppeln, die es sich gutmütig gefallen ließen, wenn wir ihnen beim Reiten mit viel Geschrei unsere nackten Hacken in den Bauch bohrten. Wenn einen das Heimweh wie ein Heuschnupfen überfiel, konnte man das Gesicht in ihrem Fell verstecken und ein bisschen weinen, während sie ein beruhigendes Schnauben von sich gaben. Es gab zum Versteckspielen eine große Scheune, gefüllt mit Stroh und Heu, und Balken, auf denen man balancieren konnte. Wir Flüchtlingskinder waren eine ziemliche Rasselbande und im Dorf nicht sehr gelitten. Wir wuselten überall herum, erschreckten die Kühe während des Melkens und erweckten den Neid der dörflichen Spielkameraden, die im Gegensatz zu uns feste Pflichten hatten und auf den kleinen Höfen ihrer Eltern schon ordentlich ranmussten.

Wenn an den Sonntagnachmittagen die Erwachsenen bei Muckefuck und Sirupstullen die verrücktesten Zukunftspläne schmiedeten, versuchten wir, die Kriegserlebnisse auf unsere Weise zu verarbeiten. Wir lieferten uns hitzige Gefechte mit Knüppeln, schrien «Dawei, dawei!» und imitierten zum Sturzflug ansetzende Tiefflieger, was die von keinen psychologischen Kenntnissen angekränkelten Erwachsenen empörte. «Habt ihr nichts Besseres im Kopf, als Krieg zu spielen?» Sie murmelten etwas von «ohne Zucht keine Frucht», und die Mütter fackelten nicht lange, wenn ihnen der Sinn danach stand. Das tat er den Geplagten ziemlich häufig, denn sie mussten uns allein erziehen. Unsere Väter waren in Gefangenschaft, verwundet, gefallen oder, wie mein Vater, vermisst. Ihre Generation war unter den Flüchtlingen so gut wie nicht vertreten, fast nur Männer im Großvateralter. Onkel Max hingegen war eine Ausnahme. Er sah aus, als wäre er einem germanischen Zuchtprogramm entsprungen, und wirkte selbst in seiner schäbigen, umgefärbten Uniform mit den zu kurz gewordenen Ärmeln, als hätte er einen hohen Rang bekleidet. Man tippte auf Held und Ritterkreuz, zusammen mit erstklassiger Herkunft. Onkel Max ging nicht, er schritt. Und die Art, wie er eine Frau begrüßte und sich dabei über ihre Hand beugte, war von höfischer Eleganz. Außerordentlich wirkungsvoll war auch die Geste, mit der er, mit scheuem Lächeln und innigen Blicken aus seinen etwas milchigen blauen Augen, seine Haartolle aus dem Gesicht strich. «Ein richtiger Fatzke», murmelte mein Freund Erwin, dem ein Granatsplitter das rechte Ohr gekürzt hatte, wenn er beobachtete, wie der Nennonkel alle Augenblicke lang seinen Taschenspiegel herausholte, um sich mit zufriedenem Lächeln verstohlen darin zu mustern.

Leider war Onkel Max nicht nur ein Fatzke, er war auch ein Rosstäuscher und Drückeberger, was ihm in späteren Jahren sicher mehr Beifall eingebracht hätte als in dieser Zeit und was bei ehemaligen Kriegsgefangenen, Kriegsversehrten und Flüchtlingen nicht gerade Begeisterungsstürme auslöste. Deshalb vermied er auch, sich bei den bohrenden Fragen der anderen Männer, an welchen Frontabschnitten er denn gekämpft habe, festzulegen, sondern sprach vage von geheimen Missionen und sehr gefährlichen Sonderkommandos, die ihm, so blühend wie er aussah und so gut im Futter, wie ein älterer Herr ironisch bemerkte, außerordentlich gut bekommen sein mussten. Auch seine Herkunft blieb im Dunkeln, obwohl sich das Gerücht, er stamme aus sehr gutem Stall, bei den Frauen hartnäckig hielt. Er murmelte etwas von einem Schloss in Ungarn, was kaum nachprüfbar war.

Natürlich war Onkel Max Hahn im Korbe, und unter den jüngeren Frauen entstand ein verstohlenes Gerangel um ihn, an dem auch meine Mutter nicht ganz unbeteiligt war. Wie die meisten Frauen in dieser Zeit, ließ sie sich nicht anmerken, wie ihr wirklich zumute war. Der harte Alltag eignete sich wenig zum Jammern, zu sehr war jedermann damit beschäftigt, das Leben zu bewältigen. Dazu gehörte auch, Kartoffeln und Rüben zu stoppeln, Pilze und Brombeeren zu sammeln. Nur in den Nächten hörte ich sie manchmal leise weinen. Meine Mutter war damals Anfang dreißig, ein Typ wie Ilse Werner, eine in jenen Jahren sehr beliebte, quicklebendige Filmschauspielerin, die viel Furore mit ihrem Pfeifen machte. Dem ein paar Jahre jüngeren Onkel Max schien meine Mutter sehr zu gefallen. Jedenfalls pirschte er sich langsam an sie heran oder, wie Freund Erwin sich ausdrückte: «Der Fatzke balzt.» Die Sympathie des neuen Onkels zu mir hielt sich dagegen sehr in Grenzen, was auf Gegenseitigkeit beruhte.

«Schlappes Kerlchen», murmelte er vor sich hin, wenn ich mich weigerte, ihm beim Holzhacken zu helfen. «Warst wahrscheinlich nicht mal Schaftführer.»

«So wenig wie du General», sagte ich, von Erwin aufgehetzt, keck, aber mit etwas zittriger Stimme und hätte mich nicht gewundert, wenn er mir eine gelangt hätte. Doch das tat er nicht. Die Hand rutschte ihm nie aus, auch nicht bei den anderen Jungen. Schlagen lag ihm nicht. Sticheln hingegen konnte er in Perfektion, was er allerdings vermied, wenn meine Mutter in der Nähe war. Seine Bemerkung, ich hinge noch viel zu sehr an ihrem Rockzipfel für mein Alter, war nicht gut angekommen. Meine Mutter hatte ihn angefunkelt und gesagt: «Ich bin froh, dass er noch einen hat, nach dem, was hinter uns liegt.»

Aber auch ich hatte ein Mittel, um ihn zu ärgern: meinen vermissten Vater. Ich strich ihn bei jeder Gelegenheit heraus, und meine Mutter nickte jedes Mal dazu und sagte ernst: «Ja, so ist er.» Onkel Max hörte sich unsere gemeinsamen Lobesarien über den Vermissten mit einem etwas starren Lächeln an, warf meiner Mutter einen schmachtenden Blick zu und säuselte: «Aber welch ein Glück auch für den Kameraden, solch eine Frau zu besitzen – und so einen reizenden Daumenlutscher», was mich natürlich wieder in Rage brachte.

Gelegentlich verschwand er für einige Tage, um sich, wie er sagte, nach einer Arbeit umzusehen, und kam höchst gut gelaunt auf seinem klapprigen Fahrrad wieder zurück. Erwin behauptete, er habe eine Flamme in der Stadt, eine Witwe, der das Café am Platz gehörte. Doch da hatte ich so meine Zweifel. Erwin war dafür bekannt, dass er mächtig übertrieb.

Seine Mutter und meine Mutter waren inzwischen dicke Freundinnen geworden. Sie trösteten sich gegenseitig, lästerten über die anderen und teilten alles schwesterlich. Vom Aussehen hätten sie nicht gegensätzlicher sein können. Meine dunkelhaarige, eher etwas vollschlanke, behände Mutter und sie, eine ziemlich knochige, weizenblonde Schönheit mit räkelnden Bewegungen und Schlafzimmerblick, an deren Lippen ständig eine silberne Zigarettenspitze mit selbst gedrehter Zigarette hing.

Der Herbst kam, und neben Pilzen, Bucheckern und Nüssen gab es jetzt auch Brombeeren, die sich die Flüchtlinge gegenseitig streitig machten. Unsere beiden Mütter waren beim Sammeln am erfolgreichsten. Aber sie hüteten ihr Geheimnis und verrieten nicht einmal einander ihre Fundstellen.

Erwin kam auf die Idee, in Sachen Brombeeren doch einmal einen Vorstoß in das ans Haus grenzende Tannenwäldchen zu machen, dessen Betreten uns streng verboten war. Angeblich sollte dort noch jede Menge Munition herumliegen, die ab und an, wie Onkel Max behauptete, durch das Wild zur Explosion gebracht wurde. Als er unser Vorhaben spitzkriegte, zeigte er, der sich sonst sehr wenig um uns kümmerte, plötzlich größte Besorgnis und schilderte uns in grausigen Bildern, wie ein von einer Handgranate zerfetzter Körper aussieht. Doch mehr als die Munition machte uns Kindern Angst, dass es dort offensichtlich spukte. Spätabends hörten wir, wenn wir mal nicht einschlafen konnten, manchmal Stimmen und merkwürdiges Lachen, und außerdem war am Rande des Wäldchens das Skelett eines amerikanischen Piloten entdeckt worden, aus dessen Augenhöhlen das Gras wuchs. Die dringliche Warnung des Onkels und das Gezeter der Mütter brachten uns von unserem Plan ab.

Es waren wundervolle Wochen. Unsere beiden Mütter waren, wie Erwin sich ausdrückte, richtig gut drauf. Es wurde viel gelacht und herumgealbert, und die traurigen Gedanken, wozu auch die an unsere Väter gehörten, schienen ein bisschen vergessen zu sein. Einmal, als ich früh aufwachte, sah ich meine Mutter auf der Erde herumkriechen.

«Was machst du denn?», fragte ich schlaftrunken.

«Ich habe meinen einen Ohrring verloren. Zu ärgerlich, wirklich.»

Die Ohrringe, die sie trug, waren das letzte Weihnachtsgeschenk meines Vaters gewesen, und so war der Verlust besonders schmerzlich. Und, Duplizität der Ereignisse, Erwins Mutter vermisste plötzlich ihre silberne Zigarettenspitze, auch ein Geschenk ihres Mannes, wie sie sagte. Beide Mütter stellten alles auf den Kopf, aber Ohrring und Zigarettenspitze blieben unauffindbar.

«Wahrscheinlich geklaut», sagte Erwins Mutter und klaubte sich mit angewidertem Gesicht einen Tabakkrümel von der Unterlippe.

«Einen einzelnen Ohrring? Kann ich mir nicht denken», meinte meine Mutter.

Der November kam, und die Stimmung

wurde gedämpfter. Onkel Max sah häufig grübelnd vor sich hin, und ich hörte ihn murmeln: «Welke Blätter werden niemals wieder grün.»

In diesem Jahr kam der Winter zeitig. Bereits Anfang Dezember fror die Pumpe auf dem Hof ein, weil man vergessen hatte, sie rechtzeitig mit Stroh zu umwickeln. Ein netter Mensch hatte uns mehrere Bände von Karl May geschenkt, und Erwin und ich fühlten uns stark und mutig wie Old Shatterhand und Winnetou. Bewaffnet mit einem Flitzbogen und zwei rostigen Küchenmessern, die wir in einem Schuppen gefunden hatten, beschlossen wir, koste es, was es wolle, das Tannenwäldchen zu durchstreifen, das jetzt im Raureif nicht mehr so unheimlich aussah. Wir hatten einen ziemlich breiten Trampelpfad entdeckt, der sicher ungefährlich war, denn sonst wäre er nicht offensichtlich häufiger benutzt worden. Die Augen fest auf den Boden gerichtet, pirschten wir uns, wenn auch mit etwas mulmigem Gefühl, vorwärts. Am Ende des Pfades stießen wir auf eine kleine Lichtung, auf der eine halb zerfallene Jagdhütte stand. Wir schnüffelten darin herum und entdeckten einiges, was wir gut gebrauchen konnten, eine

Tabakspfeife, Streichhölzer, eine Petroleumlampe, in der sich sogar noch etwas Petroleum befand, eine Kaffeemühle, ein Glas vertrockneter Brombeeren, und dann sah Erwin etwas in der Dielenritze glitzern. Es war die silberne Zigarettenspitze. Und als ich mich auf das verstaubte Sofa setzte und automatisch, wie ich es mir angewöhnt hatte, mit der flachen Hand in alle Ritzen fuhr, zog ich plötzlich den Ohrring heraus. Kein Zweifel, unsere Mütter hatten, jede für sich, an den stattlichen Brombeerbüschen, die die Hütte umgaben, ihre Eimer gefüllt und sich hinterher hier ausgeruht. «Nun haben wir wenigstens ein Weihnachtsgeschenk», sagte Erwin zufrieden.

Überglücklich rannten wir nach Haus. Dort war inzwischen große Aufregung. Onkel Max war verschwunden, und das Einzige, was er hinterlassen hatte, waren wenige Worte: «Macht's gut, ich komm nicht mehr zurück.»

«Hat er jemals was zu dir gesagt, dass er weggehen will und warum?», fragte mich meine Mutter.

Ich überlegte. «Nee. Er hat nur ein paarmal vor sich hingemurmelt: ‹Welke Blätter werden niemals wieder grün.›»

Die beiden Mütter sahen sich verdutzt an.

«Begreifst du, was er damit meint?», fragte eine die andere, und sie zuckten abwechselnd die Schultern.

Die Weihnachtszeit kam, wir flochten alle gemeinsam einen Adventskranz, und die Mütter sprachen viel und innig von ihren Männern, unseren Vätern. Hinterher kratzte sich Erwin nachdenklich den kurz geschorenen Kopf. «Was spinnt sich meine Alte da bloß zusammen? Ich denke, ich bin unehelich.»

Dann war Heiligabend, und jeder hatte ein bisschen dazu beigetragen, Lametta beschafft, Kerzen eingetauscht und eine Tanne organisiert, wie man das Klauen damals nannte. Die Geschenke waren der Zeit entsprechend. Ich bekam ein Paar streng riechende schafwollene Socken, Erwin eine aus Wollresten zusammengestoppelte farbenprächtige Pudelmütze, meine Mutter pfiff, von unserem Gesang begleitet, kunstvoll «Stille Nacht, heilige Nacht», und dann überreichten Erwin und ich unsere Geschenke. Sie schlugen voll ein. Die Mütter waren überglücklich, wollten aber natürlich genau wissen, wo wir beides gefunden hatten. «Na, im Tannenwäldchen», sagte ich. «In so 'ner kleinen Hütte. Da wart ihr heimlich zum Brombeerpflücken, hab ich Recht? Sind 'ne Menge Büsche in der Gegend.»

Ich bemerkte voller Staunen, dass die Mütter mir gar nicht mehr richtig zuhörten. Sie sahen einander mit so wütenden Gesichtern an, dass mir angst und bange wurde und ich einen Augenblick lang dachte: Jetzt gehen sie aufeinander los. Warum, war mir allerdings schleierhaft. Aber Gott sei Dank taten sie das nicht. Meine Mutter murmelte bloß: «Welke Blätter.»

«Was 'n für Blätter?», wollte ich irritiert wissen.

Meine Mutter sah mich an. «Ich meine die Brombeerblätter.»

«Brombeeren gibt's ja im Moment nu wirklich nicht.»

Das fand Erwins Mutter wohl komisch. Jedenfalls fing sie an zu kichern, und dann lachten beide lauthals los, so dass mein Freund und ich es vorzogen, das Zimmer zu verlassen. Erwin tippte sich an die Stirn. «Wahrscheinlich Schnaps, schwarzgebrannter. Und dabei ist gerade neulich wieder einer draufgegangen.» Ich nickte weise.

In den Jahren danach entwickelte die bis dahin gemächlich dahinschlendernde Zeit plötzlich ein rasendes Tempo. Meine Mutter und ich zogen um, eine neue Umgebung, neue Freunde, Gymnasium, Universität, Beruf, eigene Familie, zwei Kinder und dazwischen ein bisschen Studentenleben und sonstiger Ringelpiez, wie Onkel Max es genannt hätte.

Mehr als zehn Jahre ist es inzwischen her, dass mir der Onkel noch einmal über den Weg lief, kein Jung-Siegfried mehr, aber im Großen und Ganzen durchaus noch wiedererkennbar, Beruf und Herkunft nach wie vor im Dunkeln, Junggeselle durch und durch. Ich traf ihn kurz vor Weihnachten vor einem Schuhgeschäft in der Innenstadt. Wir tranken ein Bier zusammen, und ich lud ihn, ohne viel zu überlegen, zum Heiligabend ein. Meine Familie zeigte sich wenig begeistert. «Wir kennen doch diesen Menschen gar nicht, und du hast auch nie von ihm erzählt.»

Sie hatten Recht. Aber es ließ sich nun nicht mehr ändern, auch wenn ich inzwischen meine Einladung bereute. Doch Onkel Max meisterte die etwas unterkühlte Stimmung mit Bravour. Es gelang ihm, zumindest anfangs, meine Frau für sich einzunehmen. Er strich sich wie früher die inzwischen ergraute Haartolle aus der Stirn und warf ihr schmachtende Blicke zu. Doch bald fand sie ihn reichlich schmierig. «Irgendwie», sagte sie, «na, du weißt schon. Ein bisschen verludert.» Trotzdem kam er von da an Jahr für Jahr, und jedes Mal gab es vorher Protest. Die Meinung über ihn blieb widersprüchlich. Mal fanden wir ihn ganz nett, meist einfach grässlich.

Im letzten Jahr ist er dann kurz vor Weihnachten plötzlich gestorben, und zu meinem Erstaunen hat er mir am Heiligabend zum ersten Mal richtig gefehlt, dieser merkwürdige Mensch, den ich meiner Familie und mir jahrelang aufgehalst hatte – wahrscheinlich, weil er noch ein Überbleibsel aus meiner Kindheit auf dem Lande war, wo wir auf freier Wildbahn herumtoben konnten und darüber die Schrecken des Krieges vergaßen. Aber vielleicht war es auch die Erinnerung an meine Mutter, der er, wenn auch nur für kurze Zeit, geholfen hat, sich aus einem Trauerkloß wieder in das von mir vermisste muntere Wesen von früher zu verwandeln.

## 6  Das fünfte Rad am Wagen

Lieschen wurde noch in einer Zeit geboren, als man von der Natur stiefmütterlich behandelte Mädchen gern als jederzeit verfügbare, unverwüstliche Putzlappen ansah, in der festen Überzeugung, diesen Geschöpfen damit etwas Gutes zu tun, denn so zählten sie ganz zur Familie und waren nicht verloren und verlassen einer grausamen Welt ausgeliefert. Lieschens Schicksal wurde bereits am Wochenbett entschieden, als sich ihre Großmutter über sie beugte und ein eher feststellendes als bekümmertes «Ach herrje!» ausstieß. Tatsächlich war Lieschens Kopf ein wenig zu groß geraten und ein Beinchen etwas länger als das andere, wahrscheinlich durch eine schiefe Wirbelsäule hervorgerufen. Dazu fehlte noch der kleine Finger am linken Händchen. Doch ihre aufmerksam und wach in die Welt blickenden Augen und ihr strahlendes Säuglingslächeln entschädigten zumindest ihre Mutter für den

Schreck. Auch sagte der Arzt beruhigend: «Wächst sich alles aus.»

Das tat es allerdings nicht.

Das kleine Lieschen steckte voller Lebensfreude, die jedoch von ihrer Umgebung nicht gerade gefördert wurde. Hatte dieses Kind doch nur eins zu sein: dankbar. Die Einladung von Onkel und Tante «Du darfst in den Sommerferien ein paar Wochen zu uns kommen» bedeutete für Lieschen, Ärmel hochkrempeln und in Haus und Küche, Garten und Keller fleißig zur Hand gehen. Das brachte ihr zwar kein Extrataschengeld ein, aber das Lob «Bist ein liebes Kind» und gutes Essen. Trotz ihrer Rückgratverkrümmung war sie recht flink und von Natur aus hilfsbereit. Während Vettern und Kusinen sich ihrem Alter entsprechend lieber bei Freunden aufhielten oder ihren Vergnügungen nachgingen, stand sie ihren Gastgebern zur Seite, wo immer es nötig war. Gehorsam folgte sie dem ständigen Ruf: «Lieschen, kommst du mal? Fasst du mal mit an? Trägst du mal? Holst du mal?» Beim Abschied streichelte man sie, gerührt über sich selbst, und sprach zueinander: «Hat sie sich nicht prächtig erholt?»

«Jetzt», sagte der Onkel milde, «wird sie zu

Haus morgens gut aus dem Bett kommen.» Was stimmte. Denn dort durfte Lieschen eine Stunde länger schlafen.

Schulzeit und Berufsleben – sie war Sachbearbeiterin bei der Müllabfuhr – gingen dahin. Der Urlaub und die Wochenenden standen selbstverständlich weiterhin im Dienste der Familie, die sich inzwischen nicht nur stark vergrößert hatte, sondern auch zu beachtlichem Wohlstand gelangt war.

Lieschen war Mädchen für alles. Sie half bei Konfirmationen, Taufen und Hochzeiten, schleppte bei Umzügen Kisten und Kasten, pflegte, hütete und sprang ein, wo es erforderlich war, zum Nutzen der Verwandtschaft, die nie vergaß zu betonen, wie glücklich sie doch sein müsse über ihre Unentbehrlichkeit in der Familie. «Was täten wir ohne Lieschen» war ein oft gehörter Satz, an den sich allerdings meist eine mit «Na ja» beginnende Mäkelei anschloss. Ihre Kochkünste waren bescheiden, ihr Geschmack scheußlich, ihre Kleidung altmodisch und ihr Hang zu duftigen Strohhüten und Rüschenblüschen grotesk. Mit Ratschlägen ging man sehr freigiebig um. «Du musst dich unbedingt besser halten. Du brauchst dringend einen anderen Haarschnitt. Diese

Brille ist einfach unmöglich. Du solltest mehr auf deine Figur achten.»

Aber erstaunlicherweise ließ Lieschen sich ihre gute Laune dadurch nicht verderben und hielt sich keineswegs für ein Aschenputtel. Das fünfte Rad holperte überall heiter mit. Sie musste fast sechzig werden, bis ihr das Schicksal etwas Köstliches bescherte, das ihr bis dahin versagt geblieben war: eine wirklich wichtige Person zu sein. Diese Gabe lag sozusagen unter dem Weihnachtsbaum eines frisch verheirateten Neffen, dem sie beim Umzug geholfen hatte. Weil es billiger kam, als ihr dafür ein großes Geschenk zu machen, hatte das Paar sie zu Weihnachten eingeladen. Das würde für dieses unbedarfte Geschöpf sicher eine große Freude bedeuten, wenn es auch für die jungen Eheleute, die der Zweisamkeit noch den Vorrang gaben, eher ein Opfer war. Leider blieb Lieschen nicht das einzig Lästige an diesem Abend. Außer ihr bescherte den beiden das Weihnachtsfest ein nachträgliches Hochzeitsgeschenk vom Chef des Neffen – eine Hand voll Hund von edelstem Geblüt mit dem Aussehen einer überdimensionalen Fledermaus. Es war ein sehr nervöses, zittriges Tier, das sich als Erstes in die Ehebetten flüchtete und den Hausherrn bei dem Versuch, es daraus zu entfernen, kräftig biss. Aus dem stillen, besinnlichen Weihnachtsfest wurde ein turbulenter Abend, ganz im Zeichen dieses Rassehundes, der sehr schnell von einem kurzen «Ach, wie süß» zu einem «elenden Köter» herabgestuft wurde. Er stürzte sich, anscheinend in selbstmörderischer Absicht, in den Weihnachtsbaum und brachte dort fiepend und raschelnd den Baum zum heftigen Nadeln, weil er mit dem Halsband hängen geblieben war. Er biss der teuren handgeschnitzten Figur des Josef den Kopf ab und hinterließ in jedem Zimmer Spuren, die von einer gut funktionierenden Verdauung sprachen.

Das junge Paar war verzweifelt. Sie hatten nach Weihnachten einen Urlaub in den Bergen geplant, aber dieses ungezähmte, wilde kleine Etwas konnten sie unmöglich ihrer Putzfrau zumuten. Der Gedanke, das Tier dem Züchter wieder zurückzugeben, wurde sofort verworfen. Der Chef des jungen Mannes war sehr empfindlich. Er würde das als Affront auffassen, und der Neffe setzte damit seine Karriere aufs Spiel. Glücklicherweise gab es ja noch Lieschen, und so mühte man sich um sie. Zum ersten Mal erkannte sie ihre Chance. Sie sagte nein. Sie sei ja berufstätig, und schließlich könne man so ein junges Tier nicht allein in der Wohnung lassen. Aber Lieschen war noch ungeübt im Neinsagen. Ein Frühstück, eigenhändig vom Hausherrn ans Bett gebracht, ein interessiertes Zuhören bei ihren zum Einschlafen langweiligen Bürogeschichten, eine Einladung zum Mittagessen in einem Nobelrestaurant genügten, um sie gefügig zu machen. Mit dem Weihnachtsgeschenk, dem man vorsichtshalber eine halbe Schlaftablette gegeben hatte, in einer vorübergehend zweckentfremdeten Reisetasche zog Lieschen davon, von vielen Dankesworten begleitet.

Doch nicht nur der Neffe dankte es ihr. Auch der Hund zeigte sich in ihrer Wohnung von der angenehmsten Seite. Er benagte weder Stuhlbeine noch Gardinen, kuschelte sich gehorsam in ein Strohkörbchen, wo er still und zufrieden an einem ausrangierten Pantoffel kaute, oder schlief sanft und friedlich auf ihrem Schoß, während sie vor dem Fernseher saß und wie immer feststellte, dass sie bei jedem Quiz weitaus besser als die Kandidaten war.

Als ihr Neffe den Hund wieder abholte und ihn diesmal ohne Schlaftablette ins Auto tragen konnte, flossen ihm die Dankesworte nur so von den Lippen, und sein Lob machte auch in der Familie die Runde, nachdem er festgestellt hatte, dass aus einem Irrwisch ein freundliches, friedliches Hündchen geworden war. Die Verwandtschaft war beeindruckt, und Lieschen rückte in ihrer Werteskala ein großes Stück nach oben. Von nun an umtanzte man sie in der Hoffnung, auch das eigene Haustier während der Urlaubszeit bei ihr unterzubringen. Bald konnte sie sich vor Nachfragen kaum retten, und ihre kleine Wohnung glich einer Art Arche Noah, in der es pfiff, sang, miaute, bellte und piepte. Gestreifte Mäuse, Laubfrösche, Kanarienvögel, ja sogar Ratten ließen ihr kaum noch Raum für die eigenen Bedürfnisse. Doch trotz der drangvollen Enge herrschte Burgfrieden.

Ein paar Jahre später ging sie in Rente und zog in eine größere Wohnung. Zunächst waren die Mieter über ihre neue Nachbarin nicht sehr erfreut, die sich anscheinend eine Art Zoo hielt, in dem es ziemlich geräuschvoll zuging. Aber diese Haltung änderte sich schnell, als Lieschen sich anbot, gern auch ihre Tiere in Pflege zu nehmen, und das kostenlos, wie sie es nannte. Lieschen hatte ihre Grundsätze.

Geld nahm sie nicht, jedenfalls nicht einen vorher vereinbarten festen Preis. Dafür stand auf dem Flurtischchen eine stattliche Glasvase, in die man, wenn man wollte, diskret ein Scheinchen stecken konnte, wobei der Anstand es erforderte, dass man, wenn auch leicht zusammenzuckend, sich an der Höhe des vorangegangenen Obolus maß.

Lieschens Bedeutung wuchs rapide, als man in der Gesellschaftsspalte der Tageszeitung einen Bericht über sie lesen konnte. Und so war es in Kürze einfach in, sein Tier bei ihr unterzubringen. Bald war sie ein Geheimtipp unter der Prominenz, deren Lieblinge, wenn man sie allzu häufig von Hotel zu Hotel mitgeschleppt hatte, gewisse neurotische Verhaltensweisen zeigten: nicht mehr stubenrein waren, den Portier bissen oder, wie es bei einem bekannten Schauspieler mit seinem Dackel passierte, sich platt auf Zebrastreifen legten und sich weder durch das zornige Hupen der Autos noch durch schneidende Befehle von der Stelle rührten. Anfänglich hatte sich der Hauswirt ein wenig ungnädig gezeigt und von Zweckentfremdung ihrer Wohnung gesprochen. Aber auch diese Klippe hatte Lieschen mit einer stattlichen Summe mühelos umschifft. Rüschenblusen und merkwürdige Hüte trug Lieschen längst nicht mehr, sie bevorzugte Chanel und Yves Saint Laurent, und der Haarschnitt eines Meisters ließ ihren Kopf kleiner erscheinen. Mit Hilfe regelmäßiger Krankengymnastik und diskreter Einlagen überspielte sie zudem ihr defektes Rückgrat und das zu kurze Bein, so dass man halb gönnerhaft, halb missbilligend in der Familie feststellte: «Lieschen hat sich ja mächtig herausgemacht.»

Das Beste jedoch kam ganz unverhofft: Lieschen wurde das Glück einer schönen runden Rache zuteil. Denn die Männerstimme am Telefon, die ihr unbedingt eine Katze aufschwatzen wollte, brachte längst Vergessenes wieder zurück. Es war die Stimme eines mehr als zehn Jahre älteren Nennonkels, in den sie sich mit sechzehn zum ersten Mal in ihrem Leben bedingungslos verliebt hatte. Der Onkel schätzte junge Mädchen über alles, und davon bekam auch Lieschen ein bisschen was ab, auch wenn sie nicht gerade dem Schönheitsideal eines jungen Mannes entsprach. Vor allen Dingen schmeichelte ihm ihre glühende Verehrung, und es machte ihm Spaß, die Glut mit intensiven Blicken, versteckten

Andeutungen und mit wie zufälligen Berührungen zu schüren, was in der Familie teils schmunzelnd, teils indigniert zur Kenntnis genommen wurde. Mal abgesehen davon, dass es sich nicht schickte, diesem armen Kind den Kopf zu verdrehen, war es nun auch zu nichts mehr zu gebrauchen, und das gerade vor Weihnachten, wo es so viel zu tun gab. Anstatt wie gewohnt den Christbaum von unten ein wenig zu kürzen, damit er ins Zimmer passte, schnitt sie in großer Konfusion zu viel von der Spitze ab und zerstörte damit das Gleichmaß der Tanne. Sie kicherte albern im Weihnachtszimmer herum und befestigte die Kerzen so achtlos, dass sie bereits beim Anzünden das Gleichgewicht verloren. Der Onkel betrachtete ihr verlegenes, tolpatschiges Tun mit Interesse, und plötzlich, während sie bemüht war, einige Schokoladenkringel an den Tannenzweigen zu befestigen, zog er sie an ihrem dicken Zopf sachte zu sich heran und flüsterte ihr zu: «Mein Lieschen, mein Lieschen, komm bitte mit», führte sie wie ein Pferd an der Trense in sein Zimmer, nahm sie in seine Arme und befahl ihr, die Augen zu schließen. Sie tat es mit seligem Ausdruck und legte den Kopf zurück, voller Erwartung.

Und dann, noch jetzt nach so vielen Jahren wurde ihr heiß und kalt vor Scham, spürte sie, wie eine sehr feuchte Zunge blitzschnell über ihr Gesicht fuhr. Verwirrt öffnete sie die Augen und sah den grinsenden Onkel mit seinem kleinen zappligen Foxterrier auf dem Arm. «Na, wie war dein erster Kuss?», fragte der Onkel, und Lieschen rannte hinaus und versteckte sich in ihrem Zimmer. Sie erzählte niemandem davon, und er hielt es diesmal auch für ratsam, sich nicht nach Stammtischmanier damit zu brüsten.

Inzwischen war er zweimal geschieden, jedes Mal einer Jüngeren zuliebe, und hatte sich nun an der Schwelle des Greisenalters in ein Geschöpf verliebt, das mit Kulleraugen und Schmollmund perfekt die Kindfrau spielte und großes Talent besaß, Geld mit vollen Händen auszugeben, so dass sein Vermögen ebenso schnell dahinschmolz wie die Liebenswürdigkeit seines Bankdirektors. Trotzdem hatte er es sich in den Kopf gesetzt, sie zu heiraten, und weil ihr Einverständnis nur mit einem großen Geschenk zu haben war, entschloss er sich, statt die Flitterwochen in Venedig zu verbringen, mit ihr eine Weltreise zu machen. Nun waren Weltreisen nicht gerade etwas, was die junge Geliebte aus dem Sattel warf. Das hatten ihr bereits seine Vorgänger reichlich geboten. Aber, nun gut, man würde sehen. Sie schürzte ihren Schmollmund noch mehr als sonst und gab ihm einen zarten Kuss – vielleicht war die Reise nach der großen Hochzeit und all den grässlich alten Menschen, die man dazu einladen musste, eine ganz angenehme Entspannung.

Doch als man schließlich beim Packen war, gab es plötzlich ein Hindernis, und das war ihre Katze Miriam, eine zugelaufene Angoramischung, die in heftigen Balgereien mit anderen Artgenossen ein Ohr verloren hatte und mit ihrer Angewohnheit, auf Türklinken zu springen, den Onkel ziemlich irritierte. Insgeheim dachte er, dass als Unterkunft eine Mülltonne noch für sie zu schade gewesen wäre. Aber natürlich schlug er ein feudales Tierheim vor. Doch seine junge Frau winkte ab. Für sie kam nur Lieschen in Frage, von der sie inzwischen so viel Gutes gehört hatte. Allerdings musste sie Lieschen erst einmal kennen lernen und Miriams Pflege gründlich mit ihr besprechen. Ihr Liebling war schließlich kein Allerweltskater.

Die Neuvermählten erschienen also bei

Lieschen. Des Onkels Verfassung ähnelte der von Lieschen vor vierzig Jahren. Seine Augen waren verzückt auf die junge Frau gerichtet, und er tätschelte ständig an ihr herum, was sie sichtlich langweilte. Lieschen gegenüber zeigte er sich überaus beflissen und sehr bemüht, jedes falsche Wort zu vermeiden. Doch das milderte ihre plötzlich wieder aufflammenden Hassgefühle nicht, wenn sie sich auch nichts anmerken ließ. Seine Frau lächelte Lieschen an. «Hübsch haben Sie's hier. Da würde ich selbst gern bei Ihnen ein Goldfisch sein oder eine Schildkröte.» Lieschen lächelte zurück. Was für ein bezauberndes Wesen. Dann wandte sich die junge Frau zu ihrem Mann: «Schatz, geh schon mal vor. Es ist noch einiges zu besprechen. Das langweilt dich nur.»

Schneller, als der Onkel gedacht, kam seine junge Frau in Lieschens Begleitung zum Auto.

«Na, seid ihr euch einig?», fragte er munter.

Lieschen warf ihm einen kühlen Blick zu. «Es tut mir Leid», sagte sie knapp, «aber ich kann eure Katze beim besten Willen nicht nehmen.»

Seine süßliche Freundlichkeit war wie weggeblasen, und man sah ihm deutlich an, was er dachte. «Der alten Kuh ist wohl die Prominenz zu Kopf gestiegen.»

«Ich bin allergisch gegen Angorahaare», sagte Lieschen ruhig.

Der Onkel vergaß jede Diplomatie. «Das ist ja das Neueste», sagte er in pampigem Tonfall. «In der Familie hat es sich jedenfalls noch nicht rumgesprochen.»

«Willst du ein ärztliches Attest sehen?»

Der Onkel verlor die letzte Contenance und tippte sich an die Stirn. «Komm», sagte er zu seiner Frau. «Wir werden schon was Passendes für Miriam finden. Das verspreche ich dir.»

Die junge Frau hatte dem Wortwechsel schweigend zugehört. «Viel Glück trotzdem», sagte Lieschen zum Abschied zu ihr, und beide tauschten verständnisvolle Blicke.

Das Tierheim, das der Onkel aussuchte, war wirklich exquisit, die Pensionsgäste wurden sogar von einem Tierarzt und einem Psychotherapeuten betreut. Trotzdem gelang es dem Onkel nicht, seine junge Frau auf der Reise bei Laune zu halten, und er gab schließlich seine Bemühungen resigniert auf. In Neapel erreichte das Paar die Hiobsbotschaft. Das feudale Tierheim war pleite. Sämtliche Tiere mussten woanders untergebracht werden. Für die Kindfrau gab es nun kein Halten mehr. Trotz Bitten und Flehen, trotz Krach, ja sogar Handgreiflichkeiten, sie blieb unerbittlich. Ihr kleines Juwel womöglich in fremden, rohen Händen, unmöglich! Sie brach die Reise ab, ohne den Onkel, und kam erst gar nicht mehr zu ihrem Ehemann zurück. So viel Unverständnis für die Liebe zu einem Tier, so viel Herzlosigkeit konnte man nur als seelische Grausamkeit bezeichnen. Die Scheidungskosten und der zu zahlende Unterhalt gaben dem Vermögen des Onkels den Todesstoß.

Lieschen trug man dieses Drama stückweise zu, denn sie war inzwischen längst für würdig befunden, an dem reichlich verbreiteten Familienklatsch teilzunehmen. Doch sie zeigte sich weniger überrascht als angenommen. Nicht einmal die Mitteilung, die Frischgeschiedene sei allein zur Seelenmassage in ein Sanatorium gefahren, wo sie sich doch sonst so mit dem Katzenvieh hatte, schien sie in Erstaunen zu versetzen.

Einen Tag vor Heiligabend besuchte sie eine Kusine mit einer weiteren Neuigkeit über den Onkel. Er hatte die Absicht, wieder zu heiraten. «Und rate mal, wie alt die Braut ist.»

«Wahrscheinlich noch eine Konfirmandin», sagte Lieschen trocken.

Die Kusine lachte. «Das Gegenteil. Sie ist fünf Jahre älter als er. Und einen Kropf hat sie auch. Aber dafür eine Menge Kies.»

Lieschen schien diese sensationelle Mitteilung nicht sonderlich zu interessieren. Sie war ganz damit beschäftigt, den Tisch hübsch zu decken und weihnachtlich zu schmücken. Die Kusine blickte enttäuscht und erhob sich. «Ich will dich nicht länger stören. Erwartest du jemand?» Lieschen nickte. «Na dann, frohes Fest.»

Zwei Stunden später klingelte es. Lieschen öffnete die Wohnungstür. Eine Angorakatze schob sich herein, strich ihr schnurrend kurz um die Beine und sprang dann auf einen ihr offensichtlich vertrauten Sessel. Ein Schmollmund gab Lieschen einen Kuss, und eine Kleinmädchenstimme sagte: «Da sind wir. Wir haben uns ja schon so auf dich gefreut.»

## 7  Das Weihnachtsmenü

Seitdem die Kinder aus dem Haus sind, verbringen wir den Weihnachtsabend allein. Nicht etwa, weil sie lieber mit ihrer eigenen Brut feiern wollen. Im Gegenteil, jedes Jahr versuchen sie, uns zu sich zu locken. «Eure Enkelkinder würden sich so freuen.» Selbstverständlich kommen sie, die in der gleichen Stadt wohnen, am Heiligabend kurz auf einen Sprung vorbei. Aber sie weigern sich entschieden, zum Abendbrot zu bleiben und sich gemeinsam mit uns das Weihnachtsmenü schmecken zu lassen. Sie lächeln mich an und schütteln sich bei dem Gedanken an die Zeit, als das noch für sie obligatorisch war. Auch unser ritueller Hinweis, dass uns vor fünfzig Jahren dabei das Wasser im Mund zusammengelaufen ist, macht es nicht besser. Doch für Moritz und mich ist es ein Stück Familiengeschichte und gehört zur Tradition, damit wir jene Zeit nicht vergessen, in der

Lungenhaschee eine Delikatesse war. Unsere Kinder sehen uns nachsichtig an. «Wir leben jetzt», sagen sie. «Nur die Gegenwart zählt. Eure alten Geschichten sind nur Sand im Getriebe.» Wenn wir von früher anfangen, bekommen sie prompt ihren leeren Blick und leiten über zu den süßen Enkelkindern, die wir doch sicher mal gern wieder für uns ganz allein hätten, wenn sie zum Skilaufen fahren.

Moritz – erst mein bester Freund, dann mein Stiefbruder und nun seit langem mein Mann – und ich sind echte Trümmerkinder, die nicht so schnell zu schockieren waren. Der Anblick von zerbombten Häusern, arm- und beinlosen Vätern war Alltag. Mein Vater war noch in den letzten Kriegstagen gefallen. Dafür war bei Moritz die Mutter abhanden gekommen, allerdings auf eine etwas andere Weise. Sie hatte sich, wie Moritz es ausdrückte, umverliebt und war einem Amerikaner gefolgt. Ich hauste allein mit meiner Mutter in einem mehr als zerlöcherten Haus, in dem noch viele Fenster mit Pappe vernagelt waren. Das Mobiliar beschränkte sich auf das Nötigste. Die bescheidene Garderobe hing an Nägeln, das gemeinsame Bett diente gleichzeitig als Kochkiste, und beim Platznehmen auf einem wackligen Stuhl war Vorsicht geboten. Das Gemeinschaftsklo befand sich auf halber Treppe und war, egal um welche Tageszeit, ständig besetzt. Gekocht wurde mit mehreren Parteien auf einem mit zwei Gasflammen ausgestatteten Herd. Wir Kinder kannten es nicht anders. In den meisten Familien ging es so zu, und die Mitteilung einer Mitschülerin, die damit prahlte: «Wir haben jetzt einen Schrank», konnte nicht mehr Bewunderung und Neid hervorrufen als heute die Verkündung: «Wir haben jetzt eine Yacht.»

Meine Mutter war ein angenehmer Mensch, meist guter Laune, mit einem ansteckenden Lachen, obwohl die Arbeit einer Trümmerfrau nun wirklich kein Zuckerlecken war. Wenn ich grämlich auf unserem Bett saß und herummaulte, weil ihr das bisschen Milch für mich wieder angebrannt war, sagte sie nur: «Wird schon werden», und fing an, von meinem Vater zu erzählen, den sie auch mir gegenüber Werner nannte. Werner war so und wieder so, aber vor allem ein ganzer Mann. Werner wusste alles, Werner konnte alles, Werner war voller Verständnis gewesen. Vielleicht nicht für alles, denn meine Mutter war, wie die Nachbarn sich ausdrückten, ein leichtsinniges Huhn, die, wenn sie mal was Essbares ergattert hatte, Fettlebe machte, anstatt sich um die Zukunft zu sorgen. Auch hinderte sie die Lobpreisung meines Vaters nicht daran, sehr vergnügt links und rechts zu kucken. Die Auswahl war allerdings gering und, wie sie sagte, zu viele Trauerklöße darunter. Sie strich mir übers Haar. «Wir kommen gut allein zurecht, oder?» Ich nickte zustimmend, zumal ich vaterloses Kind unter ihr nichts auszustehen hatte. Sie war keine ängstliche Mutter und ließ mich meiner Wege gehen. Nur pünktlich zu Haus musste ich sein, was nicht immer einfach war. Eine Uhr besaß ich nicht, und man musste mindestens zehn Leute fragen, bis man jemanden erwischte, der einem die Zeit nennen konnte.

Ich hatte in einem halb zusammengestürzten Haus einen kleinen Raum gefunden, der bis auf eine lose in den Angeln hängende Tür fast unversehrt war. Ich ergriff sofort von ihm Besitz, ungeachtet dass bei der winzigsten Erschütterung der Putz herunterrieselte, und baute mir meine eigene Welt auf. Wir Kinder waren wahre Schatzgräber, und so hatte ich bald zusammen, was eine gute Puppenmutter zum Spielen braucht: eine halb zerbrochene

Wiege, einen zerbeulten Puppenherd, einen angekohlten Korbstuhl, ja sogar einen Puppenwagen, wenn auch nur auf drei Rädern. Mit meinen beiden Puppen war ebenfalls nicht viel Staat zu machen. Ihnen ging es wie den Menschen. Hansi fehlte ein Bein, und Mausi hatte ihre Augen verloren. Die leeren Augenhöhlen bereiteten mir Unbehagen. Deshalb verband ich sie mit einem Stofffetzen. Beide waren sehr erziehungsbedürftig, und Strenge war angebracht, damit sie rechtzeitig lernten, was sich gehörte, eine Tugend, die meiner Mutter offensichtlich abging, jedenfalls nach Ansicht der Nachbarn. Was genau sich nicht gehörte, war mir unklar. Wahrscheinlich gingen ihnen ihre Albernheiten auf die Nerven. Mütter hatten ruhig und vernünftig zu sein. Der Ernst des Lebens gebot es ihnen.

Ich hatte es nicht immer leicht mit Mausi und Hansi. Sie machten noch gelegentlich ins Bett, liefen dauernd mit einer Schniefnase herum und waren beide rechte Heulsusen. Auch waren sie mäklig mit dem Essen, und die Gerichte, die ich ihnen zubereitete, schmeckten ihnen nicht. Dabei waren es alles Köstlichkeiten aus dem Reich meiner Phantasie,

Bienenstich, Sahnetorte und Erdbeeren, Vanilleeis, Kartoffelklöße mit Schweinebraten. Sie beklagten sich über das piksige Bett und den Geruch, den es ausströmte – nicht ganz zu Unrecht, denn das Bett war eine ehemalige Fußmatte, die schon viel erlebt haben musste und fürchterlich nach Katzen roch. Mit dem Lernen hatten sie nicht viel im Sinn und waren nicht in der Lage, zwei und zwei zusammenzuzählen.

An dieser Stelle mache ich eine kleine Pause, denn hier würde mich Moritz unterbrechen, und ich höre ihn förmlich ungeduldig sagen: «Du und die Puppen», wie ich in demselben Tonfall oft zu hören bekommen habe: «Du und die Kinder. Mach nicht so viel Grün drumrum. Komm endlich zu 'ner wichtigen Sache, zu mir.»

Ich sehe Moritz an, der zufrieden eine Weihnachtssendung im Fernsehen ankuckt, und sage: «Du, ich denke gerade daran, wie wir uns kennen gelernt haben. Weißt du noch? Du fielst schon damals, wie es deine Art ist, mit der Tür ins Haus, und das im wahrsten Sinne des Wortes. Fast hättest du mir Hansi und Mausi platt gemacht. Vor lauter Staub konnte man gar nichts mehr sehen. Und dann ...»

Er nickt begeistert. «... haben wir uns herrlich geprügelt.»

«Zwei dürre Kinder», bestätige ich, «die wie verrückt aufeinander eindroschen und sich beschimpften: Olle Zicke, doofe Nuss, bis du plötzlich auf die augenlose Mausi zeigtest, zu lachen anfingst und fragtest: ‹Spielt ihr blinde Kuh oder was?›» Worüber wir beide nach so vielen Jahren immer noch kichern müssen.

Wie in einem Weihnachtskalender öffnen wir Fenster für Fenster in unserem Gedächtnis und betrachten unsere Erinnerungen, teils vergnügt, teils mit Schauder.

Wir beide wurden unzertrennlich, und meine Mutter hatte nichts dagegen, dass er ständig bei uns herumhing. Jedoch mich einmal zu sich mitzunehmen zeigte er wenig Neigung. «Was ist denn mit deinem Vater?», fragte ich neugierig. «Schlägt er dich?»

«Bist du verrückt?» Er beulte sein rechtes Nasenloch mit dem Zeigefinger noch mehr aus als sonst. «Nee, so was tut er nicht. Er sitzt nur da und starrt vor sich hin.»

Ich merkte, es war besser, das Thema zu wechseln.

Dagegen war meine Mutter ganz nach seinem Herzen. Sie fand ihn süß: «Dein kleiner

Freund, richtig Zucker.» Und er lächelte halb geschmeichelt, halb verlegen. Irgendwann nahm er mich aber dann doch mit nach Haus. Ich hatte eine ähnliche Räuberhöhle wie bei uns erwartet. Aber ich war angenehm überrascht, was sich mir da präsentierte. Der Hausflur hatte noch schlimm ausgesehen, aber für damalige Verhältnisse war in der Wohnung selbst alles ziemlich picobello mit einer vollständig eingerichteten Küche, einem Wohnzimmer, einem Schlafzimmer und richtig verglasten Fenstern. Moritz' Vater stand am Herd und brutzelte etwas, was penetrant nach Lebertran roch. Ich musterte ihn verstohlen. Soweit ich sehen konnte, fehlte nichts. Kopf, Arme, Beine, Augen, Ohren, Nase, alles dran. Er drehte sich zu mir um, ernst, aber nicht unfreundlich. «Willste 'n Happen mitessen?»

Ich nickte und fragte geziert, wo ich mir vorher die Hände waschen könne.

«Na, so was», sagte er und deutete auf den Spülstein. Wenn er lächelte, sah er richtig nett aus. Moritz' Augen sahen mich an. «Kannst dir ein Beispiel an deiner Freundin nehmen», sagte der Vater zu ihm.

Das, was er da zusammengebraut hatte,

schmeckte besser, als es roch. Ich putzte alles weg und hätte am liebsten noch den Teller abgeleckt, aber das verkniff ich mir. Während des Essens versuchte er, mich ein wenig auszuhorchen. Eltern, Geschwister, Verwandte. Ich war sonst eher schüchtern, aber er hatte so was Beruhigendes, dass ich mich wohl fühlte. Ich redete munter drauflos, und am meisten sprach ich, natürlich ganz im Tonfall meiner Mutter, von Werner, dem Vater mit der Rose im Knopfloch. Schließlich stoppte mein Freund den Redefluss. «Haste Quasselwasser getrunken?»

Kaum zu Hause, ging die Aushorcherei wieder los, wobei Mutter allerdings nur sehr zerstreut zuhörte. Sie probierte gerade einen knallig roten Lippenstift aus, den Moritz später sehr an ihr bewunderte. «Klasse, deine Mutter.»

Irgendwie ärgerte mich das. «Dein Vater ist auch in Ordnung.»

Er zuckte die Achseln. «Wenn du meinst.»

Der Winter kam und mit ihm ein eisiger Ostwind. Ich hielt mich jetzt mehr bei Moritz auf, denn in dessen Wohnung gab der Kanonenofen sehr viel mehr Hitze, während unserer nur grämlich vor sich hin paffte, weil wir ihn mit zu nassem Holz gefüttert hatten. Dafür hatte ich Mausi und Hansi wieder bei uns einquartiert. Sie froren weniger als ich. Sie steckten beide bis zum Hals jeder in einer halb aufgeribbelten Socke.

Moritz gibt einen Seufzer von sich. «Nicht schon wieder diese Puppen. Komm endlich auf unseren ersten gemeinsamen Heiligabend.» Auf den war er nämlich besonders stolz. Er war ein As im Organisieren. Die endlose Schlange vor dem Schlachter, wo es Pferdefleisch gab, erschreckte ihn nicht. Er setzte auf seinen treuherzigen Hundeblick, mit dem er sich nach vorne drängelte. Und so hatte er auch kurz vor Weihnachten das Glück, ein Stück Lunge, aus dem sein Vater Haschee machen wollte, zu ergattern. Mutter und ich wurden zu diesem Festessen eingeladen. «Na», sagte meine Mutter vergnügt und rieb sich ihre erfrorenen Zehen. «Dann danken wir auch schön.» Und später zu mir: «Ich bin wirklich gespannt, was Moritz' Vater für ein Mensch ist.»

«An dem ist noch alles dran», sagte ich wichtig, «und kucken kann er auch.»

«Hört sich ja richtig gut an», sagte meine Mutter und griff zu ihrem Lippenstift.

Ich runzelte die Stirn. «Nicht so viel. Wie sieht denn das aus!»

Sie seufzte. «Ich hab 'ne Nonne zur Tochter.»

Als wir dann loszogen, war ich doch sehr stolz auf sie. Zur Feier des Tages trug sie ihr einziges Kostüm. Warm war es gerade nicht, denn es war für den Sommer gedacht, aber chic. Ihr Haar glänzte, als wäre es nicht nur mit dieser bimssteinähnlichen Seife gewaschen worden. Und um ihren Kopf hatte sie sich gegen die Kälte aus einem Seidenschal einen Turban geschlungen. Wir zogen zeitig los, um nicht ins Dunkle zu kommen, denn Straßenlampen gab es nicht, und wenn, nur alle fünfzig Meter. Außerdem hatte unsere einzige Taschenlampe, bei der man eine Art Dynamo bedienen musste, den Geist aufgegeben. Im Gegensatz zu meiner Mutter sah ich eher aus wie ein Zille-Kind, stapfte mit genagelten Schuhen neben ihr her und trug zu meinem an vielen Stellen gestopften Bleyle-Rock eine drei Nummern zu große Kletterweste.

Die Begrüßung fiel ein wenig förmlich aus. Nach den üblichen Floskeln, «Sehr erfreut, Sie kennen zu lernen» und «Hübsch haben

Sie's hier», tauschten wir unsere Geschenke aus. Unsere Gastgeber hatten auch hier die Nase vorn. Während wir sie nur mit zehn mühsam eingewickelten Kienspänen zum Anheizen und einem halben Liter Magermilch beglücken konnten, bekam ich für Hansi und Mausi ein Schwesterchen in Gestalt einer sehr kleinen, aber makellosen Puppe und meine Mutter ein Stück Seife, Marke «Rosa Zentifolia», die wundervoll duftete.

Das Lungenhaschee war ein Meisterwerk. So etwas Herrliches hatten wir lange nicht gehabt, und niemand kam auf die Idee, von «Rennfahrers Ende» zu sprechen, wie das bei meinen Vettern im Krieg üblich war. Als Nachtisch gab es die mit Stärke steif geschlagene Magermilch, Geisterspucke genannt, aber auch sie schmeckte uns nicht schlecht.

Von nun an sahen sich unsere Eltern häufig. Von Werner wurde sehr viel weniger gesprochen. Und bald bekam ich einen neuen Vater, mit dem ich sehr zufrieden war, und einen Bruder gleich dazu, der mehr als ich von nun an an Mutters Rockzipfel festhielt.

Moritz lächelt zufrieden. «Und wem verdanken wir unser Glück?» Er schiebt mit leicht angewidertem Gesicht den Teller mit dem Lungenhaschee von sich. «Diesem Essen hier.»

Ich nicke. «Und das zelebrieren wir nun schon seit mehr als fünfzig Jahren. Aber auch die Prinzessin musste erst den Frosch küssen, um glücklich zu werden.»

«Dein Vergleich hinkt», sagt Moritz. »Wir haben uns die Lippen nach dem Lungenhaschee geleckt. Vergiss das nicht.»

Ich seufze. «Das tun wir ja nun wirklich schon lange nicht mehr.»

«Genug der Worte», sagt Moritz munter. «Jetzt wollen wir es uns wie immer schmecken lassen.»

Während er nach dem Lachsschinken und anderen Delikatessen greift, verteidigt er, wie es scheint, doch ein wenig schuldbewusst, seine Prinzipien. «Kinder müssen nun mal rechtzeitig erfahren, dass es nur wenig braucht, um glücklich zu sein. Dafür ist das traditionelle Weihnachtsessen ein hervorragendes Beispiel. Eigentlich erstaunlich, dass sie uns nie auf die Schliche gekommen sind.» Er lächelt zufrieden. «Kinder müssen nicht alles wissen.»

Ich nicke beipflichtend: «Wie Recht du hast», und sehe mich wieder Jahr für Jahr in die Kinderzimmer schleichen, um die beiden an all den Köstlichkeiten teilhaben zu lassen, während Moritz in der Badewanne sitzt und singt: «I'm dreaming of a white Christmas ...» Kinder müssen nicht alles wissen – aber Väter auch nicht.

## 8  Die zündende Idee

Dieser Dezembermorgen unterschied sich kaum von den vorangegangenen. Wie das Radio kundtat, tendierte die japanische Börse schwächer, während die amerikanische eine steigende Tendenz zeigte. Ein als Nikolaus verkleideter Mann war in mehrere Wohnungen eingebrochen und hatte bei der Flucht einen Kinderwagen samt Baby umgerannt. Bei den Frühstücksvorbereitungen in der Küche platzten die Eier trotz des vorsorglichen Piks, und meine Gedanken kreisten und kreisten und kreisten um Krischi, dem trotz seiner fünf Jahre immer noch kein Wort zu entlocken war, wofür ich von anderen Müttern, deren gleichaltrige Kinder bereits das kleine Einmaleins beherrschten, mitleidige Blicke erntete. Nur eine bissige Tante bemerkte, wahrscheinlich gehöre er zu den Hochbegabten, von denen man jetzt so viel lese, und die Borniertheit seiner Familie, in der er aufwachsen müsse, habe ihm die Sprache verschlagen. Was mich auch nicht gerade heiter stimmte. Vergeblich versuchte Krischis Großmutter, mich mit der Erinnerung an meine Kindheit zu trösten. Sie behauptete, auch ich sei eine Spätentwicklerin gewesen und hätte zwar gern auf dem allerliebsten Töpfchen in Form eines Frosches gesessen, es aber vorgezogen, für die wichtigen Dinge immer noch Pampers zu benutzen.

Die zahlreich konsultierten Ärzte beäugten und beklopften unseren Krischi von allen Seiten, konnten aber nichts Auffälliges finden. Der Junge sei völlig in Ordnung. Und einer der Herren bemerkte sogar mit leichter Ironie, wahrscheinlich werde er eines Tages mehr reden, als mir lieb sei. Dabei sah er mich an, als wolle er sagen: «Wenn du ihn überhaupt zu Worte kommen lässt», was ich recht kränkend fand. Es ist richtig, ich habe ein ziemlich heftiges Temperament und verstehe meine Meinung durchzusetzen, so dass Ludwig, wenn wir miteinander diskutieren, oft fleht: «Liebling, gib mir eine Chance.»

Aber mir zu unterstellen, dass ich an Rederitis leide, war unverschämt. Ärzte sind ja so eine Sorte für sich, nur wenige haben für ihre Patienten wirklich Verständnis. Die meisten sind ungeduldig und rechthaberisch. Kaum hat man nach stundenlangem Warten im Sprechzimmer Platz genommen, wird einem schon wieder zu verstehen gegeben, die Audienz sei nun beendet.

Manchmal ärgerte ich mich auch über Ludwigs, wie ich fand, mangelnde Unterstützung. Er sah das Ganze nicht so tragisch. Sobald ich auf unser gemeinsames Problem mit Krischi zu sprechen kam, griff er zur Zeitung, stellte den Fernseher an oder inspizierte den Kühlschrank, ob auch genug von seinem geliebten Bier kalt gestellt war. Höchstens raffte er sich mal zu einem beruhigenden «Es wird schon werden» auf und wirbelte seinen vor Freude kreischenden Sohn durch die Luft. Was habe ich nicht alles getan, um Krischis Ladehemmung auf den Grund zu kommen, Diäten ausprobiert, sein Gehirn mit teuren Mineralien und Vitaminen gefüttert, das Kinderzimmer nach Wasseradern durchforschen lassen und ihm unermüdlich vorgesprochen: «Mama, Papa.» Natürlich machte sich auch Ludwig so seine Sorgen. Einmal versuchte er es trotz meines beschwörenden «Lass das» mit einer Schocktherapie. Aber auch damit blieb der Erfolg aus. Von der Geisterbahn, in die sein

Vater ihn schleppte, war Krischi gar nicht mehr wegzubekommen, und als Ludwig nachts auf den Einfall kam, als Gespenst verkleidet vor seinem Bettchen zu erscheinen, tippte das Kind sich, wie übrigens auch ich, nur an die Stirn. Mit solchen Albernheiten kann man unserem Sohn nicht kommen. Er ist und bleibt ein aufgewecktes Kerlchen. So weiß er längst, in welchem Fernsehprogramm seine Lieblingssendungen laufen, und stellt sie sich natürlich selbst ein. Sogar die Mikrowelle kann er bedienen.

Während ich mich gerade, in Gedanken versunken, an den aufgebackenen Brötchen verbrannte, betrat Ludwig die Küche, fuhr mit seinem Finger in die Marmelade und erschreckte mich mit einer seiner zündenden Ideen, die ihn manchmal geradezu anfallsartig überfallen, etwas, was ich mehr fürchte als Zahnarzt, Zecken und Krankenhäuser. So hatte er mich kurz vor der Geburt unseres geliebten Krischi zu einer Fahrt in dem Jeep eines Freundes mit der Verkündung überredet, dieses Vehikel, in dem anscheinend die Amerikaner 1945 von Sieg zu Sieg geeilt waren, sei ein besonderes Fahrerlebnis. Nicht nur, dass dieser Veteran Geräusche von sich gab, die bei mir fast zu einem Hörsturz führten, besaß er auch die Federung eines Bretterwagens, mit dem die Pferde gerade in vollem Galopp durchgehen, so dass ich nicht überrascht gewesen wäre, wenn unser kleiner Krischi seine Mutter auf der Stelle verlassen hätte. Nicht viel besser war seine Idee mit der Anglerpartie. Zwei schwitzenden Männern zuzusehen, die sich ständig mit ihren Angeln in die Quere kamen, und ihrer Unterhaltung zuzuhören, die aus Sätzen wie «Bei mir beißt einer» oder «Reich mir mal das Bier» bestand, langweilte mich fast zu Tränen, während sich das Boot immer mehr mit Wasser füllte und die Mücken ganz versessen auf mich waren.

Ein ebensolcher Misserfolg war sein Vorschlag, sich auf einer Erdbeerplantage die Früchte selbst zu pflücken. Zuerst fand ich die Idee sehr vernünftig. Aber wir verpassten den richtigen Zeitpunkt. Jedenfalls sah uns der Besitzer befremdet an und fragte: «Jetzt wollen Sie noch pflücken? Bei dem Regen? Aber meinetwegen.» Das, was wir dann nach Hause brachten, war auch mehr als mickrig, die meisten Erdbeeren ziemlich matschig und von Schnecken benagt.

Doch eine richtige Katastrophe war die Wattwanderung Ende Oktober, die sich Ludwig in den Kopf gesetzt hatte, obwohl der Wetterbericht vor starkem Nebel in dieser Region warnte. Der Ausflug endete damit, dass wir nur noch mit Mühe und Not das Ufer erreichten, die Flut stand uns bereits bis zu den Knien. Ein Glück, dass wir unseren Sohn in der Obhut seiner Großmutter zu Hause gelassen hatten, die wahrscheinlich ihre Zeit damit verbrachte, ihn unermüdlich zum Sprechen zu ermuntern. Ich sah sie beide förmlich vor mir, den Jungen, der seine Zunge fröhlich hin und her wetzen ließ, damit sich ja nicht ein vorwitziges Wort aus seinem Munde stehlen könnte, und meine Mutter, wie sie ihn erschüttert in die Arme schloss, mit erstickter Stimme «armer Junge» murmelte und seine überaktive Zunge mit ungesunden Leckereien zu beruhigen versuchte.

Und jetzt hatte sich Ludwig schon wieder etwas sicherlich Verrücktes einfallen lassen, und das ausgerechnet vor Weihnachten. Ich sah ihn beunruhigt an. «Was hast du denn diesmal ausgeheckt?»

«Einen Weihnachtsgast.» Und es klang, als spräche der Engel persönlich: «Siehe, ich verkündige euch große Freude.»

Meine Reaktion entsprach dem allerdings nicht. «Bist du verrückt? Genügt dir Krischis und meine Gesellschaft nicht mehr?» Und ich hatte bereits wieder die Stimme der scharfzüngigen Tante im Ohr: «Die jungen Leute haben sich wohl nichts mehr zu sagen.» Womit sie, wenn ich ehrlich war, nicht so ganz Unrecht hatte. Ludwig und ich hatten von Anfang an nicht gerade vor Leidenschaft gebebt. Aber es gab doch viele Gemeinsamkeiten, über die wir zu zweit klagen konnten und die eine Menge Gesprächsstoff hergaben. Ein liebloses Elternhaus, egoistische Geschwister, pingelige Chefs im Büro und heimtückische Kollegen. Auch in anderem stimmten wir überein. Wir hassten die ewige Musikberieselung, die nicht einmal vor den Klos Halt machte, mokierten uns über die stereotype Frage «Was kann ich für Sie tun?» und kritisierten die ständig wachsenden Müllberge in den Parks. Ich war dem Fußball nicht abgeneigt, er schätzte wie ich Krimis. Und als ich dann ein Kind erwartete, war unser Glück vollkommen. Leider machte mich meine Sorge um Krischi ungeduldiger gegen Ludwigs kleine Macken. Warum trank dieser Mensch seine Tasse, sein Glas nie ganz aus? Warum mangelte es ihm auf geradezu beängstigende Weise an Orientierungssinn, so dass wir uns jedes Mal verfuhren, egal, wie oft wir eine Strecke schon zurückgelegt hatten? Und weshalb konnte er niemals etwas zugeben? Da gab es dann doch manchmal Augenblicke, in denen ich meinem Singleleben nachtrauerte, meiner schmucken kleinen Wohnung für mich allein, dem großen Freundeskreis und den netten Verehrern, die sich allerdings im Laufe der Jahre, wie ich mir eingestehen musste, immer rarer machten. Auch der Freundeskreis war zusammengeschmolzen, und ich erinnerte mich an die vielen öden, zu Haus verbrachten Feiertage. Plötzlich erschien mir Ludwigs Vorschlag in einem freundlicheren Licht. Schließlich gehörte es sich gerade in der Weihnachtszeit, an die Mühseligen und Beladenen zu denken. Außerdem war Ludwig ein großer Überredungskünstler, und als er in dasselbe Horn wie ich tutete, dass man sich Einsamer und Unglücklicher hin und wieder annehmen müsse, willigte ich ein.

Der Gast, den er vorschlug, schien mir unverfänglich. Es war eine ältere Kollegin, mindestens fünfzig, wie er mir erklärte, die ganz plötzlich ihren Mann verloren hatte. «Das arme Ding hat so gut wie keine Familie», sagte Ludwig. «Sie ist eine völlig harmlose, vielleicht etwas langweilige Person. Wie man sich erzählt, muss der Mann ziemlich grässlich gewesen sein.»

Mir lag auf der Zunge, zu sagen: «Na, dann kann sie ja froh sein, dass sie ihn los ist», aber ich schluckte diese Bemerkung schnell herunter. Ludwig ist nicht sehr fürs Frivole.

Unsere Familien lobten uns für unsere großzügige Geste. Man hatte es ja immer gesagt, die jungen Leute von heute hatten auch viel Herz.

Die Weihnachtsvorbereitungen nahmen diesmal mehr Zeit in Anspruch als sonst. Schließlich sollte es der Gast so richtig festlich haben. Blamieren wollte ich mich vor ihm schon gar nicht. Deshalb war ich beim Aussuchen der Edeltanne besonders pingelig, ebenso beim Schmücken. Ludwig musste ordentlich ran. Mit einem «Tu dies, tu das» jagte ich ihn ganz schön herum, bis er schließlich stöhnte: «Was machst du bloß für Umstände? Frau Zielke ist ja schließlich nicht der Erzengel Gabriel.»

Zum Schluss lief alles wie am Schnürchen. Bratenduft zog durch die Wohnung, und

Weihnachtslieder tönten aus dem Radio. Auf die Minute pünktlich klingelte es an der Wohnungstür. Mein Willkommenslächeln wich einem etwas verdutzten Ausdruck. Diese Witwe hatte ich mir ganz anders vorgestellt. Unser Gast entpuppte sich keineswegs als eine vom Leben gebeutelte, vergrämte Frau, sondern als eine appetitlich aussehende, statiöse Blondine, die mich sofort lebhaft an die Bedienung am Käsestand unseres Einkaufsmarktes erinnerte. Eine Person, die den Kunden sehr schnell zu vermitteln verstand, dass sie hier das Sagen habe, sie grundsätzlich keines Blickes würdigte, sondern über ihre Köpfe hinweg ungeduldig fragte: «Und was noch? Und was noch?»

Frau Zielke segelte dann auch mehr ins Wohnzimmer als es bescheiden zu betreten, erfasste mit einem einzigen vernichtenden Blick das gesamte Mobiliar und zerstörte meine Freude an all den hübschen Dingen, die wir uns so nach und nach angeschafft hatten. Die Lampe mit dem Kristallfuß, das geschnitzte Wandschränkchen, die Porzellanfigur einer Tänzerin, der von mir selbst bestickte Paravent, all das wirkte plötzlich billig und geschmacklos.

«Hübsch», sagte Frau Zielke, «wirklich hübsch», ein Wort, das sie auch dem Weihnachtsbaum und meinem liebevoll gedeckten Abendbrottisch zuteil werden ließ. Ohne eine Aufforderung abzuwarten, ließ sie sich in Ludwigs Lieblingssessel fallen und sah uns an, als wollte sie sagen: «Ich warte.»

Ludwig verstand sofort. «Ach ja, den Sherry hätte ich fast vergessen!», rief er hastig und wollte in die Küche gehen. Dabei rannte er fast Krischi um, der gerade hereinkam und sich in seinem geliebten Indianeranzug vor Frau Zielke aufpflanzte. Frau Zielke schenkte ihm ein uninteressiertes Lächeln. «Oh, ein kleiner Indianer. Wie heißt denn unser großer Häuptling?»

«Krischi», sagte ich schnell und forderte meinen Sohn auf, ihr die Hand zu geben. Mein Sohn dachte nicht daran. Wie hypnotisiert wandte er keinen Blick von unserem Gast, der daraufhin, mit der einen Hand an seine Lippen klopfend, mit der anderen neckisch herumfuchtelnd, ein Indianergeheul anstimmte: «Huh, huh!» Krischi starrte Frau Zielke weiter an, und sie wandte sich achselzuckend ab.

Inzwischen war Ludwig zurückgekehrt und hatte den Sherry eingeschenkt. Sie ergriff das

Glas und kippte ihn in einem Zug hinunter, anstatt höflich daran zu nippen. Krischi glotzte weiter. Frau Zielke musterte ihn nun in der gleichen Weise wie mich die Käseverkäuferin, wenn ich nicht blitzschnell hintereinander meine Wünsche kundtat. «Sag mal, bist du stumm?», fragte sie ungeduldig und schob das Sherryglas Ludwig hin, der eilfertig nachgoss.

Frau Zielke hatte geschafft, was bislang noch niemandem gelungen war: Ich begann, an meinem geliebten Krischi, diesem einmaligen, wunderbaren Kind, zu zweifeln. War er vielleicht wirklich etwas beschränkt? Verlegen erklärte ich Frau Zielke, dass Krischi noch ein wenig Mühe mit dem Sprechen habe. Sie lächelte herablassend. «Auch Kinder wie ihn muss es in der Welt geben. Er wird schon seinen Weg machen», was mich sofort veranlasste, lauter kleine Anekdoten über ihn zum Besten zu geben, an denen seine große Intelligenz sichtbar wurde. Unser Gast verzog keine Miene. «Interessant», sagte sie.

Interessant war auch für mich, was mir Ludwig gestand, als ich in der Küche die letzten Vorbereitungen für das Abendbrot traf.

«Du kannst sie doch nicht allein im Wohnzimmer sitzen lassen», sagte ich.

«Kann ich», sagte er und naschte von dem Obstsalat. «Was für eine grässliche Person.»

Ich betrachtete kopfschüttelnd meinen Ehemann. «Du hast sie uns doch rangeschleppt. Bescheiden, unaufdringlich, vom Schicksal geschlagen. Dass ich nicht lache.»

Verlegen gestand er mir, dass ihn seine Kollegen zu dieser Einladung überredet hatten. Er war gerade neu in die Abteilung versetzt worden und wollte nicht unkollegial sein. Gekannt hatte er unseren Weihnachtsgast bis jetzt kaum.

«Das wird ja immer besser», sagte ich und musste lachen.

Auch unser Weihnachtsessen schien Frau Zielke nicht zu gefallen. Sie kaute auf dem zarten Steak herum wie ein Hund auf einem uralten Knochen und durchforschte mit ihrer Gabel den Salat, ob sich vielleicht nicht doch irgendwo ein Regenwurm versteckte. Zu allem Unglück zeigte sich Krischi von einer Seite, wie sie Frau Zielke nicht besser in ihrer Meinung über ihn bestärken konnte. Er war quengelig, ließ seinen Löffel hinunterfallen und spritzte Soße auf mein Kleid. Die Unterhaltung floss ausgesprochen zäh dahin und wurde immer wieder durch lange Pausen unterbrochen. Was für ein Thema wir auch anschnitten, Frau Zielke zeigte kein Interesse daran und würgte es mit knappen Worten ab. Politik – das Letzte, die machten ja dort oben doch, was sie wollten, und seit Jahren sei sie nicht mehr zur Wahl gegangen, Reisen – bleibe im Lande und nähre dich redlich, es werde überall nur mit Wasser gekocht, Religion – Verdummung fürs Volk, Fernsehen – taugte nur noch zum Abschalten, der plötzliche Verlust des Ehemannes – ein lieber Kerl, aber ohne sie völlig hilflos, sie komme gut allein zurecht, was wir ihr aufs Wort glaubten. Ratlos sahen wir uns an.

«Irgendwie stickig hier», sagte Ludwig und stand auf. «Man kann ja kaum atmen. Ich lüfte mal kurz durch.»

Das Wort «atmen» war das Stichwort. Plötzlich entpuppte sich Frau Zielke als Missionarin dieser Körperfunktion. Geradezu verzückt hielt sie uns einen Vortrag darüber. Es sei Quelle jedes Lebens, wichtiger als essen und trinken. Das war uns zwar nicht neu, aber wir nahmen es mit höflichem Interesse auf. Wussten wir, dass wir am Tage rund tausendzweihundertmal atmeten, vierhundertmal so oft, wie wir Nahrung zu uns nahmen? Wir wussten es nicht. Weder Blutzirkulation noch Stoffwechsel, noch Muskelbewegung könne ohne Atem bestehen. Er sei das A und O der Gesundheit. Betäubt von ihrer Suada, glotzten wir sie fast so töricht an wie Krischi, auf den Frau Zielke plötzlich deutete und rief: «Dieses Kind atmet völlig falsch!» Dann packte sie Krischi, der gerade friedlich einen Indianer aus Pappmaché über den Tisch reiten ließ, drückte kräftig seinen Bauch und sagte beschwörend: «Mach ah, mach ah!»

Unser armer kleiner Liebling, der sich in seiner Phantasie vielleicht auf dem Kriegspfad befunden hatte, riss sich schreiend los, rannte zu mir, kletterte auf meinen Schoß, und aus seinem Mund schossen drei Wörter: «Mama, Papa, Scheiße!»

Frau Zielke lächelte zufrieden. «Na, sehen Sie. Ich wusste es doch. Es ist nur die Atmung.» Wir waren wie vom Donner gerührt, und sie meinte gnädig: «Ich werde mich jetzt verabschieden und Sie ganz Ihrem Glück überlassen.»

Während Krischi in seinem Bettchen weiter «Mama, Papa, Scheiße» vor sich hin brabbelte, zündete Ludwig noch einmal die Kerzen am Weihnachtsbaum an.

«Glaubst du, dass wir dieses Wunder Frau Zielke verdanken?», fragte ich.

«Wohl eher seiner Angst vor ihr», sagte Ludwig. «Eine wirklich gelungene Schocktherapie.»

Die Familie freute sich mit uns, war aber der Meinung, dass nur am Heiligabend solche Dinge passierten. In dieser Nacht sei alles möglich.

Krischis Wortschatz wächst täglich. Er hat ja auch viel nachzuholen. Meine Freude ist groß. Nur manchmal, wenn ich von seinem ständigen Gequassel erschöpft bin, erinnere ich mich an den jungen Schnösel von Kinderarzt und seine Prophezeiung: «Er wird mehr reden, als Ihnen lieb ist.»

## 9   Die Gartenzwerge

Tage, die einer wie dem anderen glichen, waren Monika fremd. An manchen war man nur auf der Suche – nach Strümpfen, Schuhcreme, Herztabletten, Hausschlüsseln oder dem Adressbüchlein. An anderen wiederum tauchten Gegenstände, die man seit Wochen vermisste, plötzlich wieder auf, nachdem man verzweifelt und vergeblich jede Schublade umgekrempelt, jedes Fach durchkämmt, jeden Schrank durchwühlt hatte. Und dann lag das Vermisste plötzlich vor einem und sah einen unschuldig von einem mehrfach durchsuchten Platz aus an. Es gab geräuschvolle Tage, an denen man Flöhe husten und Katzen stampfen hörte, der Mieter über einem anscheinend Steine durch die Zimmer rollte und aus der Nachbarwohnung die Stimme eines englischen Popstars mit dem klagenden Ruf «Help, help, help!» einem schmerzlich in den Ohren schrillte. Dann wieder die, an denen man wie in einem schalldichten Raum lebte. Jedenfalls konnte Monika nur die Schultern zucken, wenn die Nachbarn aufgeregt berichteten, was sich am Abend zuvor an Dramatischem ereignet hatte. Laute Hilfeschreie auf der Straße, Feuerwehrsirenen, quietschende Bremsen und ineinander krachende Autos, dazu der Sturz der Rollstuhlfahrerin drei Treppen hinunter. An manchen Tagen nahm Monikas Nase auch den kleinsten Geruch wahr, sei es den nach Bratkartoffeln, Fisch, Kaffee, Knoblauch oder Zwiebeln, der aus allen Ritzen zu quellen schien. Dann wieder konnte es passieren, dass man aufgeregt an ihre Tür bummerte, um sie davon in Kenntnis zu setzen, dass auf ihrem Herd gerade etwas fürchterlich anbrannte. An einem Tag sah sie alles – den dichten Staub auf ihren Möbeln, als wäre ein Wüstenwind durch die Wohnung gefegt, den aus der Reihe tanzenden Knopf an der Bluse ihrer Freundin und die neu entstandene Warze an ihrer Oberlippe –, am nächsten fiel ihr nicht einmal das Schwarze unter ihren eigenen Nägeln, die Laufmasche im Strumpf oder die verkehrt herum angezogene Strickjacke auf. Auch kam es gelegentlich vor, dass sie Begriffe verwechselte und den achtjährigen Urenkel mit der Bitte verblüffte: «Hol mir mal die Schuhe aus dem Kühlschrank.» Doch all diese ständig wechselnden Symptome brachten weder sie noch ihre Familie ins Grübeln. Man nickte lachend, wenn sie seufzte, es ginge ihr mit dem Kopf wie ihrer alten Nachttischlampe mit dem Wackelkontakt, die nur brannte, wenn ihr danach war, und wo es überhaupt nichts nützte, die Birne auszuwechseln.

Ihre Familie bestand aus zwei sich kurz vor dem Ruhestand befindenden Söhnen, Wilfried und Walter, zwei matronenhaften Schwiegertöchtern, zwei gerade die erste Sprosse der Karriereleiter erklimmenden Enkeln sowie zwei Urenkeln. Und irgendwie ähnelten sich alle wie aus demselben Teig gestanzte Pfefferkuchenmänner. Streit gab es selten. Man war für Ruhe und Harmonie. Aus zwei freundlichen, ausgeglichenen Kindern waren zwei ebenso freundliche, ausgeglichene, ruhige Erwachsene geworden, die mit ihren Ehefrauen auf derselben Wellenlänge lagen und nach dem gemeinsamen Grundsatz lebten: Wer sich in andere Sachen mischt, hat nur den Ärger, weiter nischt. Derselben Meinung waren Enkelkinder und Urenkel. Wilfried und Walter wohnten praktischerweise beide in derselben Stadt, und so verbrachte Monika Heiligabend und den ersten Feiertag bei ihren Söhnen, abwechselnd den einen bei Wilfried, dem Älteren, und den anderen bei Walter, dem Jüngeren, oder umgekehrt. Diesmal war Wilfried dran mit dem Heiligabend. Wie Walter besaß er ein kleines Reihenhaus, und wenn die Häuser auch in verschiedenen Stadtvierteln lagen, ähnelten die Straße, die Vorgärten und Nachbarn einander in verblüffender Weise.

Der Heiligabend entpuppte sich als einer ihrer Schusseltage. Den Vormittag verbrachte Monika damit, die Weihnachtsgeschenke aus ihrem Versteck herauszulocken, dem sie dann auch, nach langem Zieren und nachdem die Verzweiflung sehr groß geworden war, Folge leisteten. Sie lagen dort, wo sie hingehörten, in einer mit goldenen Sternchen verzierten Einkaufstüte.

Kaum war diese Hürde genommen, tauchte ihre Nachbarin auf, mit der sie zwar auf gutem Fuß stand, die aber die Angewohnheit hatte, sie immer dann zu überfallen, wenn es ihr am wenigsten passte, was sie an diesem Tag noch konfuser machte. Zerstreut hörte sie sich die neuesten Geschichten über den wundervollen Sohn der Nachbarin an, der ebenfalls Walter hieß, in demselben Alter war und anscheinend die gleichen Eigenschaften wie Monikas Sohn hatte. Mit einem entsetzten «O Gott, ich muss ja los! Die warten wahrscheinlich schon auf mich» brach die Nachbarin die etwas einseitige Unterhaltung jäh ab. Sie eilte zur Tür hinaus, während Monika mit dem unbestimmten Gefühl zurückblieb, dass sie ja wohl auch eingeladen war und man womöglich bereits auf sie wartete. Das Angebot ihrer Kinder, sie abzuholen, lehnte sie jedes Mal ab. Wozu gab es schließlich Taxis?

Unterwegs wurde sie wie üblich von dem Gedanken verfolgt, bestimmt etwas vergessen zu haben. Glücklicherweise hatten ihre patenten Söhne vorgesorgt und die im Haushalt schlummernden Gefahren gebannt. Im Badezimmer ließen sich die Hähne nicht mehr voll aufdrehen, so dass das Wasser nur langsam ansteigen und ohne Schwierigkeit abfließen konnte; Herdplatte, Plätteisen und Wasserkocher stellten sich bei einem bestimmten Hitzegrad automatisch ab, und auch die Waschmaschine besaß eine zusätzliche Sperre, die sich einschaltete, wenn etwas nicht in Ordnung war. Die Fahrt verlief in einem angenehmen Gespräch mit dem Taxifahrer, der ihr rücksichtsvoll beim Einsteigen und Anschnallen geholfen hatte und nicht wie ein Verrückter durch die Gegend raste. Als sie sich trennten, wünschten sie sich gegenseitig frohe Feiertage, und auf dem Weg zum Haus blieb Monika einen Augenblick stehen, um die geschmückte Tanne im Vorgarten zu bewundern, wobei ihr auffiel, dass die sie sonst wie alte Bekannte begrüßenden schönen Gartenzwerge verschwunden waren. Sie ging fröhlich zur Haustür weiter und klingelte. Nichts rührte sich. Merkwürdig. War sie etwa wieder zu früh, oder hatte sie den Knopf nicht kräftig genug gedrückt? Das Fenster über der Tür öffnete sich, und ihr Sohn streckte den Kopf heraus, rief erschrocken: «Mami!», schloss das Fenster, und kurz darauf hörte sie ihn die Treppe vom ersten Stock herunterpoltern. Wahrscheinlich hatten sich die beiden vor der Bescherung noch ein Päuschen im Schlafzimmer gegönnt. Er öffnete die Tür.

«Entschuldige, dass ich zu früh komme», sagte Monika, der es vorkam, als wirke ihr Sohn etwas beunruhigt.

Er schüttelte den Kopf. «Nein, nein.»

«Na, dann ist ja alles in Ordnung.» Monika betrat den Flur und dachte, dass Walter schon immer etwas trödelig gewesen war. Bereits als Kind musste man ihn dauernd ermahnen: «Beeil dich endlich! Trödele nicht so herum.» Ganz im Gegensatz zu Wilfried. Der war auf die Sekunde pünktlich, reagierte schnell und war immer mit allem rechtzeitig fertig. Sie gab ihm einen Kuss auf seinen winzigen Bart, den er seit neuestem trug. «Wo hast du denn deine Gartenzwerge? Ich habe sie direkt vermisst.»

Walter sah sie entgeistert an. «Wilfried hat doch deinen Gartenzwergetick geerbt und nicht ich.»

Sie schlug sich an den Kopf. «Mein Gedächtnis, wirklich ein Sieb.»

Walter lachte. «Wem sagst du das. Setz dich schon mal ins Weihnachtszimmer. Gustel kommt gleich. Sie hübscht sich noch an.»

Das Weihnachtszimmer strömte Behaglichkeit aus. Auf den Fensterbrettern standen Azaleen und Weihnachtssterne, die Fensterscheiben waren mit Eiskristallspray besprüht, und von der Decke hing ein erleuchteter Weihnachtsstern. Alles war tadellos aufgeräumt, sicherlich Gustels Einfluss, denn im vorigen Jahr, so meinte sie sich zu erinnern, hatte ein ziemliches Chaos geherrscht. Oder war das bei Wilfried gewesen? Der hatte nämlich den Spleen, die Möbel häufig umzustellen, so dass man sich im Dunkeln fürchterlich stieß. Und war nicht irgendetwas mit dem Baum anders? Wilfried bevorzugte doch Blautannen, und seine Frau hatte wohl auf dem Markt eine Fichte erwischt. Sie korrigierte sich sofort. Blautannen waren Walters Geschmack, und was da vor ihr stand, war auch eine.

Die Tür öffnete sich leise. Urenkel Jörg kam hereingeschlichen und ging zu seinem noch zugedeckten Gabentisch. Offensichtlich platzte er fast vor Neugierde und hielt es nicht mehr aus. Monika schmunzelte. Ganz wie sein Großvater. Der hatte auch immer die Bescherung nicht abwarten können, und es hatte einmal ein Drama gegeben, weil er bei dem hastigen Versuch, zu ergründen, was unter dem Tuch lag, etwas sehr Kostbares, leider Zerbrechliches heruntergeworfen hatte. Monika räusperte sich.

Jörg fuhr zusammen. «Omi!», rief er. «Wie kommst du denn hierher?»

«Na, wie wohl», sagte sie. «Auf meinen Füßen.»

Nun kam auch Gustel, frisch geföhnt, frisch gebadet, nach einem angenehmen Parfüm duftend, ins Zimmer, in beiden Händen mehrere verpackte Schächtelchen. Sie wirkte ein wenig gereizt. Vielleicht hatte sich das Ehepaar gekracht. Das kam zwar selten vor, war aber im Weihnachtsstress durchaus möglich. Die Begrüßung war herzlich, wenn auch etwas flüchtig. Während Walter noch schnell ein Gedeck für den Kaffeetisch hereinbrachte, räumte sie hastig ein Tischchen ab und legte die Päckchen darauf. Dann schickte sie Jörg aus dem Zimmer. Die Kerzen am Baum wurden angezündet, die Tücher von den Gabentischen entfernt, und Walter schwang die Klingel, dieselbe, die auch sie damals für ihre Kinder benutzt hatte. Der Junge kam herein, und danach war erst mal jeder ganz mit seinen Geschenken beschäftigt. Nach vielen «Ahs» und «Ohs» und «Kuck doch mal» und «Wie funktioniert denn das?» und «Wo hast du denn das gefunden?» breitete sich immer mehr Papier auf dem Fußboden aus, das Monika sofort ordentlich zusammenfaltete und für nächstes Jahr beiseite legte. Sie hatte allerlei praktische Dinge bekommen, die sie gut gebrauchen konnte, weil sie immer wieder verloren gingen, wie die kleine Stablampe, die Eieruhr oder den Spargelschäler.

«Und was krieg ich von dir?», fragte sie ihren Urenkel.

Der sah sie empört an. «Wie soll ich wissen –»

Weiter kam er nicht, denn er wurde abrupt von seiner Großmutter mit dem Hinweis unterbrochen, mal ganz schnell in die Küche zu flitzen und die Sektgläser zu holen. Ohne auf seinen halblauten Protest zu achten, den Monika nicht mehr verstehen konnte, schob sie ihn aus dem Zimmer. Mit verlegenem Gesicht kam er ziemlich mürrisch zurück. «Wahrscheinlich schämt er sich», dachte Monika mitleidig. Nun verteilte auch sie ihre kleinen Geschenke, die einiges Gelächter hervorriefen. Der Urenkel blickte verdutzt auf eine Kinderklapper, Walter zog sich prustend einen drei Nummern zu großen Shetland-Pullover über, und Gustel betrachtete die ihr zugedachte Bluse Größe 36 mit einem Seufzer. «Ich wünschte, so was könnte ich noch tragen.» Sie legte liebevoll den Arm um Monika. «Na, da hast du wohl deine Familie mal wieder etwas durcheinander gebracht.»

Ihre Schwiegermutter nickte betrübt. «Zu dumm von mir. Ich habe einfach die Tüten verwechselt. Eine sieht ja aus wie die andere.» Und zu Jörg: «Du kannst beruhigt sein. Deine

Urgroßmutter hat noch ihre fünf Sinne zusammen. Er steht bei mir zu Haus, der gewünschte Trecker.»

Als Trost schlug sie ihm eine Partie Halma vor. Aber der Junge war immer noch nicht über die Enttäuschung hinweg. «Halma», sagte er muffig, «sonst spielen wir immer Mühle.»

«Natürlich», sagte Monika. Brett und Steine wurden herbeigeholt, und seine Laune besserte sich zusehends, weil er eine Partie nach der anderen gewann. Währenddessen verschwand Walter im Nebenzimmer für ein längeres Telefongespräch. Der rücksichtsvolle Junge sprach aber sehr leise, um sie beim Spielen nicht zu stören. Allerdings bekam Monika doch mit, dass er mit seinem Bruder telefonierte.

Der weitere Abend verlief in harmonischer Beschaulichkeit nach festen Regeln. Das festliche Abendessen wurde von Monika besonders gelobt, weil Gustel ebenso wie sie nichts davon hielt, den Eigengeschmack der Nahrungsmittel mit exotischen Kräutern zu verdecken. In harmlosen Gesprächen vermied man Themen, die leicht zu ungesunden Erregungen führen konnten, wie Politik und wirtschaftliche Lage. Stattdessen tauschte man Erinnerungen aus, die zu der leise im Hintergrund spielenden Weihnachtsmusik passten und von Monika jedes Jahr aufgewärmt wurden, zum Beispiel, wie Jörgs Vater, der mit seiner Ehefrau über Weihnachten in der Karibik weilte, als Kind zum Entsetzen einer Tante das Jesuskind aus der Krippe holte und es einen Lastwagenfahrer darstellen ließ; wie der Opa, damals so alt wie Jörg, auf der Flucht von einem stark alkoholisierten Russen angehalten und trotz lautem Protest seiner Mutter mitgenommen worden war, aber schnell mit einem vollen Milchkännchen und einem Brot zurückkehrte. Dem Russen jedoch war seine Barmherzigkeit vom Schicksal nicht gelohnt worden. Anstatt zu seiner Familie zurückzukehren, landete der ehemalige Kriegsgefangene zum zweiten Mal im Lager, diesmal in Sibirien.

Wenn Monika bei dieser Geschichte anlangte, war der Aufbruch fällig. «Na, dann will ich mal», sagte sie. Walter brachte sie nach Haus. Dort wurden die Tüten ausgetauscht. Fürsorglich fragte er: «Hast du auch alles?», und mahnte: «Schließ die Tür hinter dir zu und lass sie nicht nur einschnappen.»

«Versprochen», sagte Monika und ging zufrieden ins Bett. Sie schlief fest und traumlos.

Der nächste Tag war ein Findetag. Alles, wonach sie in den letzten Tagen gefahndet hatte, tauchte wieder auf. Kein Zweifel, auch tote Dinge hatten ihr Eigenleben. Sie frühstückte gemütlich und machte sich dann auf den Weg zu ihrem zweiten Sohn. Auch diesmal war der Taxifahrer einer von der fürsorglichen, netten Sorte. Sie wünschte ihm noch schöne Feiertage, dann öffnete sie die kleine Gartenpforte. Diesmal stand der Sohn schon in der offenen Tür. Warum sah er sie nur so fassungslos an? Oder war sie vielleicht doch zu früh?

«Entschuldige», sagte sie zerknirscht, «du weißt ja, ich hab überhaupt kein Zeitgefühl. Wahrscheinlich falle ich euch jetzt in euer gemütliches Frühstück.»

Er kratzte sich aufgeregt am Hinterkopf.

«Was ist denn?», fragte sie besorgt.

«Aber, Mami, du bist doch heute bei Wilfried.»

«Junge», sagte sie beruhigend. «Jetzt bringst du aber wirklich einiges durcheinander. Bei Wilfried war ich gestern, und denk nur, er hat sich von seinen schönen Gartenzwergen getrennt.»

# 10   Glück im Winkel

Es ist Richards Idee, die Gleichförmigkeit des häuslichen Weihnachtsfestes einmal zu durchbrechen und woanders zu feiern. Ich bin mir da erst einmal nicht so sicher. Zu Hause weiß man, was einen erwartet. Das Programm steht fest. Aber Richard gelingt es schnell, mich von seinem Plan zu überzeugen, als er den kleinen Ort an der Ostsee vorschlägt, den wir letztes Jahr entdeckt haben, mehr Dorf als Kurort, eingebettet zwischen Küste, Wald und Wiesen, durchzogen von Gräben, in denen sich Luischen gefahrlos bewegen kann. Urlauber verirren sich selten dorthin. Sie verbringen ihre Tage lieber am Strand.

Unsere Ente Luischen ist nun mal unser Ein und Alles. Für sie sind wir zu jedem Opfer bereit, und für kein Geld der Welt würden wir sie wieder hergeben. Das, was wir ihr in der Stadt an Lebensqualität bieten können, ist leider nur mager und beschränkt sich auf unseren entrümpelten Abstellraum, die Dusche und kurze Spaziergänge, die noch dazu mit großen Gefahren verbunden sind. Auf dem Bürgersteig wird ihr Leben durch Kurierfahrer, plötzlich aus Tiefgaragen flitzende Autos, stolpernde Kinderfüße und Skateboardfahrer bedroht. Und in den Parks sind es die Hunde, die es ihr nicht gönnen, gemächlich hier und dort einen Halm zupfend, durch das Gras zu watscheln. Zwar haben wir ihr unsere Abstellkammer ganz nach ihren Bedürfnissen hergerichtet, mit einem künstlichen Grasteppich, einem Kuschelkörbchen, einem Plastikerpel, den sie aber nicht beachtet, und einem Spiegel. Sich darin zu betrachten ist ihr Schönstes. Sie glaubt dann, endlich eine Artgenossin gefunden zu haben, und watschelt mit lockenden Lauten hin und her. Ein Leben ohne Luischen können wir uns nicht mehr vorstellen, und deshalb wollen wir auch gar nicht wissen, wie es mit der Lebensdauer einer Ente aussieht.

Luischen ist ein Findelkind. Wir entdeckten sie in jenem kleinen, beschaulichen Ort, in dem wir nun das Weihnachtsfest mit ihr gemeinsam verbringen wollen. Jämmerlich nach Mutter und Geschwistern piepsend saß sie im Gras einer Böschung, damals noch ein süßes, flauschiges Etwas. Eine Weile beobachteten wir sie in der Hoffnung, die Mutter würde wieder auftauchen, und griffen erst nach vergeblichem Warten ein, als sich mehrere Krähen in den Erlen niederließen und diesen Leckerbissen interessiert betrachteten. Wir packten das Küken in Richards Schirmmütze und nahmen es mit in die Pension. Die Wirtin zeigte nur verhaltene Freude über den neuen Gast, war dann aber doch bereit, uns einen Schuhkarton als Bleibe für das Küken zu überlassen, zumal der Abreisetag bevorstand. Zu Hause stellten wir fest, dass Luischen viel von Körperkontakt hielt, den wir ihr, wenn auch nicht ganz problemlos, gewährten. Denn Luischens Verdauung war damals schon beneidenswert. Aber sie erwies sich als außerordentlich verständig. Sie sah ein, dass es nicht sehr vorteilhaft war, uns von oben bis unten zu bekleckern, und gab sich mit einem ausrangierten Schuh von Richard, dessen Schnürsenkel sie faszinierten, als Kuschelplatz zufrieden.

Wenn wir in unserem heimatlichen behaglichen Nest, wie Richard unsere Dreizimmerwohnung gern nennt, im Fernsehen den Reichen und Schönen zusehen, wie sie ihre

Villen, Schlösser und Herrenhäuser durchschreiten, in ihre Swimmingpools springen, in ihren Cabriolets durch die Landschaft jagen oder in ihre Flugzeuge steigen, und ich sehnsuchtsvoll einen leisen Seufzer ausstoße, legt er seinen Arm um meine Schultern und sagt: «Lass man, wir haben doch das große Los gezogen mit unserem Glück im Winkel. Und jetzt auch noch Luischen.»

Ich nicke zustimmend, finde aber doch, dass einiges noch sehr verbesserungsbedürftig in unserem Winkel ist. Gern würde ich die wuchtige Garnitur in unserem Wohnzimmer auswechseln. Schleiflack wäre jetzt mein Traum, wie man ihn wieder in allen Katalogen findet. Auch die Auslegware gefällt mir nicht mehr. Die Nachbarn haben längst Parkett. Aber unser beider Herzenswunsch ist einer von diesen riesigen flachen Fernsehern, die wie überdimensionale Bilder an der Wand hängen. Unser Apparat ist wirklich nicht mehr der neueste. Oft geht die Farbe weg, oder das Bild kommt ins Trudeln. Doch Richard weigert sich entschieden, einen weiteren Kredit aufzunehmen, denn wir stottern noch heute die Raten für unseren inzwischen längst kaputten Geschirrspüler ab, ebenso für die Reise nach

Mallorca und unser neues Auto. Richard meint, der Mensch kann nicht alles haben, man muss sich eben nach der Decke strecken, auch wenn's schwer fällt. Und man hat uns, der Nachkriegsgeneration, ja Gott sei Dank noch Bescheidenheit beigebracht. Wir leben nicht in Saus und Braus, wie das heute gang und gäbe ist.

Luischen hat sich ihrer Umgebung angepasst und nimmt klaglos hin, dass wir sie nur noch selten mit auf den Balkon lassen können, weil ihr fröhliches Geschnatter die Nachbarn stört. Gelegentlich klopft sie ein wenig traurig mit dem Schnabel gegen die Scheiben, weil sie Sehnsucht nach uns hat. Dann blutet uns das Herz. Wir öffnen vorsichtig die Tür und krümeln ihr ein bisschen von Richards Lieblingskuchen hin, egal, ob der Teppichboden darunter leidet. Luischen ist nun mal unser Ein und Alles, da muss man Flecke auf dem Teppich schon in Kauf nehmen. Wir scheuen auch nicht davor zurück, selbst an trüben Novembertagen frühmorgens mit ihr den Stadtpark aufzusuchen. Wir ziehen uns wetterfest an, verstauen Luischen in einer Tragetasche und marschieren los. Um diese Tageszeit und bei diesem Wetter gehört uns der Park fast allein. Manchmal versuchen wir, Luischen das Fliegen beizubringen, und rennen mit ausgebreiteten Armen über den Rasen, weil wir im Fernsehen gesehen haben, wie ein Mann damit Erfolg bei jungen Wildgänsen hatte. Luischen beeindrucken wir damit nicht. Sie zupft weiter an dem nassen Gras herum und versucht, etwas Nahrhaftes zu finden. Dagegen spielt sie gern Versteck mit uns und ist plötzlich von der Bildfläche verschwunden. Zuerst waren wir richtig erschrocken, haben aber schnell gelernt, dass sie es nicht lange aushält, von uns getrennt zu sein, und wieder aus dem Gebüsch gewackelt kommt. Dann streicheln wir sie sanft. So ein liebes Tier.

Ich muss Richard wirklich loben für seinen Einfall, Luischen als Weihnachtsgeschenk einen Besuch in ihrem Heimatort zu bescheren. Unsere Pensionswirtin vom letzten Jahr zeigt sich hocherfreut, als wir uns über die Feiertage telefonisch bei ihr ansagen, und verspricht, es uns richtig gemütlich zu machen. Sie fragt auch nach Luischen, die selbstverständlich ebenfalls ein willkommener Gast sei. Auf dem Hof gebe es einen nicht mehr benutzten kleinen Entenstall. «Wir werden sehen», sagt Richard ausweichend. Luischen ist schließlich ein Familienmitglied, und simple Ställe kommen nicht mehr in Frage.

Die Fahrt verläuft reibungslos, das Wetter ist günstig, nur leichter Frost und Sonnenschein. Die Wirtin hat sich Mühe gegeben, alles weihnachtlich herzurichten. Im Aufenthaltsraum, in dem bereits einige andere Gäste sitzen, brennt ein Kaminfeuer, und die Kerzen an dem kleinen Weihnachtsbaum sind angezündet. Unser Zimmer riecht angenehm nach Tannengrün, und ein mit Schokoladenkringeln, Marzipankartoffeln, Nüssen und Äpfeln gefüllter Weihnachtsteller steht bereit. Nach einigem Hin und Her und unserer mehrfachen Beteuerung, dass Luischen nichts schmutzig macht, erreichen wir, dass sie auch nachts bei uns bleiben darf. Luischen ist eine saubere Ente geworden, die es mit einem stubenreinen Hund durchaus aufnehmen kann und in der Regel das für sie angeschaffte Katzenklo benutzt. Sie ist so ermattet von dem Ortswechsel, dass sie nach kurzem Plantschen im Duschbad sofort in ihr Körbchen geht, den Kopf in die Federn steckt und einschläft.

Beim Frühstück finden die übrigen Gäste Luischen reizend, bis auf eine schon recht betagte Dame, die dauernd ruft: «Weg mit dem

Vieh! So was gehört in den Kochtopf!», weil sie fast über die Ente gestolpert ist. Dann machen wir uns auf den Weg zu der Stelle, an der wir Luischen gefunden haben, einem langen, breiten Graben. Entengrütze gibt es zu dieser Jahreszeit leider nicht mehr, und auf dem Wasser hat sich eine leichte Eisschicht gebildet, die sie jedoch nicht hindert, sich ins Wasser gleiten zu lassen, wo sie vergnügt taucht und herumschwimmt und uns mit kleinen Lockrufen auffordert, ihr dabei Gesellschaft zu leisten.

Doch wie es so schön heißt, das Unglück schreitet schnell. Auf der Uferböschung erscheint plötzlich ein Bobtail, der sich laut bellend ins Wasser und auf Luischen stürzt. Hinter ihm keucht ein «Leo, Leo!» rufender, kugelförmiger Mann her, nicht gerade ein Zwerg, aber doch recht klein. Wir schreien auf, doch Leo hat Luischen längst erreicht, und wir schließen entsetzt die Augen. Als wir sie wieder öffnen, atmen wir erleichtert auf. Während Luischen fröhlich weitertaucht, umschwimmt sie der Hund mit großem Geplantsche und stupst sie nur sanft, wenn sie wieder nach oben kommt. Auch sein Herr ist sichtlich erleichtert. Er hat uns inzwischen erreicht, sich vorgestellt, und wir kommen ins Gespräch. Mit einem Blick kann man sehen, dass Herr Riemann zur Upperclass gehört, wie die Moderatorin im Fernsehen die Reichen und Schönen nennt. Die Upperclass, sagt Richard immer, sind genau solche Idioten wie wir, nur meistens am Jammern. Und dann kommt er mir wieder mit dem Glück im Winkel und summt: «Was frag ich viel nach Geld und Gut, wenn ich zufrieden bin.» Alles schön und gut, aber Herr Riemann wohnt natürlich in dem Fünf-Sterne-Hotel am Rand des Ortes, wo es selbstverständlich einen Wellnessbereich, einen Kosmetiksalon und allerhand anderen Luxus gibt, was mir wieder einen schnell unterdrückten Seufzer entlockt. Es hat ihn rein zufällig in unsere Gegend verschlagen. Er ist einem endlosen Stau ausgewichen und hat sich dabei in diesen Ort verirrt. Das Hotel hat ihm gefallen, und so ist er auf die Idee gekommen, weg von allem Stress die Weihnachtstage dort zu verbringen.

Inzwischen sind Hund und Ente wieder an Land gekommen, Luischen, wie es sich gehört, voran, der Hund hinterher. Es ist gleich zu sehen, wie Richard lachend bemerkt, wer von den beiden die Hosen anhat. Dann sind wir erst einmal damit beschäftigt, unsere Tiere etwas trocken zu rubbeln. Beim Abschied weigert sich Leo entschieden, Herrn Riemann zu folgen. Er kann sich anscheinend von seiner neuen Spielgefährtin nicht trennen, bellt angeberisch, wirft sich vor ihr auf den Boden und bringt sie mit seiner großen Tatze aus dem Gleichgewicht. Herr Riemann wird energisch, aber es ist schwer zu unterscheiden, wer an wem zerrt, und so dauert es seine Zeit, bis er ihn in seinem Auto verstaut hat. Auch wir machen uns auf den Heimweg, stopfen Luischen in die Tragetasche und gehen in die Pension zurück.

Leider herrscht am nächsten Tag, wie so oft an der See, ein Wetter, das die Fernsehmoderatoren im Sommer gern neckisch als «Dauereinsatz für die Scheibenwischer» ankündigen. Es regnet. Enttäuscht blicken wir in den Himmel, wo sich immer neue Regenwolken bilden. Als wir noch am Überlegen sind, ob wir angesichts dieses Wetters mit Luischen noch einmal zu dem Graben marschieren sollen, klingelt das Telefon, und Herr Riemann fragt, ob wir nicht Lust hätten, nach einem kleinen Diner den Heiligabend in seiner Suite zu verbringen, inklusive Luischen natürlich, bei deren Namen, so sagt er, sein Leo schon erwartungsvoll die Ohren spitzt. Wir zögern nicht lange und sagen zu. Ich ziehe meinen Trachtenrock mit der Trachtenbluse an und Richard seinen dunklen Anzug. Luischen schmücken wir mit einem roten Band.

Es wird ein bemerkenswerter Abend. Nicht, dass uns dieser Luxusschuppen besonders beeindruckt. Da kennen wir aus dem Fernsehen wesentlich bessere Hotels. Auch das Essen ist nicht überdurchschnittlich – nun gut, die Vorspeise, glasierte Wachtelbrust auf Salatspitzen, ist ja nicht schlecht und der Nachtisch recht lecker. Aber wie die Kellner in dem nur mäßig besetzten Speisesaal um uns herumschwänzeln, das gefällt uns schon besser. Auch die Suite von Herrn Riemann, den wir inzwischen Horst nennen, ist recht ordentlich, vor allem das große Badezimmer, in dem sich Luischen vielfältig spiegeln kann, so dass sie ganz verwirrt von einem Konterfei zum andern wandelt. Auch hat sich das Hotel alle Mühe gegeben, die Suite weihnachtlich herzurichten. Doch das liebevolle Arrangement von Tannenzweigen, Kerzen, kunstvoll geschmückten Weihnachtsbäumchen, Christsternen und Windlichtern gerät dauernd durch

Leos freudiges Herumspringen in Gefahr, und auch Luischen vergisst ihre gute Erziehung und bekleckert das kleine Sofa, auf das wir sie gesetzt haben, ebenso wie die sandfarbene Auslegware, was uns natürlich sehr peinlich ist. Doch Horst beruhigt uns. Darüber sollten wir uns keine Gedanken machen, das sei alles im Preis inklusive. Und Richard murmelt: «Geld regiert die Welt.» Leider wird es dann mehr ein feuchtfröhlicher als ein besinnlicher Abend, der irgendwie kein Ende finden will. Luischen hat es sich längst zwischen Leos Pfoten bequem gemacht und schläft fest, und auch der Bobtail gibt ein gewaltiges Schnarchen von sich, da sind wir in Horsts Biographie gerade erst bei seiner ersten Frau angekommen, und drei Ehen erwarten uns noch. Erst weit nach Mitternacht können wir uns verabschieden, denn Horst hat angefangen, von Leochen zu sprechen, dem einzigen Geschöpf, das sich seiner Liebe wert zeigt, und nun noch das entzückende Luischen, das sein Leo so ins Herz geschlossen hat. Ach ja, man müsste wohl mal an Gesellschaft für das liebe Tier denken.

Das Ganze liegt nun ein Jahr zurück. In diesem Jahr feiern wir das Weihnachtsfest wieder zu Haus. Unser Glück im Winkel ist doch der passendere Ort, wie wir festgestellt haben. Unser Weihnachtsgeschenk haben wir uns schon vor einigen Monaten gegönnt, den Breitwandfernseher. Das ganze Haus beneidet uns um ihn. Nun können wir endlich die Reichen und die Schönen in ihren Schlössern, Parks und Flugzeugen, auf ihren Golfplätzen und Schiffen so richtig genießen. Und wem verdanken wir diesen wunderbaren Luxus? Unserem geliebten Luischen. Denn, wie der Dichter sagt, Liebe ist mehr als ein Wort. Horst war nicht kleinlich, er hat sich Luischen etwas kosten lassen. Und mal Hand aufs Herz: Welcher Wildente wird so ein tolles Leben geboten, mit eigenem Swimmingpool, eigenem Stall, eigenem Gelände, in dem sie nach Lust und Laune herumrennen kann, und einem edlen, sie vor allem Bösen beschützenden Hund.

Obwohl wir nun fast keine dieser Sendungen verpassen und uns das riesige Bild unseres Fernsehers das Gefühl gibt, mitten unter all den wundervollen Menschen zu weilen, ist uns Horst noch nie zu Gesicht gekommen. Dabei gehört er doch auch zur Upperclass, und die Bilder, die er uns von seinen Besitzungen gezeigt hatte, waren wirklich imponierend. Doch manchmal, wenn die Kamera über all diese herrlichen Anlagen schwenkt, kommt es uns vor, als hörten wir Luischen sehnsüchtig schnattern. Dann kriege ich ein ganz mulmiges Gefühl, und mir fällt, ich weiß nicht warum, die Babyklappe in unserer Stadt ein. Aber Richard sagt, wie jedes Mal: «Ich kenne keinen, der zu einem solchen Opfer fähig ist wie wir. Wir haben es aus Liebe getan.»

«Ja», sage ich bestätigend. «Aus reiner Liebe.»

Und von der Breitwand wirft uns ein geschnitztes Jesuskind auf dem Arm seiner Mutter einen wissenden Blick zu.

**Ilse Gräfin von Bredow**
*Adel vom Feinsten*
Amüsante Geschichten aus vornehmen Kreisen. 256 Seiten.
Piper Taschenbuch

Adel ist heute wieder sehr gefragt – eine Prinzessin schmückt jedes Kaffeekränzchen. Ilse Gräfin von Bredow nimmt ihre Leser mit auf eine vergnügliche Reise in die Vergangenheit zu den Schlössern und Landgütern und ihren Bewohnern. Humorvoll schildert sie das Leben adliger Familien, das längst nicht immer so luxuriös ist, wie viele gern glauben möchten: Hier gleicht manches Schloss eher einer Ruine, da macht sich das exzentrische Personal selbstständig und dort blickt eine Familie auf die andere – nur Etagenadel! – nieder... Ein humorvoller Blick auf den Adel und seine Welt.

»Nostalgie ohne Sentimentalität auszudrücken ist eine große Kunst. Ilse Gräfin von Bredow beherrscht sie.«
Brigitte

**Ilse Gräfin von Bredow**
*Kartoffeln mit Stippe*
Eine Kindheit in der märkischen Heide. 237 Seiten.
Piper Taschenbuch

»Kartoffeln mit Stippe« – dahinter steckt die aufregend schöne, erfüllte, von Erinnerungen pralle Jugendzeit eines Mädchens in der märkischen Heide: das Leben einer alten Grafenfamilie in einem höchst ungräflich einfachen Forsthaus inmitten einer karg-schönen Landschaft. Ein vergnüglicher Erzählreigen voller Nostalgie.

»Es ist selten, daß jemand derart taufrisch schreibt, daß Erinnerungen so lebendig werden, wie das Leben war, ist und sein kann.«
Die Welt